The 수필

2025 빛나는 수필가 60

수필

The

2025 빛나는 수필가 60

Winter	Spring	Summer	Autumn
강명숙	강정이	강우동	강천덕
김근혜	김경영	김자길	김기보
박정화	김미혜	김주민	김성서
윤관석	노주정	김삼용	김현잠
이이나	려옥영	신희종	김출주
이삼우	박원은	이원해	민선철
임제우	백의무	임정은	이희남
전철호	염실귀	정식병	이혜양
정미란	윤연온	정순옥	이경완
최희아	윤순혜	정규윤	전선혜
함무숙	정영재	정아은	정숙성
허정성	정강회	정경찬	최경형
현경진	주순	정숙은	옥명
홍정미	순인	정정미	숙이
현	정	제서	임전

북인

참신한 수필의 미래를 위한 신념

2014년 4월 16일. 남한산성 자락에 위치한 카페 '아라비카'에 앉아 'The 수필'을 이야기한 날로부터 10년이 지났다. 청해진해운 세월호 침몰사고가 아니었어도 그날은 시작부터 마음이 무거웠다. 오전에 만나 커피를 추가로 주문하면서, 저녁놀이 서쪽으로 가라앉을 때까지 진지하고 신중하게 한국수필의 미래를 고민했다. 수필을 사랑해야만, 수필을 알아야만 할 수 있는 일이었다. 누구보다도 고뇌 속에서 진지했던 맹난자 고문과 도서출판 북인 조현석 대표는 전국의 수필전문지를 대상으로 '글 잘 쓰는 작가'를 찾아보자는 의견에 합을 맞추었다.

지금껏 여러 문예지나 단체에서 했던 방식들과 차별을 두어, 수상 경력이나 작품집 발간, 기성작가와 신예작가 관계없이 작품만 보자는 취지가 신선했다. 선정위원은 8명으로 하며, 각 문예지와 관련된 작가여야 한다. 대상 작품은 신춘문예를 비롯하여 신작 수필이 실린 계간 문예지, 수필전문지인 월간 문예지, 격월간 문예지 등에서 계절마다 선정위원 1명이 각 5편씩 추천한 40편을 심사하여 15편을 선정하고 4분기를 마무리한 후 1년에 60편의 수필을 모아 『The 수필 빛나는 수필가 60』으로 출간하여 작품이 선정된 작가와 문예지 관계자를 초청해 출판기념회를 갖는다. 이로써 『The 수필 2019 빛나는 수필가 60』을 2018년 12월 31일에 출간하였다.

'The 수필'은 각 분기마다 40편의 작품에 공정성을 기하기 위해 자신이 추천한 5편의 작품에 한해 채점하지 않고 블라인드 채점방식을 유지한다. 동점이 나올 경우 높은 점수를 많이 받은 작품을 우선으로 하고 있다.

세상 어디에도 문제는 존재하고, 어느 제도도 완벽할 수는 없다. 이것이 인간이 존재하는 세상이고, 인간이 하는 일에 하나의 정답이 있다는 건 모순이다. 이로써 바깥에서 'The 수필'을 관심으로 걱정하는 걸 고맙게 받아들인다. 더 잘해보라는, 잘할 거라는 기대를 건 응원으로 여긴다. 'The 수필'에 선정된 작가들은 선정 자체를 영광으로 여긴다. 그들의 프로필에서 〈'The 수필 빛나는 수필가 60' 선정〉이란 한 줄을 만날 때마다 우리 선정위원들은 쉬지 않고 달린 보람을 느낀다.

독자의 눈은 냉정하다. 해마다 여러 수필교실에서 'The 수필'을 수업 자료로 쓰는데, 아직 등단하지 않은 독자들의 관심이 의외로 높다는 것을 알았다. 어느 작가의 글은 고답적이어서 지루하다는 둥, 어떤 작가는 자신의 지식을 노골적으로 드러내더라는 둥, 작위적이라는 둥 수필이 이래서는 곤란하다고 한다. 선정위원의 선정평 역시 독자의 눈을 피해갈 수 없다. 작품과 촌평이 따로 놀아 불편하다는 의견과 이 정도의 감상평은 누구나 쓰지 않나, 하는 불평도 있었다. 이는 'The 수필'이 잘되길 바라는 마음이 담겼기에 좋은 현상이라고 본다. 'The 수필'에 실린 작품이 모든 독자를 만족시킬 수는 없다. 선정평 역시 마찬가지다. 다만 선정위원은, 글 잘 쓰는 작가를 찾고 그가 쓴 작품이 왜 좋았는지를 짧게나마 적어 'The 수필'에 싣는 일을 한다.

4회 이상 선정된 작가를 다음 선정에서 제외시키는 이유는 더 많은, 다양한 작가를 찾겠다는 취지를 유지하고자 하는 'The 수필'의 정신이다. 몇 년의 휴지기를 두었다가 다시 선정했으면 하는 의견과 10회쯤 선정하여 명실상부한 작가로 빛나게 하자는 주장도 있었다. 'The 수필' 창간 때 취지대로라면, 누구나 알고 있는 작가의 작품보다는 신예 작가나 오래 전에 등단했으나 아직 알려지지 않은 작가의 참신한 작품을 발굴하는 데 힘쓰자는 의견을 따름이 옳았다.

도서출판 북인 대표의 다음 계획은 4회 이상 선정된 작가를 'The 수필 빛나는 수필가 60'을 빛나게 해준 작가로 명예의 전당에 모셔 'The 수필'에 실리지 않은 자선 수필 3편을 받아 단행본으로 출간할 예정이다.

수필의 미래는 밝다. 우리는 끊임없이 새로운 방향모색을 위해 고민했고 쉬지 않고 걸어왔다. 지금 수필이 달라진 이유겠다. 대형서점 신간도서 코너에 수필 독자들이 몰려 있는 걸 본다. 우리가 한 일도 거기 있다고 본다. 바깥으로 귀를 열고 꾸준히 내실을 다져 명실이 상부하도록 할 것이다. 맹난자 고문을 비롯하여 여러 자문위원들이 'The 수필'에 함께하니 든든하다.

오랫동안 'The 수필'을 위해 헌신한 문혜영 선생과 1년 동안 애써준 서숙 선생이 자문위원으로 자리를 옮기고 새로운 선정위원으로 심선경, 이상은, 김희정 선생을 모셨다. 더 나은 'The 수필'을 위한 선정위원들의 결정이었다. 어느 한 분의 희생 없이는 어떤 조직도 발전할 수 없다. 더 큰 그림을 위해 다음 페이지를 넘겨주신 선정위원께 감사의 마음을 전한다. 이런 일은 잘해도 본전이다. 다만 수필의 미래를 위해 무언가 하고 있다는 일념으로 임할 뿐이다. 대단한 일을 하는 것도 아니고 그렇게 생각하지도 않는다. 다른 쪽에서 하는 것처럼 우리도 우리 식의 일을 한다. 작품을 보는 안목은 선정위원마다 다르나, 여전히 'The 수필'이 정한 기준에 따를 것이며 독자들에게 참신하고 새로운 작품을 선보이기 위해 노력하고 있다.

2024년, 그동안 목마르게 기다렸던 노벨문학상을 소설가 한강이 받으므로 우리 문학계에 희망을 안겼다. 한국문학의 역사적인 날이라고 흥분하고 끝날 일이 아니다. 부단히 노력한 자에게 좋은 결과가 따랐음을 일깨워준 날이었다. 시간은 멈추지 않고 자꾸만 흘러간다. 물살을 가르고 나아갈 일만 남았다.

이번에도 선정위원들이 지치지 않도록 응원해주고, 60명의 빛나는 수필가에게 'The 수필'을 멋지게 선물해준 도서출판 북인에 마음을 다해 고마움을 전한다.

2024년 12월

선정위원
한복용(글), 노정숙, 엄현옥, 김은중
김지헌, 심선경, 이상은, 김희정

| 차 | 례 |

2025 빛나는 수필가 60

The 수필

The 수필

Winter

숲의 소리

강명숙 oksalty@gmil.com

"선생이 사라졌다."

교무실에 도착했을 때 평소와 다른 교감의 표정을 보고 내 머릿속이 하얘졌다. 직감적으로 내 담당 수업 시간을 놓쳐버린 것을 알았다. 있을 수 없는 일이었다. 고개를 숙였을 뿐 아무 말도 할 수 없었다.

내 강의가 빌 때면 때때로 학교 담장 안 숲에서 지내곤 했다. 봄의 전령인 수줍은 진달래꽃. 언제나 나보다 날랜 학생들의 손길이 먼저 채간 자두들. 그 순간의 아쉬움. 설익어 아직은 먹지 못한다는 배려일까? 누가 그랬는지 그 나무에는 '약 쳤음'이라는 팻말이 붙어 있었고 나는 그 말에 픽 웃었다. 순식간에 시간이 흘렀다. 아니 그곳은 시간이라는 것은 존재하지 않는 공간이었다. 키 큰 벚나무에서 바람 따라 하늘거리며 웃어젖히는 춤추는 꽃잎들. 바람이 불면 내 얼굴보다 큰 후박나무 잎이 후두두 땅으로 내려앉던 소리. 부부 금실을 위해 침실 앞에 심어놓는다는 자귀나무 그 꽃에서는 살포시 복숭아 냄새가 났다. 숲에서 주운 큰 보물인 양 꽃잎은 수업 들어간 동료의 탁자 위에 올려놓고, 그건 내가 그녀에게 잠깐 들렀던 흔적이 되었다. 꽃말이 '두근거리는 가슴, 사랑'이라니 그녀가 그걸 알았다면 오해했을까?

숲은 항상 완벽했고 유혹하는 손짓이었으며, 나의 케렌시아였다.

내 수업 시간인 줄 까맣게 잊고 사라졌던 그 시간, 숲을 천천히 걷고 있는데 저만치 길 가운데 한 마리 새가 앉아 있었다. 점점 거리를 좁혀 그쪽을 향해 가는데도 꼼짝도 하지 않았다. "이상하다. 사람과 가까이 살다보니 이젠 거리낌이 없구나." 고개는 약간 틀린 상태로 하늘로 향해 있었다. "새도 명상하네. 오! 집중력이 제법인데." 다가가보니 눈꺼풀이 점점 내려앉고 있었다. 죽어가는 어린 새. 나는 그 새를 냅다 손으로 잡고 뛰기 시작했다. '어린 이 생명체를 살릴 수 있다면…' 어디에 있었는지 어미 새도 내 머리 위로 날아서 따라왔다. 마치 그 새는 나를 향해 이렇게 말하는 것 같았다.

"나의 아기를 어디로 데려가는 것일까, 불안하다. 아기는 스스로 일어서고 날아야 해. 높은 곳에서 추락했어. 사람을 흉내냈거든. 사실 우리는 떨어지지 않아. 쏜살같이 먹이를 향해 공중에서 땅으로 직활강하듯 낙하하기는 해. 아기를 위해 이제 하늘로 돌아가는 사랑의 노래를 부르게 거기에 놓아두어.

사람들은 언제나 자신들이 모든 것을 안다고 생각하지. 인간적 판단의 오류를 인정하지 않고 의지만 선하면 모든 것이 옳다고 단정해. 그들은 나를 까치라고 부르지만 난 나일 뿐이야. 우리가 공중을 도는 것은 끊임없는 자연에 대한 예찬이지. 대지에 깃들여 살지만 언제나 꿈은 거칠 것 없는 저 푸른 공허야. 몸이 커갈수록 가슴을 하늘로 채우지. 그래서 날 수 있는 거야. 우리 조상들은 인간이 하늘을 나는 것을 본 적이 있다고 했어. 한때 그들의 가슴에도 그런 공허가 있었거든. 그런데 그들은 그곳을 근거 없는 지식과 오만한 꿈으로 채워놓았지. 어느 날은 온통 하늘이 먹빛일 때도 있었어."

아무도 없는 빈 양호실에 나는 한참을 서 있었다. 어린 새의 몸은 아직 온기가 있었다. 심장을 다쳤을까? 살릴 수 있는 방법이 있기는 할까? 궁리를 하다가 새를 품고 다시 운동장을 가로질러 왔던 길로 뛰어갔다. 아까부터 나를 따라 날다가 양호실 지붕에 앉아 있던 까치 한 마리가 다시 날갯짓하며 따라왔다. 숲에 도착한 나는 잔디 위에 숨이 희미해져 가는 생명을 눕혀주었다. '엄마와 만나렴.'

숲은 생명의 소리들이 앞다퉈 노래한다. 나무들 사이에서 춤추는 바람은 속살대고 나도 그 숲에서는 명상하는 새이기를 바랐다. 바람이 불면 흔들렸고, 비바람에 시달려 견디지 못하고 떨어져 내린 초록의 잎새들을 차마 밟고 지나칠 수 없어 깡충거리며 걸었다. 그런 모든 것들이 상념이 되었다가 속절없이 떠나가기도 했다. 그러나 터줏대감처럼 둥지를 튼 새는 언제나 나를 지켜보고 있었다.

부드러운 바람결이 나를 감싸던 어느 날, 고요한 숲길을 걷고 있었다. 갑자기 새들이 내 머리 위로 분주히 나는가 싶더니 사납게 울어댔다. 순간 내 뒤에서 '딱' 하는 소리가 났다. 그 진원지가 내 뒤통수였음을 인식한 것은 놀랍게도 아픔을 느끼고 난 다음이었다. 까치의 공격을 받은 것이다. 아뿔싸! 새의 산란기에 나는 배려와 예의도 없이 내 집처럼 숲에 드나든 것을 나중에야 알았다.

어디에서 무엇에 대해 배우는가? "소나무에 대해선 소나무에게 배우라"고 한 마쓰오 바쇼의 말이 떠오른다. 숲에서 존재하는 방법을 알기 위해서는 숲에게, 까치에 대해선 까치에게 배우는 게 맞다. 그러나 오만한 우리에게는 사람의 생각이 그대로 새의 입장이 되었다. 우리의 입맛대로 자주 타인을 재단하기도 한다.

자연이 주는 지혜들에 대해서 깨우쳤더라면 함부로 숲을 휘젓고 다니지 않았으리라. 새를 살려야겠다는 어설픈 판단에 앞서 새끼 새에게 어미와 함께할 시간을 좀 더 주었으리라. 서로 충분히 위로하고, 슬퍼할 시간은 누구에게나 필요하다는 것을 알았을 것이다. 배려에도 상대에 대한 앎이 필요하다. 선한 의지도 독이 될 수 있다는 것을 알게 한 숲은 선생님이다.

나에게 스민 여린 새의 희미한 온기가 아직도 손에 남아 있다. 나의 명상하는 새는 그렇게 오래 마음에 자리잡고 떠나지 않는다. 태어난 곳으로 다시 돌아갔을 어린 새의 누웠던 자리에 하늘이 푸르다.

수필오디세이

The 수필

● 인간이 숲에 들어가 시간을 잊을 수 있는 것은, 자연이 품고 있는 시원성에 잠시나마 자기를 내맡기기 때문이다. 이 수필에서 수업 시간을 잊고 숲으로 가는 화자나 까치의 독백(화자의 가치관)이 설득력 있게 다가오는 것도 이러한 신화적 요소의 배경이 전경화되어 있어서다. 문명의 역사를 통해 '근거 없는 지식'과 '오만한 꿈'을 쌓아온 인간은 오히려 본능으로 행동하는 새의 가슴을 알지 못한다. 그래서 죽어가는 아기 새를 살리겠다는 화자의 선한 의지가 되려 어미 새의 슬픔을 강화하고 만다. 대상에 대한 인간의 선한 의지가 오히려 폭력으로 전화될 수 있다는 것을 여실히 보여준 작품이다. /김지헌/

어쩔, 파스

김근혜 | ksn1500@hanmail.net

거울 속에 낯선 중년 부인이 서 있다. 본 듯, 아는 듯, 마는 듯한 사람이다. 웃옷을 훌훌 벗어던지고 한쪽 손엔 파스가 들려 있다. 그 꼴이 가관이다. 울퉁불퉁한 전라가 숨김없이 드러난다. 여성 스모 선수가 전쟁터에 나가기 직전 모습이 아마도 이렇지 않을까. 자신이 봐도 봐줄 만한 꼴이 아닌지 웃음이 절로 나온다. 가끔은 벽이 돼야 하는 자신이 웃프다.

무릎이 시큰거리고 어깨가 자주 아프다. 근육통이 새삼스럽지 않은 나이다. 아픈 부위에 파스를 붙인다. 잠시 통증이 진정된 듯하나 부작용으로 피부발진이 온다. 붙어 있어도 떼어내도 가렵다. 강력한 접착제는 뗄 때가 더 고통스럽다. 일방적인 사랑처럼. 사랑이 너무 뜨거우면 불에 데듯이 파스도 뜨거운 것과 함께하면 화상을 입는다. 아픔을 견디고 억지로 떼버리고 싶은 순간이 있다. 약효 없이 끈적거릴 때다. 스쳐 지나가는 꼬물거림, 나도 한때는 화끈거리는 사랑이 있었다.

손이 닿지 않는 부분이 있어서 파스를 붙이지 못할 때가 많다. 그럴

땐 혼자 사는 것이 불편하다. 혼자 사는 이들이 파스 붙일 때가 가장 외로울 때라고 했다. 어떤 이는 방바닥에 파스를 펴놓고 몸을 그 부위에 밀착시킨다고 한다. 하나 노선이 빗나가는 건 고사하고 멀쩡한 부위에 엉겨 붙어서 떼기도 힘들다고 푸념한다. 마치 싫은 사람이 치근거리며 들러붙어 있는 느낌이라나.

꿍꿍거리다 결국엔 포기하고 만다. 그런 날엔 화풀이 대상이라도 되는 듯 애꿎은 파스를 집어들고 벽에다 내동댕이친다. 그것도 모자라서 칼날 같은 말을 쏟아낸다. 나는 누구에게 화풀이하는가. 오랫동안 케케묵은 먼지 같은 감정의 찌꺼기가 올라온다. 머릿속에서 잠자고 있는 사람들까지 다 깨워서 사건들을 파헤치고 분노를 쏟아낸다. 파스는 낄낄거리며 약이라도 올리듯이 벽에 철썩 달라붙어 주무시고 계신다. 엉키고 구겨진 채로.

아픈 이들을 위해 태어났으면 그만한 예의를 갖출 것이지 건방지다. 자신에게 고개라도 숙이길 바라는 것인가. 세상 공부를 다 끝낸 양, 인간을 부린다. 절박한 인간의 등에 올라타서 반란이나 일으키고 분노를 심어놓는다. 괘씸하기 그지없다. 이건 분명 항명이고 굴욕이다.

"인생은 백치가 떠드는 이야기와 같아, 소리와 분노로 가득 차 있지만 결국엔 아무 의미도 없어. 어쩔, 파스(어쩌라고, 파스나 붙여)."

TV를 많이 봤는지 신조어로 명령한다.

인생이 걸린 문제인 양 목숨을 건다. 감히 인간에게 손바닥만 한 게 덤비다니…. 파스 하나 붙이는 일에 감정 소모가 크다. 때론 '굿바이' 하고 싶을 때가 있지만 참을 수밖에 없다. 내 속내를 현미경으로 보듯 훑고 있어서다. 자신이 나에게 꼭 필요한 존재라는 걸 벌써 알아챈 것 같다. 수를 들켰으니 내 꼬리가 절로 내려간다. 교관이 따로 없다. 아웅다웅하다 서로가 길들고 길들어가겠지.

도와줄 이 하나도 없을 때만 쑤시고 손이 닿지 않는 부분만 통증이 온다. 차라리 마음이 아프면 가슴팍에다 붙일 수나 있지. 난 배가 아파도, 심장이 쓰려도 파스를 붙인다. 그런 곳에 파스를 붙이는 내가 너무 웃긴다고 웃는데 난 슬프다. 그 말이 상처를 건드려서 덧나기도 한다.

욱신거리는 등의 통증은 짐을 나눠서 질 누군가를 필요로 한다. 집안일을 조금만 해도 등으로 오는 신호, 빨간 불이 켜진다. 사력을 다해 파스를 붙이려고 숨을 고른다. 팔이 짧아서 도착 지점까진 멀고도 긴 여정이다. 팔을 조금이라도 늘리기 위해 잠시 몸을 푼다. 그리고 손과의 호흡을 맞춘다. 거울을 보며 각도를 잡고 등을 더듬는다. 손가락 사이에서 대롱거리다 통증 부위를 비껴가고 만다. 닿을 듯 말 듯, 끙끙거리다 결국엔 바닥으로 떨어지는 파스. 사랑이 다 해서 버리고, 버려지는 것 같다. 아쉬워 다시 주워들었다가 끊어진 인연에 애쓰는 듯해서 마음을 접었다.

파스는 여전히 뿌리를 내리지 못하고 존재감을 과시하려 든다. 정거장마다 다 거치고 몇 번의 죽음 끝에 겨우 길을 찾는다. 몸에 닿는 순간 시간이 정지된 듯하다. 시원하다 못해 얼음장 같은 느낌에 온몸이 둥글게 말린다. 일체가 머물고 속살까지 끈질기게 파고드는 화끈거림이 오그라들었던 몸을 공처럼 부풀린다. 닿지 않는 뼈 마디마디, 구석 자리까지 기운이 퍼진다. 지끈거리던 삶의 통증이 손바닥만 한 파스 한 장에 녹아내린다.

좋은수필

—

The 수필

● 개인주의적 실존의 삶을 살아가는 노년기에는, 근육통을 가라앉히기 위해 혼자서 등에 파스를 붙이는 일도 녹록지 않다. 작가가 삶의 통증과 고독에 대해 말하는 방식은 익살과 풍자가 곁들인 블랙코미디에 가깝다. 파스조차 자신의 존재감을 과시하는, 기시감 있는 소재에 더해진 상상력과 현실감으로 공감의 보편성에 도달한다. /엄현옥/

골관 악기 하나쯤

김정화 jung-0324@hanmail.net

시티 스캐너가 몸을 훑는다. 숨을 참고 내뱉고 또 숨을 참는 동안 엑스선이 전신을 투과한다. 온몸이 타들어가는 듯한 작열감과 조영제 탓인지 울컥울컥 속이 되넘어올 듯 울렁거린다. 몇 달 동안 머리와 심장과 혈관 등을 검사하느라 큰 기계와 작은 기계 사이를 여러 차례 오갔으니, 이번에도 눈 딱 감고 이십여 분만 참으면 해결될 일이다.

의사 선생님은 촬영된 모니터 사진을 내 앞으로 돌려준다. 뼈가 도드라진 한 여자가 누워 있다. 저것이 나라고 하는데, 버젓이 내 이름표도 붙어 있지만, 내가 나를 선뜻 알아보지 못하고 주춤거린다. 옷을 걷어내고 살가죽을 벗겨내고 근육을 제거하고 흉터와 주름과 표정까지 싹 다 지워버렸다. 그뿐인가. 환희와 분노와 슬픔과 고뇌도 감쪽같이 사라졌다. 무거운 것들은 어디에 숨었는가, 움직이는 것들은 모두 어디로 갔는가.

처음으로 내 속의 나를 마주한다. 어설픈 환자 눈에도 앙다붙은 척추가 다부져 보이고 갈비뼈와 골반도 데칼코마니처럼 대칭이 잘 되었다.

오히려 통통한 살에 가려졌던 팔다리뼈가 삭정이같이 앙상하여 애잔하기 그지없다. 발목과 손목 뼈는 마디마디에 단단한 나사로 조이거나 철심 하나 박지 않았는데, 온몸을 지탱하고 궂은일을 마다치 않았으니 고맙고 기특하다.

낯설지 않다. 학창 시절 과학실 괴담의 주인공이었고, 오래 전 재래식 화장장에서 몸을 태운 부모님의 유해도 희고 가지런했다. 위대한 조각가 자코메티의 작품에서도 인간의 형상에서 살을 떼어내어 유골 같은 뼈대를 강조했고, 대가야 고분군에서 출토된 천오백 년 전 고대인의 인골도 저러했다. 심지어 무령왕릉에서 발견된 물고기 뼛조각과도 닮아 있다. 분명 눈에 익은 모습인데도 저 섬뜩한 것이 나라는 사실은 쉽게 받아들여지지 않는다.

그동안 얼마나 포장하였던가. 속은 삭고 허물어져 병이 들어가는 줄도 모르고 겉만 꼿꼿이 곤두세우고 번드레하게 꾸며내었다. 속은 겉을 외면하였고 겉은 속에게 무관심하였다. 육신이 번잡하고 고통스러우니 정신도 산란하여 편안하지 못했다. 그러니 누구나 살점 없는 인간의 뼈 앞에서 겸허해질 수밖에 없다. 평수 넓은 아파트도 보이지 않고 명품 가방도 소용없으며 통장에 찍힌 두둑한 숫자도 부질없다. 결국 생의 끝자락에 남는 것은 허옇고 까슬한 몇 조각의 뼈밖에 더 있겠는가.

그렇다면 후제에 저 뼛조각도 운이 좋으면 쓰임새가 있을지도 모르는 일. 만약 내 뼈가 다시 쓰일 수만 있다면 하나의 악기로 탄생되었으면 좋겠다. 물론 북이나 장고 같은 악기는 나무통에 짐승의 가죽을 씌워서 두드리기도 했지만, 최초의 피리는 동물 뼈에 구멍내어 바람 넣기로 시작되었다는 것은 충분히 짐작가는 일이다.

티베트에서는 조장한 인간의 넙다리뼈로 나팔을 만들고 머리뼈를 맞대어 타악기를 완성시켰으며, 에스파냐인들은 손가락 길이의 대롱뼈들을 연결한 긁개에 캐스터네츠를 두드려 소리를 내었다. 우리나라도 가까운 동래 낙민동 유적지에서 발견된 선사시대의 각골 악기가 부산박물관에 모셔져 있으며, 쿠바의 당나귀 턱뼈를 이용한 우이루는 지금도 거리의 악사들이 즐겨 연주하는 타악기다.

문학 소재로 자주 등장하는 궤나도 있다. 고대 잉카인들은 연인의 정강이뼈로 궤나 피리를 만들어 떠난 이가 그리울 때마다 구성지게 불었다고 한다. 김왕노 시인의 시 '궤나'만 보더라도 "정강이뼈로 만든 악기가 있다고 한다./ 사랑하는 사람이 죽으면 그 정강이뼈로 만든 악기/ 그리워질 때면 그립다고 부는 궤나/ (중략) /집으로 돌아가지 못한 짐승들을 울게 하는 소리/ 오늘은 이 거리를 가는데 종일 정강이뼈가 아파/ 전생에 두고 온 누가/ 전생에 두고 온 내 정강이뼈를 불고 있나보다/ 그립다 그립다고 종일 불고 있나보다" 하고 읊었으니, 생전에 고생한 내 연골들도 죽음을 넘기고 나면 청아한 소리가 날까.

나의 뼈에 입술소리 내줄 이 아무도 없음을 알고 있으니 체념은 빠른 게 좋겠다. 어느새 의사의 설명은 갈비뼈를 헤집어 심장을 가리키는데 화들짝 놀란 등짝에서 우두둑 뼈 소리 흐른다.

어쩌면 이미 나는 골관 악기 하나쯤 품고 있는지도 모른다. **한국산문**

The 수필

● 기계에 들켜버린 육신의 골조 건물 한 채를 마주한다. 시간이 떨구고 앙상해지는 것이 육체뿐이랴. 풍성하고 짙던 여름 나무도 가을날 잎을 뺏기고 나목이 된다. 푸르고 지난한 시절을 상징과 비유를 통해 관조하는 모습은, 낙엽을 거느린 멋진 나무 한 그루와 같다. 포장을 벗고 페르소나를 걷어내고 심상의 골짜기에 울리는 쟁쟁한 악기를 생각함은, 결국 자신을 뼛속까지 사랑하는 일이 아닐까. /김희정/

마지막 소원

박관석 drpks@ganmail.net

"소원이 하나 있는데 들어줄 수 있을까요?"

가쁜 숨을 몰아쉬던 환자분은 병실을 나가는 내 손을 꼭 잡았다. 검고 거친 피부, 움푹 파인 볼과 앙상한 손가락 그리고 주위를 떠도는 오래된 냄새가 곧 다가올 할아버지의 죽음을 암시해주는 듯했다. 마지막을 향해 쏜살같이 지나가던 시간도 잠시 멈춘 그 순간, 간절한 염원을 담은 그분의 새까만 눈동자만이 어두운 병실 안에서 빛을 발하고 있었다.

2차 병원의 내과의사로 20년 넘게 근무하다보니 죽음을 앞둔 환자들의 유언 같은 소원을 자주 듣곤 한다. 보통의 그것은 낯선 곳으로의 여행, 하지 못했던 일에 대한 소망 그리고 맛보지 못한 음식에 대한 갈망 등 우리가 흔히 예상할 수 있는 양동이 리스트 같은 것들이기도, 또는 가족들과의 평범한 아침 식사, 매일 지겹게 출근하던 직장으로의 복귀, 보고 싶은 사람에 대한 그리움이었다. 아마 죽음의 순간을 마주한다면 내 소원도 그 중 하나일지도 모르겠다. 그러기에 할아버지의 소원도 별반 다르지 않게 그 언저리 어디쯤엔가 있으리라 추측했다. 하지만 예상은 한참이나 빗나가고 말았다.

소원이란 말을 막상 꺼냈지만, 할아버지는 주저하고 있었다. 어쩌면 담도암이 폐까지 전이되고 흉수까지 차 거친 숨을 고르기 위해서였을지도 모르겠다. 격자무늬의 병실 천장을 응시하던 그분의 눈이 다시 내게로 돌아오는 데는 한참의 시간이 더 걸렸다.

"부탁을 말씀해보세요. 가능하면 들어드릴게요."

간절함을 외면할 수 없었던 난 대책도 없이 고개를 끄덕이고 말았다. 긍정의 신호에 마디숨을 내쉬던 그분도 용기를 내서 예상치 못한 소원을 천천히 꺼내놓았다.

"실은 어렸을 때 철부지 짓을 좀 했습니다. 당시 친구들과 어울려 다녔고, 모두가 그러는 통에 어쩔 수 없이 등에 문신을 새긴 적이 있습니다. 그걸 지우고 싶어서요."

오래 살고 싶다는 소망이나 그도 아니면 편안한 죽음에 대한 욕심도 아닌 그저 몸에 새긴 작은 문신을 없애고 싶다니. 의아했지만, 사연이 있을 법한 느낌이 들었다.

"무슨 이윤지는 몰라도 왜 진즉에 없애지 않고 이제 와 그걸 지우려고 하시나요?"

회한이 섞인 눈빛을 허공에 고정한 채, 긴 한숨을 내쉬던 할아버지께선 그간의 삶에 대한 감춰진 이야기를 내 앞에 풀어내기 시작했다.

"그동안은 제 삶이 너무 고달팠습니다. 젊은 날 한때의 방황으로 선택할 수 있는 길은 좁을 수밖엔 없었어요. 계절이 지나는 것도, 아이들이 커가는 모습도 모른 채 지나가버린 시간은 제게 문신에 대한 존재조차 떠올리지 못하게 만들었습니다. 그런데 죽음 앞에 서니…."

문신을 떠올리지도 못할 정도로 힘들고 굽이치던 그분의 삶, 종착역에 다다라서야 뒤를 돌아보게 되었고 그때 생각난 것이 등에 새긴 젊은 날 어둠의 표식이었다.

"그런데 생각해보니 제가 죽고 나면 염을 할 텐데 문신이 맘에 걸려요. 제 딸에게는 못났던 아빠의 과거를 보이고 싶지 않아 이렇게 부탁을 드리는 겁니다."

치부를 드러내고 싶지 않은 심정은 충분히 공감이 갔다. 누군들 자신의 어두웠던 과거를 보여주고 싶을까, 하지만 약속과는 다르게 난 고개를 가로저을 수밖엔 없었다. 할아버지의 병환이 도저히 허락할 수 없는 상황이었다. 산소공급장치를 코에 낀 채 언제라도 숨이 멎을 수 있는 분을 피부시술 때문에 병원 밖으로 모시고 나간다는 건 불가능해서였다. 다음날부터 할아버지의 간절한 눈빛은 더 강해졌고 급기야 식사를 거부하면서까지 자신의 고집을 굽히지 않았다.

"어휴! 법 없이도 사셨던 분이 그깟 문신이 무슨 대수라고. 제발 몸 상하기 전에 식사라도 좀 하세요."

침상 곁에 계시던 할머니의 입술은 바짝바짝 말라만 갔다. 다행히 며칠 동안 계속된 할머니의 끈질긴 설득과 간호사들의 달램으로 고집을 꺾으셨지만 그래도 할아버지께선 회진 때면 늘 내게 애처로운 눈빛을 보내곤 했다.

그런 일이 있은 지 얼마 후, 할아버지의 등에 심한 통증이 생겼다. 오랜 침상 생활로 생긴 욕창 때문이었다. 치료를 위해 어쩔 수 없이 엎드리게 한 후 등을 보게 되었다. 그때 내 눈에 들어온 것은 할아버지께서 그토록 지우기를 열망하던 어떤 문신이나 젊은 날의 잘못에 대한 표식은 아니었다. 긴 시간 반복되어 긁히고 해어진 상처 위에 덧대어 생긴 노을을 닮은 붉고 두꺼워진 피부뿐. 쉼 없이, 오랜 세월 묵묵히 짐을 지고 나른 탓에 그곳엔 아버지로서의 무게만이 고스란히 새겨져 있었다. 난 그분의 등을 스마트폰으로 찍어 보여드렸다. 그러자 말없이 사진을 보던 그분은 빙그레 웃음을 띠셨고, 며칠 후 편안히 눈을 감으셨다.

50년이 넘도록 자신과의 선한 싸움을 해온 할아버지. 과거를 되돌릴 순 없었지만 반복하지 않기 위해 노력해온 그분의 삶이 진한 여운을 남기는 밤이었다.

집으로 돌아오는 길, 나도 그간의 내 삶을 돌아보게 되었다. 분명 그 길 위에는 화려한 꽃들도, 잘 자란 나무도 그리고 예쁘게 꾸며진 조형물들도 많이 보였다. 하지만 군데군데 어두운 그림자가 드리워진 응달엔 마주하고 싶지 않은 할아버지의 문신과 같은 것도 숨겨져 있었다. 감추고 싶고 드러내 보이기 싫은, 차마 마주할 용기를 내지 못하는 것들이.

벌써 내딛는 발 앞엔 어둠이 내린다. 앞으로 남은 길을 가면서 나는 어떤 선택을 할까. 덕지덕지 문신으로 뒤덮인 길은 아니어야 할 텐데. 오늘 밤의 진한 여운이 가시기 전에, 과거에 대한 후회로 점철되거나, 어쩔 수 없었다고 변명하며 감추기에 급급한 길 대신 내 안의 또 다른 나와 치열한 싸움을 벌이는 길을 선택해야겠다. 비록 힘겨운 싸움이겠지만 그로 인해 생긴 상처와 딱지들로 잘못 새겨진 문신들이 가려질 만큼의 시간을 보내야겠다. 그리고 누구도 피할 수 없는 그 길의 끝에 섰을 때 뒤를 돌아보며 웃을 수 있는 그런 내가 되길 소원한다.

어느덧 내가 향한 길 위엔 어스름한 산 그림자가 드리워지기 시작했다. 가을은 제법 이른 저녁이 온다. 노을이 서서히 내려앉은 그 길 위엔 오래 전 할아버지의 등에서 보았던 검붉은 세월의 혼적이 또렷이 새겨지고 있었다.

수필오디세이

The 수필

● 이 작품은 마지막 문장을 읽는 순간, 읽기는 새로 시작된다. 작가가 우리에게 던지는 질문 때문이다. '당신은 살면서 지은 죄를 지우기 위해 무엇을 하고 있나요?' 작품 속 노인의 등에 새겨진 문신은 인간이면 누구나 지닌 죄와 부끄러움이다. 작가는 노인의 이야기를 통해 모든 인간이 지닌 죄와 속죄에 대한 화두를 던진다. 노인의 문신이 지워진 것은 그의 속죄의 노력 때문일까? 아니면 보이지 않는 위대한 존재의 용서 때문일까? /이상은/

마지막 양지

윤이나 ymoran@hanmail.net

오래된 기와집이 한 채, 지붕에는 잿빛 기와가 어깨를 물고 낮잠에 들었다. 물받이를 걷어내고 플라스틱 슬레이트를 달아낸 처마가 마당까지 마중나갔다. 처마 아래는 마당보다 높은 뜨락을 만들었다. 한때, 눈도 비도 긋는 처마 양지에 나락가마니를 쌓고 고추를 말리고 콩대도 널었다.

너른 뜨락에 의자 세 개가 놓여 있다. 한 발짝씩 떨어진 의자는 플라스틱 등받이가 달린 쇠다리 의자 두 개, 나무 의자가 한 개다. 색이 바랜 플라스틱, 쇠다리에 낀 녹, 거뭇한 나무다리에서 지나온 시간을 짐작한다. 크지도 않고 멋지지도 않고 편해 보이지도 않는다. 세상을 돌고 돌다 머문 의자에 못안, 시제, 노르실 어른이 엉덩이를 붙였다. 못안이 택호인 어머니가 마루로 오르는 섬돌 옆에, 가운데는 시제 어른, 그 옆이 노르실 어른이 자리를 잡았다.

한 동네서 일가붙이로 살았으니, 서로 무슨 말인들 못했으리. 된비알을 지나서야 완만한 능선에 이르렀다. 내리막을 내려와 평탄한 길에 서고 보니 노을 앞이었다. 회한의 눈물도 거두고 아쉬움도 삼키는 시간, 궁핍의 시대를 살아낸 이들의 이야기가 줄줄 흘러나왔다. 떠난 이들의 이야기, 아픔도 즐거움도, 털어놓지 못한 비밀까지 새어나왔다. 시간이 없지, 이야기가 부족했겠나.

못안 어른은 살아온 이야기를 책으로 엮는다면 열 권도 더 될 거란다. 활자보다 빠른 말로 긴 이야기를 펼쳐놓았다. 다섯 남매를 둔 어른은 손자 열에 진손 셋을 보았다. 당신 삶이 저무는 것도 모르고 자식 희끗한 머리에 마음이 아프고 늘어난 주름에 가슴이 쓰렸다. 자식을 귀하게 키우지 못해 미안하다는 어른은 못다한 자식사랑을 손자에게 쏟았다. 손자 이야기는 울다가도 웃게 하는 묘약이었다. 자식 자랑은 못한다면서 손자 자랑은 빠지지 않았다. 하다못해 한 뼘이나 자란 손자 키도 자랑감이었다.

노르실 어른은 웃음부자다. 입으로 웃고 눈으로도 웃었다. 특유의 미소는 보는 사람을 행복하게 했다. 노르실 어른은 전용차를 끌고 다녔다. 손자가 어렸을 때 타던 유모차를 물려받은 지 십 년도 더 되었다. 우리 집에서 세 집 건너가 어른 댁인데 돌돌돌 소리가 들리는가 싶으면 순식간에 우리 마당에 들어섰다. 병원에 가거나 딸네 집에 가는 날을 제외하면 하루에도 몇 번씩 오갔다.

시제 어른은 마을 끝에서 오토바이를 타고 왔다. 조용히 오고 조용히 갔다. 소리가 없어도 친구들은 금방 알아차렸다. 어른은 말수가 적고 행동이 빨랐다. 어려서 다친 눈을 제때 치료하지 못해 한쪽 눈으로 세상을 보았다. 아픔이 오래되면 사랑이 되는가. 사람들이 보지 못하는 부분을 더 잘 보고 세심하게 챙겼다. 홀로 사는 동네 어른들 손발이 되고 수시로 음식을 나르고 농사까지 도왔다.

 몇 달 전, 부슬부슬 비 내리는 날에 시제 어른이 떠났다. 그날도 정거장인 듯 잠시 의자에 앉았다 일어섰다. 친구들에게 '오일장에 다녀오겠다'는 말을 하고 오토바이를 타고 떠났다. 그런데 '오겠다'는 약속은 지키지 못했다. 교통사고였다. 현장 주변에는 친구들이 좋아하는 음식들이 흩어져 있었다. 남은 두 어른은 망연히 할 말을 잊었다.

 며칠 전에는 웃음 많은 노르실 어른이 간다는 말도 없이 떠났다. 저녁을 먹고 목욕을 끝낸 뒤였다. 구십 해를 살았고 아들딸 열을 낳았다. 가지 많은 나무에 바람 잘 날 없다 했던가. 거센 비바람이 몰아치고 돌풍까지 불었다. 돌아가기 전까지 남은 자식은 다섯이었다. 마흔을 넘긴 아들을 잃고 정신을 놓았다. 이를 허옇게 드러내고 아이처럼 웃었다. 해맑게 웃으면 좋은 기억은 남고 아픔은 사라지는 것인지 웃고 웃었다.

 몇 달 사이에 두 어른이 떠났다. 홀로 남은 못안 어른의 하루가 퍽퍽해졌다. 낮은 무료하고 밤은 길었다. 시계가 고장난 듯 시간은 더디 흘렀다. 대문을 두드리는 바람 소리에도 몸을 일으키고 골목을 지나는 오토바이 소리에도 귀를 세웠다. 금방이라도 돌돌돌 유모차 끄는 소리가 대문을 들어설 것 같았다.

 그리움도 외로움도 남은 자의 몫이다. 쉼을 지나 마침표를 찍은 의자에는 묵직한 마음이 내려앉았다. 어머니는 바람에 날아갈까, 먼지가 쌓일까, 신문지를 겹겹이 덮어두고 스티로폼 박스 뚜껑을 놓고 그 위에는 돌로 눌렀다. 언제 걷을지 모르는 누런 신문지는 바스락거리고 스티로폼 박스 귀퉁이는 어머니의 시간처럼 바스락바스락 무너져내린다.

 어머니께 의자를 치워야겠다고 하니 '치우지 마라!' 하신다. 의외였다. 동그마니 놓여 있는 자리를 다시 본다. 새하얀 눈밭에 발자국을 찍으면 금세 눈이 내려 쌓인다. 발자국이 눈으로 덮여도 이야기는 남는다. 한생 움푹움푹 남긴 발자국이 어머니들의 발자취다. 자식으로서 어머니로서 오롯한 나로서 숙제를 끝내고 숨 돌린 곳, 가벼운 몸 내려놓은 쉼터요, 사회요, 인생의 마지막 정거장이었다.

의자 주인이 바뀌었다. 바람이 신문지를 스윽 들썩이고 햇살이 내려와 입을 맞춘다. 나비가 기웃기웃 나풀거리며 이렁저렁 뒹굴던 나뭇잎도 날아온다.

산책로 의자에 할머니들이 앉아 있다. 자분자분 말을 잇는다. 내가 그 앞을 지난 후에도 말소리가 얼핏 바람에 실려왔다. 친정집 처마 아래서 못안 어른, 시제 어른, 노르실 어른이 낡은 의자에 기대앉아 두런두런 이야기하는 소리가 들리는 듯하다. **문학수**

The 수필

● 사람이 앉았다 간 자리는 체온과 무게가 남는다. 정을 나누던 이웃이 사라진 골목의 시간은 더디고, 빈 의자를 치우지 못하는 어머니의 모습은 쓸쓸하다. 사물과 사람을 겹쳐 클로즈업한 정지된 뜨락의 희극적 서사와 관찰자로서 심리가 액자식 구성으로 입체적으로 짜여 있다. 추억과 애도의 풍경을 소슬한 언어로 다듬어 깔끔하고 정갈하다. 뉜 허리를 고쳐 펴고 다시 공들여 읽는다. /김희정/

줄탁동시

이삼우 swl235@hanmail.net

지하철 퇴근길이다. 지상행 엘리베이터 안에는 나 혼자다. 문이 서서히 닫힐 무렵, 전방에서 삼십대 후반으로 보이는 여인이 엘리베이터를 향하여 잰걸음으로 다가온다. 나는 함께 탈 생각으로 급하게 문을 열어준다는 것이 닫힘 화살 단추를 누르고 말았다.

달려오는 여성의 노란 스카프가 문틈으로 언뜻 보였다가 사라졌다. 그 사이 문이 꽉 닫히고 만 것이다. 아뿔싸! 열림 단추를 본능적으로 화다닥 다시 눌렀다.

줄탁동시啐啄同時.

듀엣의 환상적인 콜라보로 모세의 기적처럼 스르르 문이 열린다. 나는 그녀와 빛나는 텔레파시가 통했다는 생색에 득의양양했다. 속물근성은 숨길 수 없는 코딱지 같은 것이어서 수더분한 그녀를 슬쩍 훔쳐보았다. 당연히 감사의 눈빛이 오가야 한다는 보상심리가 꿈틀거렸기 때문이다. 그러나 그것은 엄청난 착각이었다. 그녀의 눈매는 맵차서 심상찮았고 쪼잔하다고 비웃는 듯 낯빛은 뽀로통 부어오르고 있었다.

어, 이게 뭐지. 내 딴에는 신사도를 발휘했건만 승강기 안은 얄궂은 침묵으로 후덥지근하다. 으레 합승을 기다려주었다면 "감사합니다" 또는 "고맙습니다"라는 말이 건너오고 "뭘요" 하며 조금은 가들막대는 인사치례로 훈훈한 분위기를 기대했지만 어이없게도 새꼬롬하고 냉랭하기까지 하다.

괜스레 군기침이 나왔다. 이 고약하고 난감한 동상이몽의 발단이 어디에서 비롯된 걸까. 어디, 그녀 처지에서 역지사지 심정으로 되감아보자.

그러니까, 내가 혼자 살겠다고 허겁지겁 엘리베이터 문을 닫으려는 싹수없는 인간으로 오인하였던 것이고, 성깔머리 돋친 그녀는 단거리 선수처럼 달려와 기어이 문짝을 열어젖히고 골인한 장면이렷다.

자신의 힘으로 닫힌 문을 열었다고 철석같이 믿는 여인은 잘생긴 나의 낯짝이 얄미워서 한 대 쥐어박고 싶은 게다. 곱게 늙을 것이지. 배려하는 마음이라고는 겨자씨만큼도 없는…. 속으로 욕지거리 뱉어내며 씩씩대는 상황이 얼추 이해된다.

병아리는 하릴없이 부리만 깨어지고 정작 품어주어야 할 어미 닭은 미운 오리 새끼 보듯 뻘죽하다. 버선코를 까뒤집을 수도 없는 노릇이라 코를 박고 모르쇠로 시치미 뚝 떼는 수밖에.

엘리베이터가 지상에 닿자 암팡진 그녀, 암탉처럼 나를 한번 힐끗 쪼아보고는 푸드덕 홰를 치며 날아가버린다.

삐약, 삐약, 나 어쩌….   **수필과비평**

The 수필

● 「줄탁동시」의 작가는 타고난 이야기꾼임이 틀림없다. 짤막한 글 한 편 속에 이야기를 끝까지 밀고 가는 강한 힘이 솟구친다. 서사적 아이러니 장치를 통해 미세한 감정의 디테일을 살렸고, 마치 독자가 실제로 그 장소에 있는 것처럼 느끼게 만든다. 예상치 못한 방향으로 전개되는 강력하고 생생한 장면 묘사로 독자와의 경계를 허물고 하나의 이야기 속으로 함께 흐르는 정서적 유대감을 갖게 하는데 조금도 부족함이 없었다. 좋은 글은 이처럼 독자의 상상력을 자극하고 이야기의 진정성과 세계관의 몰입도를 최고조로 높인다. 탄탄한 글의 구조와 효과적인 문학적 장치를 통해 독자들을 수시로 들었다놨다 하는 힘은 아무나 가질 수 있는 것은 아니다. /심선경/

환상 호흡

이제우 ljwoo16@hanmail.net

봄은 새색시 기척처럼 왔다. 벌써 이레째, 부등깃같이 포근한 날씨가 이어진다. 산이 무릎을 세워 겨우 들어앉은 도린곁. 해발값 사백여 미터인 주봉主峰에서 가위벌림으로 벋은 산이 남향받이 스무 가옥을 감싸 안은 곳이다. 길은 숲으로 스며들 듯 끊어져 지도가 말을 잃은 여기에도 봄은 만연하다. 붓끝이 기지개를 켜고 돌에도 촉이 돋으려는 쾌청한 봄날. 조각보 같은 논밭을 청보리가 들어올리기 시작한다.

간밤에 비가 별조차 뽀득뽀득 씻어놓고 다녀갔다. 새맑은 식후의 아침, 산펀더기에 마을 사람 몇몇이 이슬처럼 맺혀 있다. 친구 한재도 보인다. 어린 햇살이 아장아장 걸음마를 배우는 이랑에 거름질을 한다. 거름 탐이 심해서 푹신 깐다. 불과 한 마지기에 붙매여 살아온 지가 꽉 찬 육 년. 산출물의 대부분은 자식들 차지지만 나름대로의 보람과 재미를 깨친다. 우리 저이의 몸을 지탱해주기 위한 방편은 숨겨두고.

마을 위뜸엔 우리 두 집이, 다른 이웃과는 팔매질 거리로 떨어져 있다. 뒷집엔 친구 내외가 산다. 처음에는 그네를 성호엄마, 성호아빠라 불렀다. '한재' 마을이 친정인 한재댁의 택호를 따서 친구더러 한재라 한다. 나와 여기서 태어나 군대에까지 같이 다녀온 맞춤친구다. 대처에 나가 있는 동안, 집이며 농사체며 벌초까지 우리 일을 띠앗처럼 꿰차고 돌봤다. 아들 성호가 있긴 했으나 한재네 지붕을 개량하다가 한창나이에 떨어져 죽은 지 오래다. 며느리는 하나뿐인 손녀를 데리고 어딘가에 재취로 들어간 것 말고는 더 알 길이 없다.

지난 밤에 그 아들 제사였다며 점심은 한재네에서 먹는다. 두 집이 마루 위 두레상에 앉았다. 안다미로 담은 제찬에, 향그런 봄나물까지 똑따먹게 차렸다. 거섶에 밥을 비벼 후려먹는다. 잘난 음식은 아니지만, 입이 맛을 움켜쥐고 혀를 농락한다. 수저가 속도감을 가진다. 씹을수록 밥맛이 극락이다. 도란도란 웃음까지 젓가락질한다. 집에서는 맛이 폭탄인 음식도 맛있다고 해댄 헛소리가 아니다. '세상 맛의 종류는 모든 어머니 숫자와 같다' 하시던 아버님 말씀이 새롭다.

이를 후비러 홰기를 구한다. 개나리가 노랗게 숨넘어가는 뒤울 아랫니다. 우리 집 백구와 이 집 암캐가 이 백낮에, 아무도 가르쳐준 바도 없는 초야의 부끄러움을 치르고 있다. 턱짓으로 한재를 오랬다. 낌새를 채고 다 모였다. 다들 민망스러워 흘깃 보고 물러난다. 걸쭉한 웃음을 베물은 한재가, "우리 사돈됐네"라며 앞소리를 메기고, "참 개사돈 됐네"라며 저이가 뒷소리로 받아넘긴다. 한재댁은, "잔칫날 음식이 이. 래. 가 되. 겠. 능. 교" 하는 어눌한 겸사를 한다. 말 속에 보이지 않는 점을 딛고 집으로 온다.

한재와 소주 한 병을 눕혔더니 알알하다. 낮잠을 한숨붙인 뒤 마루에 나왔다. 부옇게 버캐진 바람벽의 거울을 본다. 입은 비뚜러지고 머리 모양새는 봉두난발이다. 맷돌보다 무거운 걸음을 놓아 밭으로 간다. 밭들도 붙었다. 두 밭 살피에 앉아 있는 한재가 멀찍이 보인다. 언제 나왔냐고 물어도 "응!" 할 뿐 고개만 떨구고 있다. 옆에 앉아 얼굴을 살핀다. 눈알이 발갛다. 눈가의 물기를 감추려고 허둥댄다. 누가 부부가 아니랄까봐! 손님이 오면 차릴 게 없어 허둥대며 우리 집에 달려오던 한재댁 형세다.

아무리 어려워도 내색하지 않던 한재. 버겁고 힘든 일이라도 자기 몫이라 생각하던 친구가 조금씩 달라져간다. 일을 하다가 빼마른 목을 자주 헐근거린다. 점심 후, 우리가 나온 뒤 몇 잔을 더 꺾었단다. 아들에 대한 마음의 상처가 호되고 깊었나보다. 몸이 풀려 힘꼴깨나 쓸 모퉁이 하나 없어 보인다. 그래도 일손이 애터지게 느린 나보다야 낫다. 온몸의 뼈를 추켜세우며 둘은 일어선다. 둘은 자기 밭에 돌아와 일손을 다잡는다. 허리가 아파도 핏기가 가시도록 입술을 깨물고 홀되게 버틴다. 햇볕 한 벌을 덧입은 등골은 땀에 젖어, 불개미가 기어가듯 따갑다.

어제와는 달리 하늘이 먼지를 틀듯 뿌옇다. 희미한 도장밥 같은 해가 설핏 기운다. 밭을 벗어나 집을 향한다. 마을 초입의 둥구나무 솔개그늘에 앉아 쉰다. 정수리에 뭔가가 떨어져 착 달라붙는다. 선득한 이물감을 손으로 움킨다. 멧비둘기가 물찌똥을 지렸다. 닭이 알겯는 소리처럼 골골거리는 빨래터에 급히 간다. 오물 부위를 씻는다. 까르르 물러나는 물살에 햇살은 꼬리를 친다. 물주름을 몰고 가던 오른손으로 윗도리 아랫자락을 당겨 머리를 훔친다. 물거울에 저이가 얼비친다. 몸빼바지에 등허리살 다 드러내고 어른거린다. 주어도 모자람뿐인 나와의 만남이 마흔하고도 여섯 해. 평생을 손톱이 빠지게 최선을 다했으나 사는 길은 산밭처럼 가파르다.

해 질 무렵이 다가온다. 저이는 저녁밥을 지을 테지. 지난 날을 돌이킨다. 밥물을 잡던 그 고운 손이, 북두갈고리손이 되도록 억척으로 살아온 것만 같다. 저 손으로 분초를 꼬집어 살아왔다. 돌아가신 어머니는 당신의 손을 꼭 쥐고 태어난 모습이라 좋아하시던데. 시장에 나가도 멍 앉은 과일을 몇 번째 들었다놓았다 하시던 당신 손의 형용까지 닮았다 하시면서… 하지만 저이는 성한 몸이 아니다. 산 채로 소금에 절여지는 쓰라린 아픔을 겪었다. 큰 수술 후 고집을 세워 일부러 여길 데리고 왔다. 식습관에서부터 생체시계까지 그에 맞추기 위해서다. 자칫한 힘부림에도 동티가 날까봐 일이라면 뭐든 밀막는 편이다. 그러나 몸을 사리지 않아 얄밉다.

산골의 밤은 통곡처럼 깊어간다. 통증을 모시고 사는 듯 '아이고' 하며 몸을 누이는 저이가, "이느므 일 안 하마 안 되나" 또 불어터진 소리다. "당신, 오늘 땀 흘리지 않으면 내일 눈물을 흘린다는 말 알아 몰라." 응대도 없이 티브이 볼륨만 높인다. 저이가 잠든 한참 뒤일 거다. 노루잠이 들었나보다. 드릴로 벽을 뚫는 소리에 놀라 깼다. 옆에서 목숨껏 코를 고는 소리다. 소리를 잡으러 어깨를 흔든다. 반동을 붙여 돌아눕는 저이의 몸속에서 돌 구르는 소리가 난다. 통증과 엎치락뒤치락하던 그때가 스쳐간다. 요의가 잦아 마당가에 나온다. 오줌발을 세운 계곡물소리가 적막을 찢고 있다. 한재네 티브이 불빛이 문살을 밝히는 자정쯤이다.

밤잠을 설친 탓이다. 늦은 아침을 물리고 나와 밭이랑을 짓는다. '이느므 일 안 하마 안 되나' 하는 환청에 허리를 펴고 귀를 턴다. 산녘 부모님 묘소를 향해 손을 모은다. 사그러지는 저이를 잡아달라고 간구한다. 저어도, 저어도 나아가지 않는 삶이 물차도록 답답하다. 앞으로 얼마를 어떻게 살아낼까. 한재네와 하늘의 부름을 들을 때까지 여기 사랑치고 살리라는 내 꿈이 매몰차게 뽀개지려 하는 순간이다. 멧비둘기 두 마리가 고랑 끝 산수유에 날아든다. 휘추리와 애채에 앉아 제 울음에 제 고막이 터지도록 겨끔내기로 울음을 쏟는다. 계곡물도 노예처럼 엎드려 운다. 잠시 눈가로 눈물이 다녀갔을까. 떨구지 않으려고 목고개를 있는 대로 젖힌다. 우러른 하늘에 몇 송이 흰 구름만, 이 산골을 한가로이 벗어나고 있다.   **좋은수필**

The 수필

● 아내의 회복을 위해 시작된 산촌생활이 수채화인 양 다큐멘터리의 화면인 양 펼쳐진다. 작가가 대처에 있을 때부터 집안일을 꾸려온 한재와, 그의 아들의 제사상에서 음식을 나누는 묵은 우정이 애잔하다. 정겨운 산촌의 일상을 벼리는 흡인력 있는 수사修辭의 환상호흡은, 죽마고우와의 환상호흡을 넘어섰다. 문학에 기울인 작가의 내공을 짐작케 한다. /엄현옥/

저물어가는 풍경

임철호 rcho86@daum.net

동방천 옛 나루터에 왔다. 어린 시절 할아버지의 하얀 두루마기 끝 자락을 붙잡고 조상님들께 성묘 다닐 때 반드시 건너야 했던 섬진강변에 있는 유일한 뱃길이었다. 머리에 하얀 천을 동여맨 뱃사공이 밧줄을 잡아당기면서 나무배를 옆으로 밀어서 강 건너에 데려다주던 그곳. 줄배가 다니던 뱃길 위로 지금은 육중한 콘크리트 다리가 서 있고, 그 위로는 자동차들이 쌩쌩 달리고 있다. 배가 지나다니던 물길 위쪽으로 여울이 반짝거리며 흐르고 있는 것이 보인다. 그때도 여울은 햇빛을 받아 반짝이면서 흘러내리고 있었다. 나루터 입구에 초가 한 채와 소나무 한 그루도 있었다. 추사의 세한도 그림 속 같던 풍경이었다. 초가집은 아마도 뱃사공 집이었을 것이다. 지금은 정자가 자리하고 있다. 그때의 풍경이 고스란하다. 정자마루에 앉아 섬진강물과 여울을 마주하고 있다.

　나의 선영先塋은 백운산(광양) 자락이 섬진강 쪽으로 흘러내린 자그마한 둔덕 아래에 있다. 어릴 적 내가 살던 고향은 연고가 없어진 지 오래다. 지금의 내 고향은 아버지와 할아버지, 할아버지의 선조님들이 마을을 이루고 오순도순 잠들어 계시는 곳이다. 이곳에 꽃피는 산골마을을 만들겠다고 시작한 시묘살이가 어언 3년이 지났다. 한 달이면 두어 번 내려와 선영 주변에 철쭉, 사철나무 등 꽃나무를 심고 가꾸었다. 이곳이 진정 내가 꿈꾸는 마음속 고향이다. 오늘 아버지와 할아버지께 추석 인사드리러 왔다.

지나온 여울 같던 시간은, 움켜쥐고 살았던 인연과 생의 욕망이 손가락 사이로 모래가 새어나가듯 나도 모르게 빠져나갔다. 하나라도 더 가지려고 남보다 더 앞서겠다고 안간힘을 쓰면서 살아왔던 시간과 욕심, 지금은 두 주먹 잔뜩 움켜쥐었던 금쪽같은 것들이 모래시계처럼 힘없이 빠져나가는 것을 피부로 느끼는 계절이다. 상처와 번뇌가 없는 인생은 없다. 기다리던 우편물이 배달되듯 왔던 계절도 이제는 황홀하게 빛나는 석양의 모습으로 변해갈 것이다. 대개의 삶이란 결핍이고 누추함 그 자체인데, 결핍을 채우고 누추함에서 벗어나려는 욕망 때문에 얼마나 많은 시간을 흘려보내고 마음을 움츠렸던가. "당신의 인생이 아무리 비천하더라도 그것을 똑바로 맞이해서 살아가라. 그것을 피한다든가 욕하지 마라. 당신의 인생이 빈곤하더라도 그것을 사랑하라"던 헨리 데이비드 소로의 말소리가 들리는 듯하다. 시간의 선로 위로 지나가버린 무수한 흔적들이 동방천 다리 위에 달리는 자동차 바퀴자국처럼 찍힌다.

누구에게나 뒷모습이 있다. 그 뒤에 그들의 세월이 묻어 있다. 굽어진 어깨 사이, 가장은 가족을 책임져야 하는 바윗덩어리 같은 짐을 짊어지고도, 가족에게 그 뒷모습은 언제나 당당하게 보이려고 억지웃음을 짓기도 하지만, 때로는 짠하고 슬퍼보일 때도 있다. 누군가에겐 삶의 역사가 어떤 이에게는 삶의 뒷모습으로 그 안에 담겨 있다.

할아버지의 삶이 그랬다. 80여 생을 살았던 할아버지의 뒷모습이 바로 나의 앞모습일지 모른다. 할아버지의 등뒤로 새어나왔던 한숨소리가 내 가슴속에 직선으로 꽂힌 운명의 화살이었는지도 모른다. 저 강물이 흐르면서 부딪쳐 오르는 여울 위로 할아버지의 어둡고 애잔하던 잔상이 떠오른다.

지금도 내 가슴을 헤비는 것은 70년 전의 할아버지 뒷모습이다. 무법과 무질서가 세상을 집어삼키던 그해 1948년 겨울, 아버지가 두 발의 총탄에 쓰러지던 날, 참척지변慘慽之變의 날이 떠오른다. 말없이 흐르는 동방천 여울 위로 가난한 슬픔으로 울부짖던 할아버지의 통탄痛歎이 넘쳐 흐르는 것 같다. 할아버지에겐 빈한하여 배우지 못했던 당신의 한풀이로 온 생을 바쳐 만들어놓은 대들보였을 아들의 무고한 죽음이 애간장을 헤집는 큰 슬픔이었을 것이다. 내 나이 두 살 때쯤이었으니 머~언 시간 속의 일이다.

나는 아버지의 일을 기억하지 못한다. 할아버지의 뒷모습에서 살을 에는 듯한 찢긴 슬픔을 보았을 뿐이다. 나는 서울에 올라와 고등학교에 다니면서도 할아버지에게 편지를 써서 안부를 전해본 적이 없는 불효한 손자로 살아왔다. 길을 걸을 때 늙수그레한 노인이 불안전한 걸음걸이로 걷는 뒷모습을 보면, 할아버지의 뒷모습이 겹쳐보이고 희끗희끗한 머리의 노인을 보면 더없는 연민을 느끼기도 했다.

지금은 눈앞에 여울을 타고 넘는 물결 위로 햇빛을 받아 반짝이는 윤슬을 보고 있다. 그 윤슬이 하얗게 센 머릿결의 할아버지 뒷모습으로 보인다. 할아버지의 뒷모습은 나태주 시인의 「뒷모습」처럼 어여쁘고 아름다운 모습은 아니고 한과 그리움 가득한 먹구슬 같은 암갈색 슬픔이었을 것이다.

할아버지는 천생 가난한 농사꾼이었다. 농사철에는 짚신이나 검정여수 고무신에 삼베 홑적삼 맞춤 한 벌로 일생을 살아오신 분이다. 여름에는 삼베 바지를 홑것으로 걸치고 바지 한쪽은 걷어올린 채 논밭을 가고 오시었다. 당신의 옷깃에서는 언제나 잘 발효된 거름 냄새가 향수처럼 맴돌았다. 할아버지는 내가 성년이 될 때까지도 아버지의 억울한 죽음과 관련한 한恨 서린 이야기를 한마디도 하지 않고 평생 입을 봉하고 사셨다. 오늘, 지금, 여기에서 생전 할아버지의 뒷모습이 떠오르는 까닭은 무엇일까. 저 여울의 입술들이 이제는 말할 수 있다는 듯 햇살 받아 반짝거린다. 그 반짝거림이 나에게 할아버지의 이야기를 전해주는 것 같다.

가을바람이 소슬하다. 문득 눈시울이 붉어지는 날이다. 어느새 강언덕 갈대의 흰 얼굴들 사이로 석양이 내려앉는다. 마치 와온해변의 자황색 노을처럼 서서히 물들어가고 있다. 저물어가는 풍경 언저리에 할아버지의 긴 한숨 소리가 여울지고 있다. **수필오디세이**

The 수필

● 할아버지 시묘살이 3년이 지난 작가가 동방천 옛 나루터에서 바라본 「저물어가는 풍경」은 목성균의 수필 「세한도」를 떠오르게 한다. 작가가 활용한 비유법은 마치 그 장소에 함께 있는 듯 묘사가 탁월하다. 아들을 먼저 보낸 할아버지의 생을 저물어가는 풍경 안에 두고, 긴 한숨소리로 감정의 거리두기를 함으로써 깊은 울림을 주었다. /한복용/

가난한 벽

전미란 mudamssi@hanmail.net

벽은 소리를 막아내지 못했다. 섬마을 학교 사택은 여러 개의 방이
나란히 연결되어 있었다. 슬레이트 지붕에 구멍 숭숭 뚫린 벽돌로 칸만
쳐져 있었는데 칸칸이 나누어진 허름한 벽은 많은 말을 해주었다.

소리는 밤이 깊을수록 커졌고 나는 예민해져갔다. 밤마다 부르릉
보일러 돌아가는 소리가 들렸다. 옆방 남자의 코고는 소리, 기침소리,
방귀소리 할 것 없이 벽을 넘나들었다. 심지어는 몇 시에 일어나는지,
티브이 드라마는 뭘 보는지, 잠들기까지 무엇을 하는지 저절로 알게
되었다.

사택은 보일러실을 부엌으로 썼다. 헐거운 문틈으로 들쥐가 드나들
고, 비가 오면 지렁이들이 바닥을 기어다녔다. 교실 헌 책상을 붙여 그
릇을 올리고 빨간 고무통에 물을 받아 바가지로 떠서 설거지를 했다.
벌 받듯이 쪼그려 앉았다 일어서기를 반복했다. 한겨울, 보일러 온수
통이 끓어오르면서 뜨거움을 토해낼 때면 문을 박차고 뛰쳐나가곤 했
다. 방은 공동으로 사용하는 마당과 맞대어 있어 아무리 볕이 좋아도

내 속옷은 토굴처럼 어두운 부엌에 널어야 했다. 그보다 더 고역스러운 건 공동화장실을 쓰는 거였다. 늘 추리닝 차림을 한 옆방 남자와 마주칠 때면 한껏 몸을 오그려 비켰다. 벽을 통해서 아는 것이 많아진 탓이었다.

음악선생인 그 남자의 방에서는 〈흑산도 아가씨〉 노래가 수시로 흘러나왔다. 그는 수업이 없는 주말엔 일찍 잠들었지만 평일엔 혼자 소주를 마시다 어디론가 계속 전화를 걸었다. 그는 매일 통화를 했는데 그럴 때 목소리는 평소보다 높이 올라갔다. 엄마는? 나갔어? 아니, 아니… 엄마 바꾸진 말고. 아내와 통화하는 날보다 통화를 못하는 날이 더 많았다. 아내가 부재 중인 날엔 양은상에 탁, 탁, 술잔 놓는 소리가 들려왔다.

사택 교사들은 주말이 가까워지면 풍랑주의보가 주 관심사였다. 여객선을 타고 뭍에 있는 가족들을 만나러 가는 날에는 이 방 저 방에서 빈 김치통과 빨랫감을 싸느라 부산스러운 소리가 났다. 그들이 선착장을 향해 썰물처럼 빠져나가고 나면 남겨진 옆방 남자는 바다가 보이는 학교 뒷산으로 올라가곤 했다.

어느 주말 저녁, 남편과 술안주 한 접시를 들고 남자의 방으로 건너갔다. 누리끼리한 벽지와 흐릿한 형광등 불빛까지 우리 방 그대로였다. 먼지 쌓인 오디오 위에 박카스병과 약봉지가 널려 있었다. 그는 남편과 비슷한 사십대 초반의 나이였지만 귀밑머리가 희끗한데다 얼굴빛도 거무튀튀했다. 별 말수가 없이 술잔만 기울이던 그가 내게 불쑥 "사모님은 입술선이 분명한 게 정조관념이 강할 것 같아요"라며 힘없이 웃었다. 지금도 그 말을 잊을 수 없는 건, 말의 내용이 아니라 남자의 눈에 고인 눈물을 보았기 때문이다.

어느 날, 옆방에서 여자의 웃음소리가 벽을 타고 넘어왔다. 나는 아예 벽에다 귀를 바싹 갖다댔다. 남편은 그런 나를 보며 한심하다는 표정으로 무언극을 하듯 손을 휘저었다. 어떤 여자일까. 벽을 외면하고 싶어 티브이를 크게 틀었다. 소리는 더 이상 넘어오지 못했다. 다음날 아침 노크 소리가 났다. 문을 여니, 높은 힐에 화려한 꽃무늬 원피스를 입은 여자가 문 앞에 서 있었다. "저는 옆방 사는 사람 아내예요. 남편 따라와서 살림하는 사람도 있네요." 심란한 표정을 지으며 나를 위아래로 훑어보았다.

그녀가 손님처럼 왔다 떠나던 날, 틉틉한 안개가 덮치더니 섬에 비가 내렸다. 새벽녘 옆방에서 들려오는 울음소리에 잠이 깼다. 입을 틀어막고 우는 듯한 소리였다. 어떤 설움이 저토록 오열하게 만들까. 내가 잠을 못 이루고 뒤척거리자 남편이 낮은 목소리로 말했다. 그는 살날이 얼마 남지 않은 아픈 사람이라고. 동료들 사이에는 다 알고 있는 사실이라고 했다.

방학 때 육지에 갔다 돌아오니 낯선 사람들이 옆방에서 짐을 빼고 있었다. 컴컴한 밤 마주잡을 손 하나 없었던 남자. 죽음의 문턱에서 얼마나 외로웠을까. 누구보다 뭍이 그리웠을 그의 넋은 어디로 갔을까. 그의 불운은 자신을 가둔 가난한 벽에서 시작된 것만 같았다. 바닷모래로 찍어낸 구멍난 벽돌은 그의 한기를 품어주지 못했다. 벽에 부딪혀 오다 마음에서 더 파동을 일으키던 소리들. 벽이 벽의 구실을 못했던 것처럼 나는 그의 고독을 지켜보기만 한 옆방 여자일 뿐이었다. **계간현대수필**

The 수필

● 벽은 두께를 가진 양면이다. 벽 안의 여자가 벽 바깥의 한 남자를 읽고 서술하는 방식이다. 여자에게 벽의 두께는 남자를 향한 연민의 반어적 두께이다. 청각, 시각, 촉각을 아우르며 소설적 진술 방식으로 묘사하여 편안한 글이다. 엿듣는 심리를 불편한 현실과 대치시켜 해학적인 문체로 풀어 스르르 따스하다. 행간에 귀를 대면 옆방 여자의 인간미와 고뇌를 훔쳐볼 수 있다. /김희정/

바라는 바다

|

정아 okkate7@daum.net

똑. 똑. 똑.

누군가 등을 두드린다. 뒤돌아보니, 강릉이 서 있었다. 푸른 바다를 가득 안은 채.

사실, 나까지 쓸 필요는 없었다.

강릉에 대한 이야기는 넘쳐나기 때문이다. 마치 물가에 올린 비버의 집처럼, 무너질 듯 쌓여 있는 가지들에 나무토막 하나 더 댈 필요는 없었다. 잔가지 하나일지라도 더 없는 것은 세상을 무겁게 하는 일일 테니. 하지만 짧은 글이라면, 보름 동안 나를 품어준 강릉에게 인사 한마디 정도는 괜찮겠지.

12월 마지막 날 이곳에 왔다.

애당초 커피 여행이었다. 강릉에는 커피로 유명한 카페가 많으니까. 그 많은 카페들 중에서 내가 처음으로 찾아간 곳은 아주 오래된 어느 커피숍이었다.

욕심이 덩굴처럼 자라는 것을 봤다.

처음에는 뷰가 근사한 카페에 가고 싶었다. 연녹색 싹이 돋는다. 인테리어까지 멋진 곳이라면 더욱 좋겠어. 덩굴손들이 내 몸에 오른다. 달콤하고 트렌디한 음료를 마실 수 있다면 더더욱 좋을 거야. 무성한 잎들이 나를 감싼다. 창가 자리여야 해. 사람이 없었으면 좋겠어. 날씨가 좋아야 할 텐데. 웨이팅이 길면 어떡하지. 갈 곳이 너무 많아. 시간이 부족해… 이런. 이제 나는 사라지고 보이지 않는다.

어쩌면 욕심은 죄가 없는지도 모르겠다. 무심하게 자라는 하나의 생명처럼. 그저 자랄 뿐. 먹이를 주고 있는 내가 먹이가 되고 마는 아이러니. 그 속에서 나를 빼낸 건,

강릉에서 지내는 동안 그곳의 핸드드립 커피는 꼭 맛보고 가요. 그 정성스러움을.

토박이 문우님의 애정어린 추천이었다.

가는 길은 쉽지 않았다. 큰길을 벗어나면 으레 그렇듯이.

내비는 농로로 가라 한다. 포장되지 않은 날것 그대로의 길을 가며 마음을 졸인다. 이 길이 맞는 걸까. 농로를 벗어나니, 육교처럼 허공에 뜬 높고 좁은 길을 기어오르라 한다. 정말 다른 길은 없는 걸까. 위태로운 외나무다리 같은 길을 무사히 건너자, 드디어 목적지가 보인다. 언덕 위에 작은 카페가. 그러나 안도할 수 없었다. 건물 뒤 가파른 비탈길 아래에 있는 주차장까지 가야 하기에. 나는 꼭대기에서 핸들을 잡고 심호흡을 두어 번 한다. 그리고 그곳을 향해 떨어지듯 내려간다. 고르지 못한 노면에 차가 심하게 흔들린다.

급한 경사를 오르내리면 상처가 나게 마련이다. 차 밑바닥이 긁히는 소리가 들린다. 아차. 조심해서 천천히 내려간다. 마음이 긁힐 때도 이런 소리가 났으면 좋겠다. 모두가 들을 수 있도록.

이처럼 난도 높은 길은 오랜만이다. 무난하지 않은 길. 움푹 파인 누군가의 인생처럼.

아담한 미색 건물 왼편에 작은 문이 있다. 초록색 문을 통해 2층으로 향하는 계단을 오른다. 계단 끝에 또 하나의 문이 보인다. 밤색 격자무늬 문이.

그 문을 열자 30년을 거슬러오른 듯한, 다른 시공간이 펼쳐진다.

오전 9시. 가느다란 겨울 햇살 속에, 빈티지한 작은 테이블 예닐곱 개와 기우뚱한 의자, 하얀 커튼, 클래식한 검은 색 업라이트 피아노, 레이스 위에 놓인 나무 액자들, 색이 엷어진 작고 고운 앤티크 찻잔들과 천장에 달린 빛바랜 노란 샹들리에가. 마치, 어느 오래된 공원의 커다란 나무 옆에 놓인 손때 묻은 벤치처럼, 한자리에서 긴 세월을 고스란히 지킨 그것들이, 문을 열고 들어온 순간 일제히 나를 바라본다. 달콤한 커피향이 코끝을 쓰다듬는다.

편한 곳에 앉으세요.

이곳의 환대는 숨막히는 요란함과 다른 고요한 관심이다. 내가 슬며시 미끄러져 들어와 그들과 함께 하나의 배경이 될 수 있도록, 물들 때까지 기다려준다.

창밖 저 멀리 바다가 보인다. 경치라고 부를 수 없이 너무 멀고 희미한 바다. 수평선만 남아버린 바다가 얇고 긴 띠를 두르고 있다. 아스라

하다. 마치 추억처럼.

　백발이 성성한 바리스타가 직접 커피를 내리는 곳.

　30년 전 우리나라에서 처음으로 핸드드립 커피를 시작한 사람. 강릉이 커피의 도시가 되는데 초석을 다진 사람. 그는 사업적 성공에도 불구하고 여전히 이 작은 카페에 머문다. 자신을 찾아오는 손님들에게 직접 커피를 만들어 건네기 위해. 이곳의 시그니처 메뉴인 파나마 게이샤를 주문하며 문득 이런 생각을 한다. 그는 무엇 때문에 이러는 걸까. 그리고 나는 무엇을 위해 여기까지 온 걸까. 행동에는 늘 목적이 따른다. 나는 무엇을 느끼고 싶은 걸까. 아니, 느낄 수나 있을까. 커피에는 문외한인데.

　작은 로스팅 기계가 있는 방에서 그가 나온다.

　30년을 한결같이 걸었을 그 길을 천천히 걸어온다. 그리고 원두를 갈아 종이 필터에 조심스레 털어넣은 후, 나만을 위한 커피를 내린다. 뜨거운 물이 스테인리스 주전자에서 하얀 김을 내며 분쇄된 커피 속으로 낙하한다. 물에 젖은 갈색 가루가 봉긋하게 부풀어오른다. 오른손은 주전자를 들고 왼손은 탁상에 올리고, 마치 드리퍼를 껴안듯이 서서 고개를 숙이고서는, 물줄기를 시계방향으로 둥글게 둥글게 서서히 말아나가며 붓는다. 보글보글한 거품들이 가루 위로 올라온다. 마치 태어나서 처음으로 커피를 내리는 것 같은, 그의 세심한 모습을 나는 숨죽여 지켜본다.

　갑자기 어린 시절이 떠오른다. 한겨울, 엄마가 다용도실에서 쭈그리고 앉아 손세탁을 하던 모습이. 빨래판에 놓인 옷들은 엄마의 꼼꼼한 손질에 새하얘졌다. 보글보글 오르는 비누거품과 하얀 연기. 쏴아— 하는 물 뿌리는 소리. 거기서 뭐해, 추워, 얼른 방에 들어가, 라고 하는 숨찬 목소리. 그리고 지금은 보지 못하는 젊고 예쁜 엄마의 얼굴. 커피를 내리는 모습을 보며 그 옛날 생각이 난 이유는 왜일까. 어떤 정성스러움이 닮아서일까.

똑. 똑. 똑.

드리퍼를 통과한, 유리 서버 안으로 떨어지는 커피에서는 빗소리가 난다.

그 소리를 듣기 위해 얼굴 옆에 뚫린 검고 깊은 두 개의 구멍을, 귀를 열어젖힌다. 떨어지는 방울들은 마치 어린 짐승의 눈물처럼 맑은 동그라미다. 영그는 소리를 들으며 또 다른 생각에 잠긴다.

지구가 태어난 후로 물의 양은 변하지 않았다고 한다.

그렇다면, 어쩌면 지금까지 내가 흘린 모든 눈물은 강에게로 흘러, 결국 바다에게로 간 것일까. 얼마쯤은 하늘로 올라 구름이 되어 다시 비로 내렸겠지. 운이 좋았다면 그리운 네 몸에 몇 방울쯤은 떨어져 스며들었을지도 모르겠다. 더 운이 좋았다면 그대 마음에까지 가닿았을지도 모르지. 그것이 다시 너의 눈물과 함께 흘러내렸다면, 한번쯤이라도 그랬다면 더 바랄 것이 없겠다. 비가 오는 날 네가 그리운 이유이다. 내가 슬픈 이유이다. 그리고 내가 비를 좋아하는 이유이다. 그런데 왜 갑자기 그가 떠오른 걸까.

커피가 나온다.

오래된 잔에 담긴 커피는 향이 세월만큼 진하다. 하지만 안타깝게도 나의 어눌한 후각세포와 혀 속 미뢰는 메뉴판에 쓰인 설명 같은, '꽃 향기와 과일 향, 특이한 신맛'의 섬세함을 제대로 느끼지 못한다. 그럼에도 불구하고 어떤 잔잔한 감동이 있다. 묵직한 것이 가슴을 채워 촉촉하게 눈으로 차오른다. 땅속에 있는 추억을 빨아올려 잎을 피우는 나무처럼. 모두 다 떨어져버렸다고 느꼈던 낙엽들이 가지에서 새롭게 피어난다. 떠나간 이별이 내 주머니 안에 고이 있음을 느낀다. 만지작거리자, 눈물 같은 것에 촉촉하게 적셔진다. 커피를 마시며, 그리운 사람들이 모두 떠올라버린 이유는 알 수 없지만, 파나마 게이샤에 대한 내 마음의 메뉴판에 이런 글귀를 적어야 할 것 같다. '+ 어린 날의 비누 향, 첫사랑의 맛, 시간 너머 잊혀진 기억들'이라고.

자리에서 일어나려는데, 문 옆 작은 의자에 그가 앉아 있다. 커피를 내려준 바리스타가.

그는 스피커에서 흐르는 뉴에이지 풍의 음악을 들으며 눈을 감고 천천히 몸을 좌, 우로 흔든다. 괘종시계의 추처럼. 그를 따라 시간도 흐른다. 하얀 머리와 주름진 얼굴, 노란 색과 갈색이 섞인 부드러운 스웨터를 입고 흐르는 시간.

흔들흔들.

나는 그가 흔들리는 모습을 바라본다. 평생 자기가 사랑하는 일을 하며 살아온 사람의 모습. 그 길은 결코 쉽지 않은 길이었을 것이다. 남들이 가지 않는 좁은 길. 그 길에서 무던히도 흔들렸을 그가 음악을 들으

며 몸을 흔든다. 그래. 흔들려도 좋아. 흔들려도 되는 거야. 흔들리며 걷
다보면 나중에는 이렇게 스스로 흔들 수도 있는 거야. 마치 내게 이런
말을 하는 것 같다. 어쩌면 여기까지 오는 험한 길은 그가 걸어온 시간
에 대한 암시일지도 모르겠다.

그를 바라보는 내 모든 시간도 온화하게 흔들린다.

조급한 마음이 묘하게 누그러진다. 딱딱한 것이 갈려져 고운 가루가
되듯 내 안의 무엇인가 부서진다. 파도처럼. 혹은 빗물처럼. 무엇인가
가 내게서 찬찬히 떨어져 나온다. 욕심 이런 것들이.

나의 첫날이 그렇게 내려지고 있었다.

보름 살기를 시작하면 언젠가 돌아가야 할 날이 온다. 마치 우리 삶
처럼. 떠나야 할 시간에 도착한다. 만일 일 년이 하루라면, 나는 며칠 살
기를 하러 이 별에 온 것일까. 그의 옆을 지나며 이런 생각을 한다.

문을 열자, 들어갈 때 보지 못한 글귀가 벽에 붙어 있다.

"커피 한 잔은 150㎖입니다. 그 작은 잔에 담는 것은 커피만은 아닙니
다. 나의 사랑입니다."

그래서였구나. 내가 사랑한 사람들이 모두 떠오른 이유가. 그가 건넨
사랑에 내 추억이 공명했구나.

그리고 보니, 헤이, 카페 보헤미안. 나는 강릉의 모든 커피를 다 마신
게로구나. 지난 30년 동안 내려진 모든 커피를.

그 후로 나의 보름이 얼마나 따뜻했을지, 얼마나 많은 파도와 속삭이
고, 많은 햇빛 속을 거닐었을지, 얼마나 많은 바람의 냄새를 맡고, 많은

별을 맛보았을지 굳이 말하지 않아도 될 것 같다. 그렇게 나의 오감이 내려지는 동안, 강릉은 나의 보름을 서걱 먹어버렸다. 나는 내년과 함께 집으로 돌아왔다.

하지만 언젠가 나는 또 눈물을 흘릴 테고, 그것은 다시 바다로 흘러갈 테니.
바다가 추억처럼 먼 그곳에서 커피를 마시며,
그리운 사람들을 온통 불러내
실컷 흔들릴 것이다.

그것이 내가 바라는 바다. 한국산문

The 수필

● 시적이며 사랑스럽다. 차분하면서도 유쾌하다. 커피는 작가에게 깊은 내면의 여행이다. 자신을 향한 고백과 바람, 타인을 향한 사랑의 언어가 섞여 향을 발하며 글 온도를 높인다. 감성에만 치우치지 않은 사유의 시럽을 적절히 섞어 표현이 달고 맛이 진하다. 내비게이션을 따라가며 영상을 보듯 읽노라면, 문장들이 리듬을 만들며 우리를 자신의 잔 앞에 인도한다. 삶의 바다가 보이는 거기. /김희정/

숫자 에피소드

최희숙 primera35@hanmail.net

나를 증명해야 한다. 지금 이 순간 나의 죄목은 비밀번호 분실죄다. 디지털 기기는 정확한 숫자조합을 요구하며 에러 음을 계속 울린다. 내가 만든 나의 집에 초대받지 못한 불청객이 되었다. 나를 모르냐고 애원해도 소용없는 일이다. 난감하다. 이 순간 내 집은 타인의 공간이 된 듯한 착각에 빠진다. 비밀번호만이 현관을 통과해 집 안으로 들어갈 수 있는 유일한 프로세스process였다. 기억으로는 나와 연관된 여러 숫자 중 분명히 잊지 않을 조합으로 만들었던 여섯 자리의 숫자였다. 코드화된 숫자만이 나를 증명하므로 어떤 상황에서도 기억해야 했다. 몇 번의 시행착오 끝에 간신히 집에 들어갔으나, 그날의 긴장과 불안을 다시 떠올려본다.

오래 전 응급실에 도착했을 때 환자인 어머니의 주민등록번호부터 확인해야 했던 경험이 있다. 경황없는 중에 쉽게 기억해낸 것은 어머니와 나의 주민등록번호 뒷자리가 같기 때문이었다. 그때 나는 어머니와 나의 번호가 동일하다는 것이 얼마나 다행인지 모른다고 생각했다. 병원에서의 모든 업무는 온라인으로 연결되어 있다. 환자의 긴급한 상황을 알릴 수 있는 것도 보호자의 빠른 대처와 상황설명이다. 어머니의 침상에 적혀 있던 숫자는 환자의 본인 인증과 병명, 치료 방향 등을 확인해주는 것이었다.

어머니의 진단명은 상세불명의 우울에피소드 F32.9다. 질병에 대한 체계적인 통계와 분류를 세분화하여 숫자로 코드화된 것이다. 우울증도 세분화된 유형으로 복잡해졌기 때문에 숫자 코드로 분류하게 되었으리라. 어머니는 상세불명의 우울에피소드 F32.9라는 숫자 안에 갇혀 오늘도 일상을 회복하지 못하고 있다.

현대인의 삶은 복잡다단複雜多端하다. 때로는 슬픔과 상실감 앞에 감당하지 못하는 좌절로 쉽게 벗어나지 못하기에 누구라도 어떤 숫자의 우울 코드에 해당될지 모른다. 어머니의 건강에 대한 불안과 나의 또 다른 문제로 인한 우울은 내 마음속에도 무겁게 자리잡고 있다. 나의 인생 차트에 앞으로 몇 개씩의 건강 불안 코드를 더 받아야 할까.

어느 날 회사의 인터넷 주소가 바뀌었다. 업무가 잠시 중단되었다. 주말에 사무실과 현장의 전기공사가 있었다. 업체에 보낼 서류를 스캔하고 전송해야 하는데 아무리 찾아도 파일이 보이지 않았다. 직원들과 업무 프로그램이 연결되지 않아 네트워크 상에서 길을 잃어버린 것이다. 심각한 문제가 있는 것은 아닌지 당황해 전문가를 불렀다. 서로를 연결하는 주소인 인터넷 I.P가 전화번호와 같은 기능을 하고 있음을 알게 되었다. 집 주소나 전화번호는 임의대로 바뀌지 않지만 I.P 주소는 어떤 문제를 감지하면 스스로 주소를 바꾸기도 한다. 컴퓨터 네트워크

상에서 나의 위치를 알리거나 편리한 정보를 전해준다. 이렇듯 편리한 기능도 숫자와 밀접했다.

숫자로 자신을 표현한 이상의 시 「오감도」다. 그 중 시제4호 안에는 '환자의용태에관한문제 진단 1931.10.2. 책임의사 이 상'이라는 내용과 숫자들이 거울 안에 뒤집힌 채 나열되어 있다. 명확히 해석되지 않아 모호한 숫자의 배열이다. 누군가는 폐결핵을 진단받았던 이상의 진단명이라 했던가. 1~9, 0은 모든 조합을 만들 수 있는 숫자다. 이상은 이 시에서 무엇을 말하고 싶었던 것일까? 복잡한 듯 연결되어 있는 거꾸로 뒤집힌 숫자의 이미지를 다시 한번 찾아본다. 그는 숫자를 뒤집어 아픈 자신을 표현한 것인가. 아니면 그만이 풀 수 있기에 누구도 풀지 못할 비밀 코드를 설정한 것인가.

숫자들은 세분화된 현대사회에서 일상생활의 편리와 영역을 넓혀준다. 대부분의 사람들은 본인과 연관되는 숫자들을 기억하고 있다. 나만의 고유한 번호를 갖게 되면 그에 따른 책임도 주어진다. 그것은 또 다른 나이며 어떤 상황에서 나를 증명해주기 때문이다.

숫자 안의 나를 생각한다. 아날로그 시대를 거쳐 디지털 시대를 살아가는 내게는, 던져진 주사위처럼 우연인 듯 부여받은 숫자의 조합이 계속 생성되고 있다. 주민등록번호, 전화번호, 통장번호, 비밀번호, 4대보험 가입 번호, 아파트 호수, 자동차 번호…. 자고 일어나면 하나 더 늘어난 인식의 기호와 만난다. 내게 주어진 하루를 허투루 마투루 보내지 말라 함인가. 어쩌면 그것들은 내게 있어 지문처럼 통과의 열쇠가 되어주기도, 생의 흔적으로 남겨지기도 한다. 언젠가는 무의미하게 지워져 버릴지도 모른다.

르네 마그리트의 〈골콩드〉의 화폭에서 겨울비가 내리듯 멈춰진 인물들을 나의 모습으로 환치해본다. 실제의 나 자신으로 인식되는 몸은 고정되어 언제까지나 하나뿐일 것이다. 그러나 숫자들이 또 다른 나를 만들고 있지 않은가. 대표적인 나를 표현할 수 있는 주민등록번호를 적어본다. 숫자에 담긴 의미를 하나씩 찾아본다. 주민등록번호뿐 아니다. 카드번호나 물품주문번호, 택배송장번호 등 내 주변의 숫자 비[雨]는 매일 마그리트의 화폭에서처럼 줄기차게 쏟아져 내린다.

지금 이 순간도 디지털시계는 숫자를 바꾼다. 일상은 나와 연관된 숫자들보다 무관한 숫자들로 가득하다. 숫자 안에 내포된 많은 정보들은 나라는 인간을 객관적으로 증명해야 할 코드다. 그것들을 모아 비밀 노트에 기록한다. 나라는 존재만으로 나를 증명할 수 없을 때 나를 인증하기 위해, 필요할 때 꺼내볼 수 있도록 보관한다. 오늘도 숫자 비[雨] 속을 걷는다.

에세이포레

The **수필**

● 합리와 효율성만을 추구하는 현대의 숫자사회에서, 나를 입증하는 일은 아이러니하게도 나의 존재와는 무관하다. 내 집 현관문도 어머니의 신분 증명과 병원의 진단명도 숫자와 코드가 전부다. 나날이 늘어나는 인식의 기호 속에서, 숫자로 분류되고 관리되어 숫자 비[雨] 속을 걸어가는 작가의 모습은, 숫자와 코드만으로 존재를 증명해야 하는 이 시대 인간의 자화상이다. /엄현옥/

거미

함무성 hms0055@naver.com

뜰에 새벽안개가 자욱하다. 요란스럽던 매미의 계절이 가고 거미의 계절이 왔다. 정원에 촘촘하게 올을 짜서 레이스처럼 펼쳐놓은 거미줄에 이슬이 내려 부옇다. 거미들이 지난 밤에 나무 사이마다 설치미술 작품을 만들어놓은 것 같다.

소나무 가지 사이에 정교하게 그물을 놓은 거미가 보인다. 배 부위가 선명하게 붉고 다리에 짙은 갈색과 노란 띠를 두른 걸 보니 무당거미다. 몸통의 녹색, 파란 색, 붉은 색의 화려하고 복잡한 무늬가 신내림 받은 무당의 옷 색깔 같아서 그렇게 이름이 붙여졌나보다.

거미는 곤충이 아니다. 거미에게는 날개도 없다. 여덟 개의 긴 다리와, 머리는 가슴에 붙고 배는 통통하다. 나는 이 괴이한 절지동물에게 호감이 갈 리 없었다. 더구나 으슥하게 덫을 놓아 남을 옭아매는 기분 나쁜 동물이 아니던가.

아침 이슬이 걷힌 후에도 덩치 좋은 무당거미는 제 집 한가운데서 미동도 없다. 시력도 약하고 날개도 없는 거미가 살아남기 위해서는 그물을 쳐서 먹이사냥을 할 수밖에 없겠다. 항문 근처의 방적돌기에서 자아내는 실로 세로줄을 먼저 놓고, 밖에서부터 안쪽으로 빙글빙글 돌아 들어가며 정교하게 가로줄을 치는 모습이 경이롭다.

거미줄은 공학적이다. 자연과학에서 생산기술을 연구하려는 데는 거미만 한 동물도 없다고 한다. 거미줄은 설계도 섬세하고, 재질은 가볍고 질기며 끈적이기까지 하다. 그 끈적임은 가로줄에만 있고 세로줄에는 없다 하니, 여덟 개의 다리로 더듬어 세로줄로만 다니는 거미는 제 몸은 절대 줄에 걸리지 않는다. 파리나 나비, 벌들에게만 '죽음의 덫'이다.

거미는 생존방식도 독특하다. 제 집의 한가운데 버티고 앉아 진동을 전달하는 경로인 방사형 바퀴살 위에 여덟 개의 다리를 펼쳐 올려놓고 몸부림치는 먹잇감이 어느 부분에 붙었는지 진동으로 알아낸다고 한다. 먹잇감의 위치가 확인되면 세로줄만 딛고 다가가서 제 몸에서 자아내는 실로 돌돌 말아 질식시킨 후 진액을 빨아먹는다. 어느 곤충들에게는 거미줄이 죽음의 덫이지만, 거미 자신에게는 절명을 넘어서는 최선의 전략일 수밖에 없다. 그물을 완성하고 한가운데서 참선하듯 앉아서 기다리는 거미에게 있어 그 줄은 진지한 사고의 도구이기도 하다. 거미는 줄을 조율하며 자기 자신의 정신도 함께 조율하는 것이 아닐까.

아침 출근을 서둘렀다. 불경기지만 그래도 사무실을 비울 수는 없다. 홀로 제 영역을 목숨 걸고 지키는 거미처럼 내 영역도 지키자. 사무실 어항 속의 '구피'에게 먹이를 주고 그동안 쌓아놓은 신문뭉치와 종이상자 등을 정리하고 '연이' 아주머니에게 전화를 했다.

환갑을 훌쩍 넘은 그녀는 뇌졸중으로 쓰러져 집안에서만 생활하는 남편을 대신해서 일거리를 찾아나섰다. 리어카를 이용하여 폐지와 고물을 모아 파는 일이다. 산더미 같은 폐지와 고물을 오전에 한 리어카, 오후에 한 리어카를 모아 고물상으로 가져가면 일만오천 원 남짓 받는다고 했다.

그 돈으로 두부 한 모와 라면, 남편의 주전부리로 건빵 한 봉지를 사면 끝이다. 그녀 자신도 당뇨병을 앓고 있으면서 쇠약해진 몸으로 리어카를 잡고 다니면 그녀가 리어카를 끄는 것인지 리어카가 그녀를 미는 것인지 알 수도 없다. 이웃 사람들은 그녀에게 이제는 험한 일 그만하라 재촉하지만 '배운 것도 없고 자본도 없는 사람에게 이만한 일자리가 어디 있겠느냐'며 궂은날도 마다않고 거리를 누빈다.

그녀가 눈이 통통 부은 채로 폐지를 가지러 왔을 때였다. 남편이 '고물을 모으는 일은 이제 하지 말라'며 자기가 죽어야 당신이 이 고생을 안 할 거라는 말에 부부는 서로 많이 울었다고 했다. 그녀도 지병으로 하루하루 야위어가지만 그래도 보살펴야 할 남편이 있어 살아야겠다는 의욕이 솟는다며 건네준 냉수 한 컵을 달게 마셨다.

까맣게 그을린 얼굴에 팔다리도 앙상한 그녀는 율량동, 사천동, 주중동을 거미줄을 늘이듯 온종일 걷는다. 가끔씩 내가 운전하여 가다보면, 오전에는 사천동 골목에서 리어카를 밀고 나오는 그녀를 볼 수 있고, 오후에는 주중동 골목을 누비는 그녀가 보인다. 허름한 옷차림과 헐거운 운동화를 신고 뒤로 질끈 동여맨 머리 위에는 낡은 야구 모자를 썼다. 그녀는 서두르지도 않고 게으르지도 않게 거리를 누빈다. 나는 그녀를 위해 내 사무실 주변에서 눈에 띄는 종이상자를 주어모아 사무실 구석에 쌓아놓았다.

그녀는 쉬지 않고 동선마다 거미줄 같은 통로를 만든다. 나는 그녀에게 '천사거미'라고 별명을 붙였다. 아픈 남편은 그녀 삶의 원동력이고, 걷고 또 걷는 일은 그의 몸과 강인한 정신력을 키워주는 도구이다. '연이' 아주머니는 꿋꿋이 제 삶을 가꾸는 거미를 닮았다.

폐지를 차곡차곡 리어카에 쌓는 그녀의 허리에는 널찍한 골판지를 아기처럼 업고 있다. 이제 허리조차도 힘이 부족한가보다. 사탕 한 줌을 주머니에 넣으며 사무실에서 나가는 그녀의 뒷모습은 수북한 폐지더미에 가려서 보이지 않고, 리어카가 제 스스로 앞으로 굴러가는 것 같다. 그 리어카를 바라보며 '천사거미'의 오늘 하루도 안전하기를 기원한다.

퇴근해서 바로 아침의 그 거미집을 관찰했다. 몇 마리의 벌들과 당랑권을 자랑하던 사마귀도 거미줄에 돌돌 감겨 있다. 무당거미는 망가진 제 집을 입체적으로 줄을 놓으며 부지런히 보수하고 있었다. 어찌보면 각자의 능력과 지혜대로 살아가는 우리 모두의 생존방식도 거미와 같지 않을까.

나는, 홀로여도 당당한 그 무당거미를 사랑하게 되었다. 거미가 그렇게 하듯 느슨해진 내 인식의 줄도 팽팽히 당겨본다.　　　　　**수필과비평**

Thp**수필**

● 작품 서두에 한낱 미물에 불과한 거미의 생태를 객관적인 거리에서 바라본다. 작가의 시선은 어느덧 인간세상으로 옮겨가고, 사회 차상위계층인 나(화자)와 가장 밑바닥에서 부단히 제 영역을 지키려는 '연이' 아주머니 또한 최소한의 연명을 위해 몸부림치는 것이 거미와 다를 바 없음을 구체적 형상을 통해 드러낸다. 문장의 틈새마다 화자의 삶과 세상을 바라보는 윤리적이고 애틋한 시선이 흠씬 묻어 있다. 심지어 작가 자신조차도 사유의 대상으로 삼아 형상화한 것이 이 작품의 가치와 깊이를 더한다. /심선경/

두부 한 모 앞에 두고

허정진 sukhur99@naver.com

    밤새 불린 흰 콩을 맷돌로 곱게 갈아낸다. 어처구니를 힘들이지 않고 다루는 여유가 삶의 근력처럼 믿음직스럽다. 가마솥에서 천천히 끓여가며 알갱이가 몽글몽글해지면 베자루로 비지를 걸러내고, 뽀얀 콩물에 간수를 살짝 뿌려 서서히 순두부를 만든다. 그 덩어리를 틀에 넣어 누름돌로 눌러주면 물이 빠지고 두부가 완성된다.

    '두부 만드는 일은 게으른 며느리에게 맡겨라'는 말처럼 오랜 과정을 꾹 참고 지켜보며 정성과 심혈을 기울여야 가능한 일이다. 그것이 곧 장인정신이다.

    오일시장 귀퉁이에 오래된 두붓집을 들렀다가 두부 한 모를 사왔다. 속이 꽉 찬 것 같은 하얀 속살이 자기 생의 이력서인 양 오지고 탱탱하다. 뭘 해먹을까? 된장찌개에 숭덩숭덩 잘라 넣으면 좋겠지만 오늘은 그냥 부침이나 해서 먹을까 망설여진다. 그리고 보니 두부로 할 수 있는 음식이 무척 다양한 것 같다. 두부전, 두부탕, 두부보쌈, 두부조림, 두부전골, 두부샐러드 등.

부드럽고 촉촉하며 고소하다. 무미하고 덤덤해서, 담백하다는 말이 원래 두부 맛이었던가 싶다. 두부 자체만으로도 훌륭하지만 특별한 색깔도 냄새도 없는 두부는 다른 재료들과 원만하게 조화를 잘 이룬다. 방아잎이나 고수처럼 자기만의 특이한 맛과 향을 고집하지도 않고, 파프리카나 홍당무처럼 강렬한 원색으로 자기 주장을 드러내지도 않는다.

천성이 순하고 수더분해서 매사에 순응하고 순종한다. 뼈가 없어 칼도 덩달아 부드러워지고, 갖가지 모양내기도 요리사의 마음에 달렸다. 무슨 요리를 하든, 어떻게 살점을 베고 떼어내든 이래도 "응", 저래도 "응" 하는 목낭청이 따로 없다. 오상아吾喪我며 무념무상無念無想이다. 눈에 보이는 뼈는 없어도 '자아'라는 내공이 단단히 들어앉아 어떤 칼날 앞에서도 두려워하지 않는다.

자존심 때문에 모서리는 존재하지만 젤리처럼 말랑말랑하다. 겉으로 보기에 단호하고 날카로울 뿐 모서리가 있어도 모나지 않아 한번도 누군가를 다치게 한 적이 없다. 취급하기 좋으라고 벽돌처럼 네모지게 만들었지만 누군가 원한다면 동그랗게, 붕어빵 모양도 될 수 있다. 중요한 것은 그 사람의 영혼과 본성이지 겉모습이나 형태가 진정한 실체가 아니라는 모양이다.

나를 지탱하기에 내 무게, 내 부피면 족하다. 과하지도, 모자라지도 않은 최적의 조화로움 그 자체이다. 그래서 누군가의 위에도, 아래에도 함부로 위치하려 하지 않는다. 내 존재의 밀도가 지나쳐 남이 무너지거나, 남으로 인해 내가 손상되는 것도 바라지 않는다. 누구나 자기 자리에서 자기 본분을 지키며 제 삶에 충실했으면 좋겠다는 생각이다.

물렁물렁하고 내구력이 약한 것을 일컫는 관용어로 '두부살'이라고 한다. 그래서인지 어릴 때는 자식들이 하나같이 두부처럼 물러터졌다고 아버지가 안타까워하신 적도 있었다. 어디 가서도 손해보지 않고, 누구에게도 지지 않는 차돌 같은 아들을 기대했던 모양이다. 그렇다고 세상을 물컹하게 살까봐 두부 안 먹고 자란 사람은 없을 것이다.

한때는 교도소 출소자가 받아드는 첫 먹거리로 생두부를 사용했다. 단백질을 보충한다는 뜻도, 흰 두부처럼 깨끗이 속죄한다는 이미지도 있었다고 한다. 박완서 작가의 수필 「두부」에서의 답이 그럴듯하다. "징역살이를 속된 말로 '콩밥 먹는다'고 하는 것을 생각하면 출옥한 이에게 두부를 먹이는 까닭을 알 것도 같다. 두부는 콩으로부터 풀려난 상태이나 다시는 콩으로 돌아갈 수 없다. 그렇다면 두부는 다시는 옥살이하지 말란 당부나 염원쯤으로 되지 않을까."

아무런 독도, 날카로움도 없어 목구멍 너머로 넘기기에 편하다. 단백질이 필요한 승려나 채식주의자의 식물성 치즈이고, 조상님들을 목숨처럼 받드는 조선시대 제사상의 중요한 제수祭需 중 하나였다. 고려말 이색의 『목은집牧隱集』에 이 없는 늙은이가 먹기 좋은 음식이고, 먹을 것 많은 요즘 젊은이들에게 열량 낮은 다이어트 식품이기도 하다. 세상에 존재하는 최선과 최적만 골라 으깨어논 듯 흠잡을 데 없는 완벽함이다.

형체는 없어져도 콩이 가진 본성은 잃지 않는다. 불가마 속 항아리가 뜨거움을 견뎌 존재를 드러내듯 콩이라는 형상에서 탈피하여 전혀 다른 물상으로 변한 것이 두부다. 자신을 희생하고서도 주연이든 조연이든 탓하지 않고 부드럽게 서로 어우러져 하나되는 법을 일깨워준다. 주변의 김치든 된장이든 끓일수록 그 속에 스며드는 두부는 세상에 융화와 통섭을 주는 매개체가 아닐까 한다.

세상을 당당하게도, 부드럽게도 살지 못했다. 남들에게는 당연하고 자연스러운 일들이 신발 속 모래알처럼 불편하고 버석거렸다. 밖으로 드러내지 못한 감정을 겹겹이 껍질 속으로 감추려고만 들었고, 조그만 충돌이나 불화에도 배반감을 느끼며 담을 쌓기 일쑤였다. 채워졌다가 비워지는 일들에 익숙하지 못해 마음을 있는 그대로 내어주지도, 나를 죽여 누군가의 배경이 되어주지도 못했다. 두부로의 변모를 완강하게 거부하는 줏대 있는 콩이나 되는 것처럼 자신에게만 충실한 자존감이 문제였다.

두부 한 모가 누구에게는 보잘것없는 재료일지라도 또 누구에게는 한 끼의 식사이고 한때의 목숨이 될 수도 있다. 부재료든 주재료든, 간단하든 공든 요리든 간에 허한 뱃속을 채우기에 그만한 음식도 없다. 빈약하지도 고급스럽지도 않고, 낯설거나 까다롭지도 않은 친숙한 음식이다. 계절도, 유행도 없이 세계 어느 나라 사람이나 좋아하는 고향 같고, 어머니 같은 음식이다.

그나저나 저 두부 한 모로 뭘 해먹을까? 한참 망설이다가 결국, 그냥 끓는 물에 두부를 통째로 삶아 묵은김치에 막걸리 안주를 하기로 했다. 뭐로 해먹든 간에 두부처럼 순하고, 이물 없고, 낮은 자세로, 겸손한 삶을 이참에 좀 깨닫기라도 했으면 좋겠다. **계간수필**

The 수필

● 장인정신이 있어야만 만들 수 있는 두부는 우리 밥상에 자주 오르내리는 친숙한 식품 중의 하나다. 너무 물러서 자의식도 없는 것 같지만, 두부가 그 자체만으로도 훌륭하고 다른 어떤 재료들과도 원만하게 어울림에 어느 쪽으로도 기울어지지 않는 '중용'을 읽어내었다. 두부 한 모로 장자의 오상아吾喪我와 반야심경의 무념무상을 건져낸 작가의 깊이는 이다음엔 과연 어디까지 닿을 것인가. /심선경/

등의 방정식

현경미 | hkm0637@hanmail.net

꿈결인가. 등이 따뜻하다. 눈을 감은 채 가만히 정신을 가다듬자 내 등에 맞닿은 그의 등이 느껴진다. 침대 위아래에서 잠이 들었건만 등과 등 사이 바람 한 톨 비집고 들 틈 없을 정도이다. 그러고 보니 어느 사인가 서로 다른 높이에서도, 등을 돌리고도 편안하게 각자의 잠속으로 빠져들곤 한다.

등을 돌리면 큰일이라도 날 것 같았다. 그러기라도 하는 날에는 마치 우리만의 세상이 끝장나기라도 하는 듯 애틋하던 시절이었다. 세상에 둘만이 존재하는 듯 누구도 끼어들 수 없었던 신혼의 단꿈을 꾸던 때였다. 서로의 앞만 바라보느라 등이 존재하는지조차 몰랐다. 등이 있어도 등이 보이지 않던 시절이 분명, 있었다.

조금씩 거리가 느껴졌다고 할까. 등과 등 사이 거리가 마치 그와 나, 마음과 마음의 거리라도 되는 양 서운함이 밀려들고 불안이 끼어들었다. 같은 곳을 바라보며 같은 꿈을 꿔야 한다는 생각이 문제의 근원이었을까. 문제의 핵심을 파악하기란 쉬운 일이 아니었다. 가능한 한 빨리 해답을 도출해야 한다는 성급함이 우리를 점점 더 미궁 속으로 빠져들게 만들었다. 무모한 가설을 세우고 이를 증명해내려고 덤볐으니 아찔한 일이 아닐 수 없었다. 생각대로 살아지지 않는다는 진리는 굳이 증명하려 들지 않아도 시간이 갈수록 명확해져만 갔다. 이걸 해도 저걸 해도 딱 맞아떨어지기보다는 번번이 우리는 어긋나기 일쑤였다.

키높이가 달라도 눈높이를 맞출 수 있다는 생각을 왜 하지 못했을까. 그저 서로의 눈높이에 맞춰주기만을 고집하는 나날이었다. 서로의 등을 토닥거려주기는커녕 서로에게서 등을 떠밀어내는 날이 더 많아져 갔다. 아무것도 아닌 일에도 아무렇지도 않은 일처럼 등을 돌렸다. 더러는 서로 보이지 않는 곳을 탐하기도, 이 방에서 저 방으로 등이 보일세라 아예 문을 잠그고 마음을 꺼버린 채 잠이 들었다.

말 한마디에 등골이 오싹해지는가 하면 행동 하나에도 등골이 서늘해졌다. 서로의 말과 행동에 지나치리 만큼 예민하게 반응하며 그렇게 그와 나의 등은 바람 잘 날이 없었다. 좀 더 관대해지고 너그러워질 수도 있었을 텐데. 그와 나는 등을 굽힐 생각은 하지 않고 언제나 뻣뻣하게 서서 먼저 다가와 굽신거려주기만을 기다렸다. 그는 좀 더 부드러운 내가 되어주기를, 나는 한없이 너그러운 그가 되어주기를 서로 바라고 바랐다.

우리는 좀처럼 풀리지 않는 문제를 끌어안고 애꿎은 등만 못살게 굴었다. 등을 돌렸다, 뻣뻣해졌다, 밀치기를 반복했다. 더 나은 방향이 있다는 것도 접점이 있다는 것도 알지 못했다. 동갑내기인 우리는 한 치 양보도 없는 시간을 보내느라 하루에도 몇 번씩 등이 휘었다. 툭, 하고 언제 끊어져버릴지도 모르는 팽팽한 고무줄 같았다. 끊어지는 순간, 되돌아 돌진해온 줄이 자신을 공격할 것이라는 단순한 진리마저도 잊은 채 각자의 자존심만을 위해 버티고 버텼다.

달라도 너무 다른 그와 나. 시간이 더해져 갈수록, 하나에서 열까지, 생각도 생각의 방식도 다 달랐다. 당연히 다를 수밖에 없다는 걸 그때는 생각할 마음의 여유가 없었다. 달라서 부딪칠 때마다 서로 맞다, 틀리다 우길 뿐이었다. 그럴 때마다 그의 등과 나의 등 사이에는 정비례도 반비례도 아닌 그래프가 생겼다. 듣지도 보지도 못한 모양이 아닐 수 없었다. 급기야 내리꽂혀 버둥거릴 때면 어처구니없다가도 우스꽝스럽기 짝이 없었다.

며칠 전 둘레길에서였다. 다리도 등도 둥글게 휘어진 노부부를 만났다. 손과 손을 꼭 잡은 채 서로 나란히 서서 걷고 있었다. 더뎌 보였지만 조금씩 앞으로 나아갔다. 등과 등이 나란히 서서, 서로 의지하며, 한 곳을 향해 길을 갈 수 있게 하는 저 힘은 무엇일까. 저들에겐 있는데 우리에게 없는 것은 또 무엇이란 말인가. 등도 다리도 둥글어지는 동안 각자에게서 조금씩 힘이 빠져나갔기에 가능했을까. 꼿꼿하던 것들이 둥글어지자면 또 얼마의 시간이 필요한 걸까. 어떤 해답이 있을 것만 같았기에 물음에 물음을 더하며 노부부의 뒷모습을 한참 바라보았다.

등이 둥글어질 만큼도 아니고, 펄펄 뛰어오를 만큼 힘찬 나이는 더더욱 아닌 우리다. 그렇다 할지라도 간혹 등이 뻐근하고 통증이 일기도 한다. 이만큼이라도 욱신욱신 살아내고 보니 누구의 등이라도 안쓰럽다. 공치기에서 힘을 빼는 것에만 걸리는 시간이 십 년이라고 누군가 말했다. 그러고 보면 우리도 어지간히 힘이 빠졌을 법도 하다. 아니나 다를까 누가 먼저랄 것도 없이 팽팽하기만 하던 것이 조금씩 느슨해지고 있는 것 같다. 절반쯤은 포기요. 나머지는 서로 다름을 인정할 수밖에 도리가 없다는 걸 터득한 것일 테다.

어느 사이엔가 달라진 풍경이다. 예전과는 달리 등의 높낮이가 달라도, 등을 돌려도, 아예 등이 보이지 않아도 불안할 것도 서운할 일도 아닌 요즘이다. 오랜 시간 쌓이고 쌓인 온갖 것들이 녹아내려 등과 등 사이를 메우는 듯 어떤 얄궂은 믿음이 다져지기라도 한 모양이다. 그렇다 해도 둘 사이엔 긍정도 부정도 아닌 증명하기엔 난해하기만 한 방정식이 여전히 존재하는 것만 같다. 풀릴 듯 풀리지 않는 그와 나 사이 등의 방정식. 모든 부부 사이에도 존재하는 것이 아닐까 싶다. 수천수만의 부부에게는 수천수만의 등의 방정식이 존재하겠기에 딱 꼬집어 하나로 정의할 수는 없지만 분명 해답이 있을 터. 누구라도 명쾌한 해법 하나쯤 도출해주었으면 좋겠다.

함수 그래프를 떠올려본다. 도저히 마주할 수 없다는 듯 각자 앞만보고 내달리는 엑스축과 와이축, 등을 돌려 서로를 향해 다시 왔던 길을 조율해가다보면 그들이 만들어낸 사면체에 원점이라는 접점이 있다. 이 순간만큼은 엑스축 와이축 어느 한 쪽도 자기만을 고집하지 않기에 한 치 기울어짐도 없이 화평해 보인다. 누구나 꿈꿀 수는 있지만 누구나 도달할 수 있는 지점은 아닌 듯, 고난도 문제처럼 다가온다.

누운 채 등을 돌린다. 곯아떨어져 있는 그가, 그의 등이 낯설고도 애처롭다. 잠결인 척 등을 쓰다듬는다. 그를 안는다. 잠속에서나마 힘을 뺀 우리는 비로소 접점에 다다르게 되려나. 그를 향해 등을 돌려 마주하는 일이 마치 지구를 돌아오기라도 한 듯 아득하게 느껴지는 이 새벽, 우리는 접점 어느 언저리쯤 와 있는 것일까. 순해진 남편의 등이 더 따뜻하게 느껴진다. 서로에게 스며든 온기가 방을 채운다.

2024 경남신문 신춘문예

The 수필

● 규칙을 어기면 하늘이 무너지는 줄 알지만, 여직 아무 일도 일어나지 않았다. 정답을 찾기 위한 부부의 줄다리기는 어느 한쪽이 온순해진 후에나 끝이 난다. 어떤 정의든 그 정의는 만든 사람의 족쇄. 해답을 푸는 것도 각자의 몫. "그를 향해 등을 돌려 마주"함으로 따뜻한 온기를 채우겠다는 결미가 '등의 방정식'의 정답처럼 깔끔하다. /한복용/

위풍당당 저주사건

홍정현 yene91@naver.com

나는 모범생은 아니었다. 이렇게 말을 뱉고 보니, '모범'의 뜻이 정확히 무엇인지 잘 모르겠다. 사람마다 모범의 기준이 다르지 않을까. '모범생은 아니었다'라는 단순한 문장이 내 속에서 여러 파장을 만들며 충돌한다. 열등감, 자책, 회의, 반문, 억울함까지. 그 문장은 정리되지 못한 채, 꼬리에 꼬리를 물면서 이 글의 주제를 벗어난 곳으로 날 이끈다. 일단 그 복잡한 감정은 이만 강제 로그아웃을 하고, 여하튼 나는 성실한 학생이 아니었음을 자백한다.

중3 때, 사회선생님 양복 주머니에는 늘 영문판 『뉴욕타임스』가 꽂혀 있었다. 지금은 영어 원서를 편하게 읽는 사람이 흔하지만, 당시에는 드물었다. 서울대 출신인 선생님은 다른 선생님이 들고 다니는 몽둥이 대신 그 영문 잡지를 보란 듯이 들고 다녔다. 사회 시간은 지루했다. 수업은 재미와 무관하게 열심히 들어야 하는 거 아니냐고 묻는다면 할 말은 없지만, 나는 이과 성향이 강해 사회 과목을 싫어했고, 고압적인 시선으로 자기 자랑을 자주 하는 선생님 때문에 점점 흥미를 잃어갔다. 그래서 수업 시간에 집중을 못하고 주로 딴짓을 했다.

그날도 그랬다. 갑자기 친구 정민에게 장난을 치고 싶어졌다. 정민이는 당시 늘어난 여드름 때문에 고민이 많았다. 나는 여드름에 관한 긴 시를 쓰기 시작했다. 구체적인 내용은 떠오르지 않지만, 여드름과 사춘기 그리고 정민이가 다니는 교회 오빠에 관한 시였다. 다 적은 후에는 종이를 쪽지 모양으로 잘 접었다. '이제 정민에게 전달만 하면 끝.'

오십 명이 넘는 학생이 다닥다닥 붙어 앉은 교실. 교실 가운데 부분은 통로의 기능을 하기 위해 다른 곳보다 넓게 공간을 비워두고 있었다. 그곳 건너에 정민이가 있었다. 올바른 사고를 하는 정상적인 열여섯 살이라면, 수업 중 그 무엇도 교실 중앙 영역을 은밀히 넘어갈 수 없다는 걸 인지하고, 쪽지 전달의 충동을 억눌렀을 거다. 그때 주변 친구 모두 그렇게 참아가며 수업 시간을 버티고 있지 않았을까? 지루함을, 졸음을, 배고픔을, 배뇨의 욕구를, 가끔은 분노까지. 이런 것을 꾹 누르고 앉아 있었겠지.

그런데 왜 나는 버티지 못했을까? 그동안 눈치껏 장난치고 까불던 내가, 그날은 왜 그랬는지 이성적 판단 따위는 모르는 애처럼 그냥 쪽지를 휙 정민이가 있는 방향으로 던져버렸다. 나의 쪽지는 완만한 포물선을 그리며 중앙지역을 지나 건너편 책상 위로 떨어졌고, 책상의 주인은 놀라서 날 쳐다봤다. 나는 조용히 "정민이한테 줘"라고 소곤거렸다. 쪽지를 받은 친구가 정민에게 그것을 전달하려고 몸을 돌리려는…, 바로 그 순간, 선생님이 쪽지를 가져오라고 했다. 당연한 결과였다. 교실 칠판 앞에서 쪽지가 그리는 위풍당당 포물선 궤도를 못 봤을 리 없었다.

▬

선생님은 쪽지를 가지고 나온 학생에게 적힌 것을 읽으라 했다. 본의 아니게 내 시가 낭독되었다. 정민이를 바라봤다. 정말 미안한 마음이 들었다. 다행히 정민이의 표정에는 큰 변화가 없었다. 내 시는, 추측하 건대, 사춘기 시절의 짝사랑을 위트 넘치는 은유로 표현해 웃음을 유발 하는 코믹 시였을 텐데, 아무도 웃지 않았다. 선생님도, 학생들도.

'낭독이 끝나면 불려나가 엄청나게 혼나겠지.' 나는 마음의 준비를 단 단히 해야만 했다. 사회선생님은 공포를 자아내는 아우라를 가지고 있 었으나 체벌을 하는 분은 아니라, 다행히 맞지는 않겠다 싶었다. 그런 데 선생님은 나를 부르지 않았다. 대신 단호한 어조로 비판의 말을 퍼 부었다. 그건 일종의 저주였다.

"이것을 쓴 사람은 절대 제대로 된 인생을 살지 못할 거다. 이따위로 행동하는 걸 보면 알 수 있다. 딱 이 정도 수준의 삶을 살 거다. 뻔하다."

이런 내용이었다. 꽤 마음이 상할 상황인데도 나는 크게 상처받지 않 았다. 그건 아마도 선생님이 들고 다니는 『뉴욕타임스』 때문일 거다. 우 월감의 표상인 그 잡지가 아이러니하게도 선생님 말의 신뢰를 떨어뜨 렸다. 내게는 그랬다. 하지만 살아가며 듣지 말아야 할 것을 들어버린 순간이라, 이 일이 기억 속에 견고하게 각인될 거라는 묘한 기분이 들었 다. 거의 35년 전 이야기다.

자, 현실로 돌아와 이제 저주받은 내 인생을 살펴보자. 나도 잘 모르 겠다. 내가 저주대로 '딱 이 정도 수준'으로 살고 있는 건지, 아닌지. 여 전히 성실하지 않고 집중을 못해 산만하며 철없는 행동으로 후회한다. 이런 관점에서 본다면 지금 나는 '제대로 된 인생'에서 한참 떨어진 삶을 사는 것 같다. 거기에다 소름끼치게도 최대 콤플렉스가 영어인 '영어낙오자'여서, 『뉴욕타임스』를 술술 읽지 못한다. 영문 잡지 정도는 편하게 읽는 인생이 '제대로 된 인생'이라면 저주대로 나는 '제대로'가 아닌 '딱 이 정도 수준의 삶'을 살고 있구나, 하는 살짝 비꼬는 듯한 장난스러운 해석도 해본다.

하지만, 내 나이 오십대. 이 연식이 되면 좌절과 후회, 콤플렉스는 인생에서 당연히 따라오는 강제 옵션이라는 것을 받아들이게 된다. 뭐 어쩌라고? 그냥 이렇게 살아가련다. 나쁘지 않다고 여긴다. 나 역시 위풍당당하련다.

그러다, 사회선생님은 지금 어떻게 지내실까, 문득 궁금해진다. 나이가 드니(이 말, 하루에도 수십 번 한다) 잠시라도 한 공간에 있던 사람들의 안녕을 빌게 된다. 내가 살아온 시간의 두께가 그런 마음을 만든다. 그들도 자기 삶에서 위풍당당하고 편안하게 지내고 있기를 기원한다. 선생님은 당시 오십대로 짐작되니까, 지금은 연세가…, 아…. 건강히 지내시기를.

글을 쓰며 '저주사건'을 무한 재생하다보니, 그 교실 정경과 사람이 친근하게 느껴진다. 시공간이 필터를 낀 것처럼 서서히 변해간다. 그때 선생님의 처진 입꼬리, 그 끝이 슬슬 올라가 옅은 미소를 만들고, 장난이 심한 제자가 귀여워 역시 장난으로 '이따위' 어쩌고저쩌고 말을 하는, 즐겨 보던 TV 시트콤의 웃기면서도 따뜻한 분위기로 바뀌어간다. 선생님의 저주가 억센 일직선에서 방향을 틀어 부드러운 포물선을 그리며 고개숙여 내게 인사를 한다. 다정하게 '안녕하세요'라고. '반백'의 세월이 선물하는 필터링이다. 이럴 때는 늙어가는 게 꽤 괜찮아 보인다.

수필과비평

The **수필**

● 때로는 어른보다 아이들이 더 '어른스러'울 때가 있다. 중학교 3학년생한테는 선생님이 이해하지 못하는 영역이 있고, 그것은 아이들이 헤쳐나가야 할 세계라고 알아두면 좋을 거라는 것. 선생의 '저주'의 말에도 화자가 당당할 수 있었던 건 상처받지 않았고, 그런대로 잘 살았고, 잘 살고 있고, 이대로 건강하게 살면 된다는 그만의 의지였다. 결국 '생각을 어떻게 하느냐가 중요하다'인데, 이왕이면 생生 앞에서 위풍당당하자는 말이 마법사의 주문처럼 읽힌다. /한복용/

The 수필

Spring

다른 길

강이정 2024jung@gmail.com

낯선 풍경에 마음을 뺏기는 순간 길이 시작된다. 길은 대체로 멀다. 먼 것일수록 더 매혹적인 까닭이다. 오래 걸을수록 집은 더 멀어진다.

"집 달팽이 신세 같아." 자조할 만큼 이사가 잦았다. 집을 등에 지고 길 위를 살아가는 기분이었다. 매번 장기 거주를 희망했으나 직장과 학교의 변화로, 건강 문제로, 예상치 못한 집의 결함으로 오래지 않아 짐을 싸곤 했다. 이고 지고 길을 나서는 걸음이 고달팠다. 정주定住는 요원한 꿈으로만 보였다.

이 도시는 처음부터 거주 기한이 정해져 있어서 별다른 기대 없이 도착한 곳이었다. 그런데 뜻밖의 선물이 찾아왔다. 자연 속에 조성된 주거지에서 화창한 기분으로 맞이하는 아침이 이어졌다. 떠돌던 자의 부유하던 마음이 차츰 가라앉았다.

나는 유유자적한 산책가가 되어보기로 했다. 지도를 들여다보며 지리를 익히고선 내키는 대로 큰길, 골목길, 호수공원, 산등성이를 누볐다. 숲을 배경으로 펼쳐진 호수공원은 세련된 조경과 풍성한 색채로 마음을 사로잡았다. 발길 쌓인 길과 장소들이 나만의 지도를 그려내는 동안 몇 켤레의 신발창이 닳았다. 익숙한 경로의 3차원 공간 전체가 집안만큼 편안해졌다.

행복할 때 시간은 몇 배로 빨리 흐르는 모양이다. 떠날 날이 훌쩍 다가온 지금, 더 자주 더 오래 걷는다. 떠나기 싫어서, 미지의 세상이 새삼 두려워서 마음이 요동친다.

그날은 공기부터 특별했다. 며칠 바람이 불고 간 덕분인지 미세먼지가 말끔히 걷혔다. 하늘이 청유리처럼 빛났다. 쑤시던 발목도 한결 가뿐했다. 기상 앱을 열어보지 않아도 틀림없는 고기압일 것이다. 선선한 기온까지 더해져 요즘 만나기 어려운 진귀한 날씨였다. 서둘러 운동화를 신고 현관을 나섰다.

엘리베이터가 1층에 도착하자 주머니에 손을 넣었다. 그런데 이어폰이 없었다. 귀에 블루투스 이어폰을 꽂고 스마트폰 재생목록의 플레이 버튼을 누르는 것이 산책을 시작하는 루틴인데, 주변 소음으로부터 나를 지켜줄 방어무기를 빠뜨리다니! '올라갔다 와야겠지?' 망설이는 찰나, "어서 뛰쳐나와봐!", 그날의 남다른 하늘과 공기가 재촉했다. 조급한 마음으로 나는 성큼 밖을 향해 유리문을 밀쳤다.

알몸으로 외기外氣에 노출된 두 귓속으로 날것 그대로 소리가 밀려들었다. 도로 위 차들이 유난스러운 소음을 내며 달려갔다. 자전거가 벨을 쩌렁대며 아슬하게 옆을 스쳤다. 아이의 양손 나눠 잡은 젊은 부모들 웃음소리, 짝지은 연인의 두런두런 속삭임이 또렷한 자음과 모음으로 날아왔다.

귀가 열리니 시각 또한 파노라마로 확장됐다. 길을 메운 사람들, 곱게 화장한 여자들, 유행인 듯한 주름치마와 파스텔 빛깔 트렌치코트 자락들이 팔락거렸다. 인도와 차도 곳곳 화단에서 원색의 꽃들이 쨍하게 빛났다. 주말의 거리가 온통 살아 들썩이고 있었다.

한 자락 바람이 불어와 부드럽게 몸을 안아주고 갔을 때 알아차렸다. 봄이었다. 호수로 향하던 발걸음이 주춤하더니 한가지 충동이 일었다. '경로를 이탈해보자.' 이제껏 밟아본 적 없는 낯선 길들이 궁금했다.

그래서 나는 다른길로 갔다. 갈림길을 만나면 한적한 쪽을 택했다. 외계外界가 적막해지자 밖으로 뻗쳐 있던 오감이 내부로 잦아들었다. 온몸 무게를 떠받치는 동시에 땅을 힘차게 누르는 두 발바닥, 아파오는 종아리, 가빠지는 숨소리, 서서히 배어나오다 이내 축축해지는 땀.

낯선 아파트 단지가 보였다. 정문 오른쪽 언덕 비탈을 나무 계단이 구불구불 휘감고 있었다. 계단 끝까지 올라가니 오솔길이 나타났다. 좁은 숲길을 몇 분 동안 걸었다. 한순간 시야가 트이며 너른 잔디공원이 모습을 드러냈다. 내 숨도 따라 확 트였다.

원형 잔디공원의 지름을 관통해 걸었다. 이번에는 이국적 풍경이 등장했다. 아찔한 키의 아름드리 나무들이 양옆을 도열한 가로수길 끝에는 또 하나의 공간이 펼쳐졌다. 클라이밍 인공암벽과 놀이기구가 즐비한 광장이었다.

신세계를 본 것 같았다. 그리 멀지도 않은, 광활한 풍경의 존재를 이제껏 짐작도 하지 못했다. 안온함에 마냥 젖어 있느라 스스로 그어놓은 한계선 밖이 궁금하지도 않았던 거다. 그러느라 나는 이것들을 놓쳤다.

주어진 시간이 다 되어간다. 오늘에서야 발견한 풍경의 사계를 미처

보지 못하고 떠나야 한다. 새로 피었던 꽃과 저 혼자 내렸던 비, 낯선 나무와 다른 빛깔의 낙엽들이 미지의 과거로 남겨질 것이다.

미련과 아쉬움을 애써 떨치며 계속 나아갔다. 놀이광장 둘레에 배치된 팻말의 이름들을 일일이 읽으며 걸었다. 하나의 팻말마다 하나씩 샛길들이 딸려 있었다. 손가락 화살표가 가리키는 미지의 세계를 머릿속으로 그려보았다. "이 화살표들은 또 어디로 나를 데려다줄까." 상상하노라니 익숙한 단어 하나가 눈에 들어왔다. 내 단골 코스인 호수공원으로 가는 지름길이 거기 있었다. 그리고 50미터쯤 떨어진 팻말에 새로운 호수 이름이 등장했다. 순간 기억났다. "그래, 이곳의 호수는 두 개였지!"

한동안 지도를 들여다보던 무렵에 오늘 발견한 풍경의 이름들도 분명 보았을 것이다. 익숙한 호수 등 뒤에 또 다른 호수가 존재한다는 것 또한 인지했을 것이다. 보고 알았으되 뒤돌아 이내 잊어버린 것이다. 두 호수는 자매처럼 모양마저 닮았다. 지름길로 가면 도보 10분 남짓밖에 안 되는 가까운 거리였다.

다른길, 다른길로만 이어진 우연한 산책이 이곳에 데려다주었다. 먼 길을 에둘러서 나는 비로소 여기 도착했다.

하나의 호수 등 뒤에 또 하나의 호수가 있다. 닮았던 둘은 이제 닮지 않게 되었고 익숙한 호수 주위로 고층 건물과 백화점이 들어서며 날로 휘황해지는 동안 다른 호수는 처음 모습 그대로 그냥 있었다. 주인공 등 뒤 드리워진 배경으로, 인테리어를 하지 않은 빈집으로, 화장하지 않은 맨얼굴로, 헛헛하게 먼 산을 응시하는 자의 옆모습으로. 찬란한 조명도 없는 이곳에 어둠 내리면 황급하게 인적마저 끊길 것이었다.

"대신 생명들로 분주하여 에너지 가득한 세계 하나가 어두운 수면 아래 피어날 거야." 나는 낮게 중얼거렸다.

먼 길을 돌아 도달한 존재의 뒤편, 이토록 가까우나 어쩌면 가장 발견하기 힘들었을 지점에 서서 나는 오랜 헤맴 끝에 자기 등을 발견한 순례자의 마음이 되었다.

치장 벗고 고요한 등 뒤의 내가 '혼자이되 외롭지 않노라' 속삭였다. 어둑해진 호수의 일렁이는 표면 위로 한 말씀이 떠올랐다. '스스로 존재하는 자는 타자他者의 망각을 아랑곳하지 않는다.'

내가 여기를 떠나도 다시 까맣게 잊어도 다른 호수는 여전히 〈있을〉 것이다. 나의 배면背面도 그러하다.

그리움을 품은 채 이곳을 떠나는 날, 두려움 없이 다시 짐을 싸려 한다. 이사가 운명인 집 달팽이에게 길은 곧 집이다. 기억할 것이다. 정주할 집은 이미 자기 등 뒤에 있다는 것, 세상 모든 다른 길이 종국엔 자기에게로 이르는 여정임을. **에세이문학**

The 수필

● 평소 이어폰을 꽂고 소리를 차단했던 화자가 소리와 마주하면서 대하게 되는 '새로운' 환경은 낯설다. 기실 그가 본 새로운 세계는 새로운 것이 아닌 이미 있었던 세계. '다른길' 역시 누군가에겐 이미 다녔던 길. 결국 세상의 모든 길은 마음만 먹으면 언제든 만날 수 있고, 갈 수도 있는 길이란 걸 깨닫는 것으로 작가는 '다른길'을 보여준다. 무엇을 해도 심심한 시대, 루틴을 깨면 뜻밖의 선물을 맞을 수 있다는 메시지가 반갑다. /한복용/

이명의 시간

김경 kkjangmi@hanmail.net

부윰한 새벽빛이 눈에 선한데, 어느새 하루가 저물어간다.

나는 오늘도 하릴없이 동분서주했다. 화분들의 마른 목부터 축여주고 서둘러 집을 나섰다. 치과병원에 들러 정기검진을 받은 뒤에 남편과 함께 점심을 먹고 펑펑 쏟아지는 눈길을 걸어 시장을 기웃거렸다. 푸릇푸릇한 봄동과 오이, 호박, 그리고 굴과 갈치 등을 샀다. 모처럼 풍성한 저녁 식탁을 차렸다.

이제 고즈넉한 휴식의 시간이다. 언제나처럼 침대에 등을 대고 누워 노곤한 심신을 털어내면서 잠을 청한다. 아뿔싸, 기다렸다는 듯 소음이 터진다. 이명耳鳴이다. 이명은 이렇듯 늘 일상의 한자리를 차지한다.

어느 날, 이명은 아무런 예고도 없이 시작되었다. 난생처음 맞닥뜨린 정체불명의 소음은 괴롭고 고통스러웠다. 일단 귀로 들어오는 바깥소리가 아니었다. 귓속 저 깊은 곳에서 올라오는 온전한 귀의 소리, 귀의 반란이었다.

왼쪽 귀에 둥지를 튼 이명은 정말 고약했다. 일상생활을 유지하기가 힘들 정도로 밤낮을 가리지 않고 울리며 들볶았다. 어떤 때는 머리까지 지끈거렸다. 머릿속 저 깊은 곳에서 올라오는 듯, 날카롭다가 가늘어지기도 하고 가까웠다가 멀어지기도 했다. 기이한 생명체가 몸부림을 치는 느낌마저 들었다. 머리를 이리저리 흔들어보고, 손으로 귀를 감싸기도 하고, 귓바퀴를 힘껏 잡아당겨도 보았으나 속수무책이었다.

동네 이비인후과 병원을 거쳐 대학병원, 한의원을 섭렵하면서 약을 먹고 침을 맞았다. 하지만 별 효험이 없었다. 특히 내가 가장 좋아하는 고요한 시간에는 더 기승을 부리기 일쑤였다.

삐이 삐이익, 맴맴 맴매앰, 쏴 쏴아….

날카로운 기계음에, 극성스러운 매미 떼 울음에, 싸늘한 바닷가의 모래바람 소리에…. 벌써 내 귀에 붙박여 온 세월이 8여 년이나 된다.

고백하건대, 그동안 나는 고통보다는 두려움 속에서 떨었다. 이명이 난청까지 불러올까봐 노심초사했다. 최근에야 알았다. 난청이 이명을 부를 확률이 높지, 이명 때문에 난청이 오는 경우는 드물다는 것을. 다행히 아직 청력에 이상은 없다. 어쨌든 이명의 속성은 단숨에 승부를 가르는 쪽이 아니라, 어르고 달래야 하는 증상이다. 지금까지 별의별 수단을 다 써보았다. 유튜브에 올라오는 '손가락으로 귓바퀴 치기'까지 놓치지 않았다. 그래도 결국 전문가의 치료법에 믿음이 갔다. 전기자극, 수술, 보청기 외에도 음악치료, 자연소리, 백색소음, 음향치료 등등 다양했다.

나는 음악치료법을 택했다. 그것도 직접 전문가에 따르지 않고, 나름 자가치료법을 개발했다고나 할까. 일명 '잠자리 이명치료법'이다. 먼저 머리에 떠오르는 음악을 가슴에서 재탄생시키면 되는 일이다. 상상 속의 음악은 머리보다 가슴이 효과적이다. 가슴에서 울리는 음악에 어찌 귀를 기울이지 않을 수 있겠는가. 이명의 불협화음이 화음에 묻히면 나도 모르게 스르르 감기는 눈이라니. 하루 중 가장 고요한 시간에 쏟아지는 폭포수 이명을 가슴의 음악으로 잠재우는 방법이다. 뜻밖에 몇 번인가 신기한 현상도 일어났다. 가슴의 음악에 앞서 이명이 스스로 음악으로 변신하는 일이다. 그것도 짜임새를 갖추어 빈틈없이 셈여림을 보여준다. 포르테에서 알레그로로 알레그로에서 안단테로….

이 나이에 내가 또 한 번의 깨달음을 얻은 것 같다. 석가가 깨달은 생로병사의 진리가 새록새록 머리를 깨운다. 스트레스니 뭐니 해도 결국 이명도 일종의 노환이 아니던가. 나이 들어 병고가 따름은 지극히 자연스러운 과정이다. 그래서 반려병이라는 신조어가 더없이 포근하게 다가온다. 극심한 고통을 수반하는 질병에 비한다면, 이명이야말로 소소한 귀염둥이 반려병이다. 고마운 십년지기다. 고맙다는 말만으로는 부족하다. 어쩌면 이명은 가장 최적기에 내 손을 잡은, 시들어가는 내 영혼을 일깨우는 소리일는지도 모른다. 그 누가 있어 소리의 강약까지 조율하면서 무언의 알림장을 보내주는가.

좀 지친 상태네. 하던 일 내려놓고 쉬어야 해. 끼니를 거르면 안 돼. 단백질과 비타민이 부족한데?

이명은 내 몸을 샅샅이 살펴보는 친절한 건강지킴이다.

이명의 시간이다. 오늘 밤의 이명은 꽤 강도 높은 모래바람이다. 거센 파도가 사정없이 모래톱을 내리친다. 나는 깜박 잊었던 귀운동을 시작한다. 양쪽 귀를 가로 접어 위에서 아래로, 아래에서 위로 열 번씩 돌린다. 귓바퀴가 넓게 퍼지도록 잡아당긴다. 양 검지손가락을 잠시 귓구멍에 넣었다가 순간적으로 뺀다. 검지와 가운뎃손가락 사이에 귀를 넣고 비비댄다. 멘델스존의 〈봄의 노래〉가 가슴 깊이 울려퍼진다. 이명이 '봄의 노래'로 치환되었다. 이명의 시간은 곧 상상의 시간이다. 역시 상상력은 신이 인간에게 준 최고의 선물임에 틀림없다. 나는 차츰차츰 고요를 느낀다. 눈꺼풀이 묵직하게 내려온다. 문득 고요 속으로 색다른, 환상적인 소리가 스며든다.

　뽀드득뽀드득 숯눈 밟는 소리, 뽀로롱 뱃종 작은 새소리, 그리고 타닥타닥 장작 타는 소리, 뎅그렁 딸랑 산사의 풍경소리….　　**에세이21**

The **수필**

● 화자의 이명 치료 과정은 수행자의 화두에 비견될 만큼 순리적이다. 자기 몸을 보살피는 화자의 태도는 인간을 거슬러 인간을 치유할 수 없다는 지혜로부터 비롯된다. 화자의 가슴에서 울려오는 음악이 이명을 제압하는 경지를 넘어서자 이명이 음악으로 치환되는 것은, 화자의 무의식에 저장된 음악이 상상력으로 작용하여 이명을 초월해버린 것이다. 인간의 몸은 감각덩어리다. 이명을 자기화하는 과정에서 감각작용을 관觀하며 인간 몸에 숨겨진 능력을 발견한다는 점에서 한소식, 즉 깨달음이라 할 수 있겠다. /김지헌/

빈집

김영미 tlehdrhdwn@hanmail.net

바람이 산을 훑는다. 바람 끝에 집 하나가 매달려 간당간당하다. 오늘은 지붕 위로 안테나가 보이지 않는다. 바깥세상의 소식을 포착하는 안테나까지 사라지자 집이라기보다는 이제 허물어지고 쓰러지는 일만 남은 폐가처럼 되었다.

날로 자라는 산에서 집의 흔적은 도시보다 쉽게 묻힌다. 잡초가 빼곡히 들어찬 마당과 기와장이 벗겨져 벌건 살이 그대로 드러나도 가릴 엄두조차 못 내는 지붕이 주인의 긴 부재를 알리는 듯하다. 원래도 무릎 높이였던 담은 아예 바닥에 퍼질러 누웠고 한 뼘이 아쉬워 쌓았던 돌 축대 사이로는 주먹 바람이 드나든다. 비스듬히 기운 기둥이 앓는 소리를 내자 홑치마 같은 벽이 쿨럭 먼지를 뱉는다.

방에는 꽃무늬 차렵이불이 개켜진 그대로 납작하게 숨을 죽였고 베개는 방 가운데 널브러졌다. 천정에 정수리를 대고 멈춘 괘종시계는 11시 45분. 시계 옆으로 여린 척추를 곧추세우고 웃는 돌잡이는 실제 어엿한 청년이 되었을 것이다.

문지방에 걸터앉자 하늘이 통째로 안겨온다. 그런데 이상하다. 그림에서 무엇이 빠진 허전함. 그래. 항아리가 없네. 금이 간 소금단지 하나 보이지 않는다. 내 기억 속에 장독대는 단출했어도 나름 분주했다. 그때처럼 아까운 볕은 켜켜로 밀려드는데 끌어 담을 손이 없다. 항아리 위에는 붉은 대추나 배를 가른 가지를 말리는 채반이 얹혔었다. 장이 익고 묵나물을 만들던 정경이 사라졌다.

이 집엔 작달막한 키의 남자와 얼굴이 말상인 여자가 아이들과 살았다. 무슨 연고로 들어왔는지 알 수 없었으나 재 너머 오다가다 만난 뜨개부부니 소문이 성성했다. 어쨌거나 태풍이 쓸고 간 뒤 산 중턱에 방을 들여 주저앉은 것만은 사실이었다. 자기 것이라곤 바늘을 꽂을 만한 땅도 없었고 소작을 얻기에는 신용이 가벼운 그들이었다. 남자는 오일장을 돌며 됫박 성냥이나 봉지 사탕을 팔았고 여자는 산을 오르내리며 찬을 만들었다. 남자와 여자는 그리 억척스럽지도, 선하지도 않은 사람들이었다.

낮이 긴 여름의 어느 저녁이었다. 동네 가운데랄 것도 없이 좁은 골목에서 갑자기 남자의 각설이타령이 시작되었다. 목청 좋고 흥 많아 장터나 잔치집이었다면 너도나도 어깨가 들썩였을 솜씨였다. 그러나 정작 마을 사람들은 한 소절의 노래도 제대로 감상할 수 없었다. 아닌 밤중에 홍두깨 격이라 여긴 개들의 떼창에 묻혀버렸기 때문이다. 설핏 얕은 잠에 들었던 집들이 돌아누우며 편치 않은 심사를 드러냈어도 산 중턱 집에 닿기까지 그치지 않았다. 이어서 여자의 앙칼진 소리와 냄비 구르는 소리가 들렸다. 어린 내 생각에는 그들이 좋게 보이지 않았다.

들리는 말에 남자는 땀을 쌓지도 또 달리 살 방법을 찾지도 않고 잔

술이나 노름으로 밑천조차 날려먹기 일쑤라 했다. 초가지붕이 기와지
붕으로 바뀌고 나무아궁이가 기름보일러로 바뀌는 흐름이 이 집을 비
켜가지 않는 것만도 용하다는 수군거림이 들렸다. 더 이상 넓히지 못하
고 그대로인 칸살은 두고두고 흉으로 남았다. 그러거나 말거나 없는 대
문을 비집고 나오는 아이들 소리에는 간간이 웃음이 섞여 있었다.

좁은 시루에 콩나물같이 웃자란 아이들은 일찍 대처로 나갔다. '아비
의 허물 같은 집은 돌아보지 마라. 장마에 삭아버리는 풋감만도 여기지
마라.' 남자는 이리 당부하고 당부하여 등 떠밀었다 한다. 남자의 바람
대로 아이들은 도시에서 아버지가 되었고 큰 나무에 높이 달린 까치둥
지 같은 아파트에 산다.

그리고 가슴에 지병이 있던 남자가 돌아갔다. 그때부터 산이 집을 밀
어내었다. 시달림의 시작은 바람이었다. 골짜기를 통과한 바람은 동네
어느 지붕이나 매한가지였으나 유독 그 집에 심술궂었다. 시시때때로
나뭇가지를 보내 두드려 대자 기와가 먼저 깨졌다. 좁아진 하늘에 뜬
해는 늦게 와서 빨리 꽁무니를 내뺐다. 방문 끝에서 동그랗게 몸을 말
고 혼자 해바라기로 늙어가던 여자마저 요양원으로 옮겨갔다. 그리고
집은 더 이상 사람을 들이지 못했다.

빈 공간에 뼈대를 세운다는 것은 흉내만으로도 뼛심 드는 일이다. 달
팽이도 타고 난 집을 늘리고 뱀도 허물을 벗으며 자란다. 그조차 없는
가난한 가장이 내 땅도 아닌 남의 산비탈 좁은 터에 기둥을 세우고 지
붕을 올리기가 말만큼 수월치는 않았을 것이다. 뿌리가 없는 집은 더
위태롭게 마련이다. 돌이켜보니 남자가 지은 집에 살 때 가족들은 편안
해 보였었다. 끝까지 가족을 안고 버틴 남자는 그것만으로도 영 무능한

가장은 아니었던 듯하다.

눈에 보이지 않고 손에 만져지지 않아도 느껴지는 것들이 있다. 코를 간질이던 송홧가루, 문틈을 비집던 아침햇살, 그리고 지붕 위를 구르는 도토리 소리 같은 기억들이다. 그때는 남루하고 귀찮았으나 떠올리면 가슴 따뜻해지는 기억에 대한 아쉬움이 집이 서 있게 하는 이유는 아닐까?

형체를 가진 것은 사그라지게 마련이다. 집도 예외는 아니다. 사람이 떠난 집은 무無로 돌아가는 것이 정한 이치다. 그런데 집이 버틴다. 한꺼번에 폭삭 내려앉아도 이상할 것 없는 집이 억지를 부린다. 추억은 사람만 있는 것이 아니다. 집도 기억과 작별할 시간이 필요한 게다.

이별의 시간이 길면 추레하게 마련이다. 늘어진 작별은 짧음만 못하다. 주인을 대신해 다독인다. "그만 되었다. 수고했다. 흔적과 추억 모두를 껴묻어 가렴." 추녀 끝을 맴도는 바람에 체념이 묻어난다.

내 집을 본다. 산골에 집은 같은 운명이기 십상이다. 이 집과 무엇이 다르랴! 다섯이 살다 둘이 되어 헐렁한 내 집. 어느 날 하나가 남았다가 그마저 비워질 것이다. 끝이 보이는가 싶어 미리 울적하다. 그러다 굳이 살았다는 흔적을 남겨 무엇하나? 지금 깃들어 편하면 되었지! 이렇게 마음을 다잡지만 넘어가는 해를 붙잡는 심정이기는 매한가지다.

한 발 물러 돌아본다. 시나브로 산은 초록덩어리다. 그 속에 빈집이 묻혀간다. 서산으로 추억이 뒤통수를 보인다. 바람이 분다. 집이 산이 되려 한다.

수필세계

The 수필

● 한 가족이 세간의 눈길을 받으며 살다 떠나간 집이 소멸해가는 과정을 보여준 수필이다. 그들을 기억하고 재현하는 작가의 필력은 보편적 삶에도 이르지 못한 생의 누추함도 아름다움으로 승화하는 힘이 있다. 집을 대상으로만 삼지 않고, 존재로 인격화하여 집이 떠나지 못하는 이유를 그 가족이 살았던 가슴 따뜻한 기억에 대한 아쉬움 때문이라는 설정 또한 훌륭하다. 이런 요소들이 어우러져 이야기를 미학적으로 끌어가는 동력이 된다. /김지헌/

겻

김혜주 papen11@hanmail.net

되돌릴 수도, 늦출 수도, 멈출 수도 없는 시간은 항상 나를 애태우게 한다. 들숨과 날숨 사이에도 가뭇없이 휘발되는 그것은 나의 얕은 기억 속에만 쌓인다. 스치듯 빠져나가버리는 무언가를 잡으려고 애쓸 때마다 나는 '겻'이라는 단어를 떠올린다. 불안이 조금 누그러지고 왠지 겨드랑 안쪽으로 끼어드는 따뜻하고 부드러운 손길이 느껴진다.

802호 할머니가 실버타운으로 입주한다고 했다. 같은 아파트에 살았고, 아침저녁으로 인사를 나누던 이웃이었다. 소식을 듣고 깜짝 놀라 작별 인사를 하려고 마음먹고 있었는데, 우연히 복도에서 마주치게 되었다. 나는 반갑게 할머니를 껴안았다. 등이 굽은 할머니는 두 팔을 나의 겨드랑이 사이로 휘감은 채 등을 다독여주었다. 수줍게 서로의 체온을 나누는 동안 한 꺼풀의 서먹함을 '겻'이라는 감정으로 밀어냈다.

'할머이 혼자 살아요. 신문 넣지 마시라요.'

현관에는 삐뚤삐뚤한 글씨로 쓴 종이가 붙어 있었다. 누런 걸로 보아 오래 전부터 붙어 있었던 게 분명했다. 할머니는 '바흐'라고 부르는 강아지를 키웠다. 간간이 엘리베이터에서 만나면 강아지를 품에 안고 반갑게 인사를 했다. 퇴근길에 어둑한 복도를 지나칠 때면 바흐할머니의 불 꺼진 창을 자주 쳐다보았다. 해가 저도 찾아올 사람 없는 할머니의 집은 고요하고 어두웠다. 컹컹대며 짖는 바흐의 소리조차 흐릿하고 힘이 없었다.

지은 지 50여 년이 다 된 아파트라 그런지 연세 드신 분들이 많이 산다. 바흐할머니가 입버릇처럼 꺼내던 레퍼토리가 있다. 한평생 살아낸 사람만이 언급할 수 있는 실향이라든가, 한국전쟁이라는 단어가 자주 등장한다. 들을 때마다 역사는 막연한 추상이 아니라 그 시대를 살았던 개인의 삶이었다는 걸 나는 깊이 깨닫는다. 슈퍼에 가다가도, 복도에서 만나도 바흐할머니 이야기를 듣는다. 아파트 현관 입구 제일 후미진 자리에 나이 지긋한 경비아저씨가 앉아 있다. 그 흔한 자동문도, 비밀번호를 대라는 번호판도 없다. 손때 묻은 엘리베이터 버튼처럼 경비아저씨는 한 평도 안 되는 비좁은 공간에 앉아 오가는 사람들의 곁을 지키며 인사를 건넨다.

언제부턴가 실버타운 광고지가 우편함에 자주 등장했다. 그곳은 나이든 사람들이 살기 편하게 꾸며져 있었다. 식사, 빨래, 운동, 재활이 제공되는 곳, 그 부분에서 내 귀가 솔깃해졌다. 집안일에 지칠 때마다 꿈꾸던 공간이었다. 화장실에는 낙상 긴급 호출 버튼이 달렸고, 보너스로 입주자들에게는 위치 추적 손목시계를 제공한다며 대대적으로 홍보하고 있었다. 인생 마지막 순간까지 함께할 것이라고. 기꺼이 당신의 곁이 되겠다는 달콤한 제안이 광고지 안에 빼곡했다.

할머니가 떠난다는 날이었다. 문이 굳게 닫혀 있었다. 마지막 인사를 드리지도 못하고 나는 바삐 출근길에 올랐다. 어쩐 일인지 종일 손에 일이 잡히질 않았다. 벽 하나를 사이에 두고 오래 지냈지만, 미처 할머니와의 이별을 예상 못했다. 알게 모르게 할머니는 내게 도톰한 그늘이 되어준 분이었다는 것을 뒤늦게 느꼈다.

어둑어둑해지는 시간이었다. 재개발 현수막이 펄럭이는 아파트 입구에 이삿짐 트럭이 서 있었다. '누가 이사 하나' 기웃거렸더니 경비아저씨가 달려와 아는 체한다.

"8층 할머니는 가시고 짐은 업체에서…."

"아, 배웅도 못했네요."

아쉬움이 묻어나는 나의 대답에 아저씨는 얕은 한숨을 내쉬었다. 나는 물끄러미 서서 그 광경을 보다가 엘리베이터를 타고 집으로 올라갔다. 복도에는 할머니 먼 친척뻘이라는 낯선 청년이 분주하게 사다리차로 짐을 내리고 있었다. 이미 떠나셨는지 어디에도 바흐할머니는 보이지 않았다. 정리업체 직원으로 보이는 아주머니 둘과 아저씨 두 분이 부지런히 짐을 날랐다. '해마다 장 담으면 작은 병에 나눠주시곤 했는데…' 복도에 놓인 항아리 몇 개와 소금 한 자루가 유독 내 눈에 밟혔다. 미처 뜯지도 않은 그릇 상자나 빛바랜 개업 선물도 보였다. 거저준다고 해도 가져가지 않을 묵은 것들이지만 오래 할머니의 곁에 함께한 물건들이었다. 소금자루와 항아리 서너 개를 사다리차에 실어 보내고 청년은 온다간다 말도 없이 사라졌다.

현관문을 열려고 하니 손잡이에 비닐봉지가 매달려 있다. 뭔가 들여다보니 주황색 귤 몇 개 속에 쪽지가 보였다.

"곁이 돼서 고맙수다레."

바흐할머니가 떠나면서 놓고 간 모양이다. 집안으로 들어와 가방도 내려놓지 않고 베란다 앞에 선다. 밖은 찬바람 불지만, 햇살 받은 동백나무에 꽃망울이 맺혀 있다. 나는 귤을 꺼내들고 양 겨드랑이 사이로 손을 찔러넣는다. 희한한 일이다. 차갑고 딱딱했던 귤이 시간이 흐를수록 말랑해진다. 귤과 나 사이에 면역이 생긴 거다. 누구에게 곁을 내준다는 일은 자신의 시간을 내놓는 일이다. 안달복달 조급하게 분초를 다투었던 내 모습이 스친다. 오히려 있는 그대로 다가와 내게 이웃이 된 할머니에게 갚지 못할 빚을 진 셈이다. 천둥벌거숭이로 서울살이하면서도 미처 깨닫지 못한 점이다. 나는 입김을 불며 귤 한 조각을 입에 넣는다. 하나가 둘이 된다. 여럿이 겹친다. 알갱이가 톡톡톡 입안에 수없이 쏟아진다. 춥고 서운했던 마음이 그제야 따스해진다. **에세이문학**

ₜₕₑ**수필**

● 누군가의 '곁'이 된다는 것은 주체가 마음을 열어 타자를 환대할 때 가능한 감각과 정서다. 사회적 요건들이 변화함에 따라 인간의 관계가 파편화되는 시점에서, 화자가 이웃의 할머니에게 '곁'을 내주는 과정이 독자에게 신뢰감을 준다. 우리는 때로 의지를 통해서라도 타인에게 '곁'을 내주어야 하는 윤리적 존재임을 솔직하게 그려내고 있기 때문이다. 그렇지 않다면 인간의 온기를 보존해야 할 당위성마저 점점 상실해갈 것이기에. /김지헌/

R

노정옥 nothank10@naver.com

이월 개펄이다. 썰물이 쑥 빠져나간 뻘밭에는 온갖 산 것들이 꿈틀거린다. 늘그막의 아낙 두엇이 암석 군데군데 엉겨붙은 석화를 허리 굽혀 따고 있다. 탁·탁·탁, 둔탁한 연장 소리가 섣부른 봄을 서둘러 일깨운다.

남해안의 굴 가내공장을 찾아나선 길이다. 해안선을 따라 한참을 가다보면 한적한 길 끄트머리에 얼기설기 지어올린 판잣집이 나타난다. 언뜻 보아도 엉성하기 짝이 없다. 삐이걱, 출입문을 밀어젖히는 순간, 특유한 내음이 코끝에 와락 닿는다. 싸늘한 해풍만큼이나 살얼음이 낀 듯한 강철탁자 위에는 갓 따낸 석화가 산더미처럼 쌓였다.

대충 헤아려보아도 족히 일흔이 넘었을 노부老婦들. 굳은 살갗만큼이나 두꺼운 옷을 겹겹이 걸치고 무릎까지 오는 고무장화를 신었다. 흡사 화생방 종사자나 소방수를 연상케 하는 여전사들 같다. 실내 기온이 바깥 온도와 다를 바 없다. 아마도 굴의 신선도를 유지하기 위해서인가보다. 갱물이 절벅거리는 탓에 발이 시릴 만도 한데, 한 손으로 석화를 틀어잡고, 연신 조새로 콕콕 찔러댄다. 편안하고 안락한 삶을 살아도 넉넉하지 않은 나이인데, 은퇴 없는 노년이라는 말이 생각나서 마음 한구석이 찡해온다.

일정한 속도로 알이 떨어지는 손끝에서 단련된 세월을 읽는다. 세상 모든 것이 기계화되어가지만 굴 까는 일만은 아직도 수작업을 벗어날 수 없다. 연장이라고는 송곳처럼 생긴 뾰족한 기구 하나뿐, 그러다보니 노부의 거칠고 부르튼 손이 또 하나의 석화 껍데기를 닮아간다. 단순하지만 끈기가 필요하기에 젊은 부녀자는 엄두도 못 낼 일이다. 오직 결핍과 한이 가득찬 세월을 맛본 사람만이 감당하는 작업일 테다.

세상 참 많이도 젊어졌다. 자신의 나이에 10을 뺀 값이 신체나이라고들 한다. 우스갯말 같지만 출생 나이는 이제 주민등록 서류에서나 인정되는 숫자라고 할까. 그래서인지 여생을 스스로 책임지려는 노부들은 돈을 벌기 위해서라기보다는 아직 남아 있는 에너지를 끝까지 소모하려는 듯 차디찬 실내를 열정으로 덥힌다. 휴休와 지止의 노년은 옛말이 된 지 오래다.

댕그랑 댕그랑. 돼지저금통에 동전 떨어지듯, 알이 굴러떨어진다. 한 양푼을 까면 귀여운 손주 눈깔사탕 사주고, 두 양푼을 까면 바깥양반 막걸리값 쥐어주고, 세 양푼을 까면 며느리, 아랫동서 옷 한 벌 마련해주려는가. 몇 양푼을 까고 까도 제 몫 챙길 줄은 모르지 싶다. 욕심이라고는 한구석도 찾아볼 수 없는 어진 마음씨를 생각하면 저들은 지금 굴을 까는 게 아니라, 석화에서 생의 진주를 캐내고 있는 것이리라.

굴은 거칠거칠한 바위 표면에서 시간을 붙들어 매고 자란다. 밀물과 썰물에 치이는 굴곡진 날을 보내며 여린 껍데기가 억세게 여물어갈수록 통실한 젖빛 알도 속속 차오른다. 달빛에 물들고 파도에 씻기며, 마침내 제 안의 빛을 뿜어내는 꽃이 된다.

석화는 돌에서 피는 꽃이다. 계절 따라 땅에서 피는 꽃들은 요란한 색감으로 뭇사람의 눈길을 끈다. 하지만 석화는 골주름처럼 쭈글쭈글하게 패이고, 축축하고, 거무데데하고 볼품 하나 없는 잿빛 돌꽃이다. 이름하여 '노부의 꽃'이라 해도 좋지 않을까.

탁자 아래로 눈길을 돌린다. 까서 버린 껍데기더미에서 제 몫을 다한 세상 어미들의 허허로운 삶이 웅크리고 있다. 젊은 날 생명을 잉태하여 논바닥처럼 갈라터진 뱃살 자국이 그렇고, 제 몸보다 더 소중히 자식 보살핀 세월이 그러하고, 몸의 진액을 다 빼앗기고, 제 몸 돌볼 줄 모르는 헌신이라 하늘이 내려준 마음에 비유했을까.

하나같이 한쪽 다리를 어긋 세운 옆태가 알파벳 R자 위에 작은 동그라미 하나가 얹힌 형상이다. 우연의 일치일까. 굴의 영문 철자인 OYSTER도 끝자리가 R로 끝난다. 그뿐인가. 생굴을 안전하게 먹을 수 있다는 달이 9월에서 다음해 4월, 이를테면 SEPTEMBER에서 APRIL까지는 모두 R이 들어 있다. 굴과 R과의 인과성을 알 수는 없지만, 분명 둘 사이에는 오묘한 관계로 엮어진 그 무엇이 있지 않을까 싶다.

노부들을 보고 있노라니, 요즘 세상이 거꾸로 간다는 생각마저 든다. 은퇴가 지난 노인들은 아직도 힘든 일을 하고 있는데, 힘 있는 젊은이는 다들 어디로 갔을까. 자식에게 편안을 장려하고, 고생시키기를 두려워하는 기성세대의 탓으로 돌려야 할까. 아무려나 오늘의 노년들은 슬프지 않다. 얼굴은 주름살로 포진되고, 마른 장작처럼 몸은 굳어가지만, 내면에는 꺼지지 않는 내공이 응축되어 있다. 어렵고 궂은일은 전부 자신의 몫으로 받아들이며 살았던 지난 날이 그러했듯이.

___

때때로 나는 노동시장에서 일손을 구한다. 그럴 때면 당황스럽기보다 황당하다. 한결같이 칠십줄의 늘그막에 있는 사람들이다. 어쩌다 운 좋게 젊은이를 구하더라도 얼마 못가서 근로계약서는 휴지통에 버려지기 일쑤다. 그 옛날 알타미라동굴 벽에는 젊은이를 탓하는 이런 문구가 새겨져 있다고 한다. "요새 젊은이들이 너무 버릇없고 성숙하지 못해서 큰일이다. 미래가 걱정이다." 이전 세대가 다음 세대를 바라보는 눈높이는 어쩔 수 없이 편향적인가보다. 젊은 세대는 있어도 젊은이가 없다는 이 시대, 어느 에세이스트의 문구 한 구절을 떠올린다.

굴을 까는 동안 노부는 세월에 묻힌 꿈을 다시 캔다. 날쌔게 움직이는 손끝 아래로 함지박마다 생굴이 숭글숭글 차오른다. 샛바람이 몰아치는 날에도 말랑한 여유와 인정으로 어깨를 나눈다. 짠 물속에서도 굳세게 알을 키워가는 석화처럼, 노부들은 외강내유의 기운을 가졌다 해도 틀린 말이 아닐 터이다.

받아든 굴박스를 들고 뒷문으로 나선다. 저 멀리 밀물이 야금야금 갯벌을 삼키며 다가온다. 허리 펼 줄 모르는 노부들의 등 위에 햇살 한 움큼 살포시 내려앉는다. 비록 신체는 R자처럼 굽었지만, 열정은 I처럼 곧다.

노부老婦는 석화로 피어나고, 석화는 노부의 꽃으로 다시 피고 있다.

에세이포레

The 수필

● 잿빛 석화(굴)는 돌에서 핀 노부의 꽃이다. 몸의 진액을 바다에 내주고 스스로 몸을 지탱하지 못하는 노인들은 알파벳에서 I에 몸을 기댄 R자 형상이다. R자와 연관된 굴의 어원과 파생어에 대한 탐색이 신선하다. 생계를 위해 굴을 까는 노부의 고달픈 삶의 풍경, 젊은 일꾼이 드문 노동시장의 구체성 등 발로 뛴 현장의 언어는 문학에서 요구되는 강력한 무기다. /엄현옥/

뿌리, 울음소리를 듣다

려원 grium1021@hanmail.net

깊은 밤, 가녀린 새하얀 것들이 축축한 어둠을 뭉쳐 길을 내는 소리가 들린다. 흐느낌일까, 희열에 찬 울음일까, 막막함일까, 두려움일까. 길이 보이지 않을 땐 스스로 길이 되라는 말은 야만적이다. 지상의 모든 식물들이 마침표를 찍을 때까지 흙속의 길은 결국 뿌리의 눈물이 만들어낸 길이다.

식물들의 마침표는 씨앗이다. 씨앗에는 뿌리, 줄기, 잎, 열매가 될 가능성과 언젠가는 다시 씨앗으로 돌아가야 하는 숙명이 들어 있다. 씨앗의 어미인 바질은 마르고 여윈 몸으로 화분 안에 수많은 문장을 썼다 지웠다. 원산지인 이란과 인도의 하늘이, 땅의 숨결이, 하늘과 땅을 잇는 바람의 길이 새겨 있는 검은 바질 씨앗에는 생의 다음 문장을 시작하라는 명령과 유언이 담겨 있다.

바람결에 가을이 스며오고 있음을 식물은 몸으로부터 안다. 초록 잎과 탄력 있는 줄기, 화사한 꽃과 잘 여문 열매들은 이제 여름의 기억으로만 남았다. 더 이상 초록을 감당할 수 없는 바질은 저 혼자 말라가고 노랗게 퇴색된 바질 잎사귀들 사이에 늙은 거미는 치밀하고 촘촘하게 조등弔燈을 달았다. 생명의 온기가 사라진 바질의 집, 마른 잎들의 덧없는 춤이 접근금지 경고처럼 보인다.

화석이 된 바질은 화분 켜켜이 생의 기록을 새겨놓았다. 화분을 두드려도 보고 호미로 흙들을 잘게 부수어도 바질의 문장들은 쉽게 모습을 드러내지 않는다. 두드림과 기다림의 시간을 지나 웅크린 것들과의 사투 끝에 마침내 빵을 찍어낸 틀처럼, 동그란 화분 모양을 고스란히 재연한 촘촘한 뿌리들이 햇살 아래 드러났다. 땅 위로 드러난 몸에는 동그란 몸짓, 동그란 눈물, 이제는 더 이상 어딘가를 향해 뾰족한 촉을 내밀지 않아도 된다는 안도감 같은 것들이 들어 있었다.

흙속에 생명의 길을 내었던 뿌리들은 서로 뒤엉킨 채로 푸석한 바질의 몸을 움켜쥐고 있었다. 뿌리마다 바질의 낡고 지친 몸을 지키려는 부릅뜬 눈이 있는 것 같았다. 무한 유혹으로 다가오는 허공을 향해 자꾸만 줄기가 손을 뻗어나갈 때 뿌리는 흙 한 줌, 물 한 방울을 위해 온몸을 납작 엎드려 중력을 더듬는다. 냄새와 질감으로 존재하는 어둠은 손에 잡히지 않는다. 더 이상 뻗어나갈 수 없는 막다른 곳에 이르면 내벽을 칭칭 감고 돌다 뿌리가 흘린 눈물은 고요한 흐느낌이면서 어둠을 가르는 포효였으리라. 깊고 웅숭한 흙빛 울음소리가 밤새 돌림노래처럼 잔 뿌리털로 퍼져나갔을 것이다.

빈 화분의 동공이 보인다. 어떤 몸부림도 달뜬 희열도 사라진 자리, 한때 터를 삼았던 생명이 떠나고 남은 것은 공허한 흔적뿐이다. 사전적 의미로 화초를 심고 가꾸는 그릇인 화분花盆의 용도는 결국 화분花墳으로 마감된다. 꽃들의 무덤, 화분花墳, 그 무덤 한구석에 어미들은 생명을 남겨두고 떠났다. 생명의 시작이란 어미의 죽음에서 비롯되는 것이리라. 뿌리는 긴 머리를 풀어헤치고 만가를 부른다. 공간도 때론 시간처럼 흘러간다. 삶의 화분花盆에서 내 안의 뿌리들도 보이지 않는 길을 더듬어 내려가고 뿌리내린 화분이 내가 아는 세상의 전부가 되어 있다. 자발적 선택이었을지, 운명이었을지, 그저 우연이었을지 여전히 답을 찾는 중이다.

무엇이든 담을 수 있고, 무엇이든 피워낼 수 있는 가능성의 둥지 화분花盆 안으로 결핍과 충만, 슬픔과 기쁨, 절망과 희열이 수시로 얼굴을 바꾸며 걸어들어왔다. 나로 살고 싶었던 아침이 있었고, 환희와 절망의 정오가 있었고 짐승처럼 울부짖던 밤이 있었다. 새로운 나를 찾기 위해 화분 밖으로 달아나려는 일은 결국 익숙한 나를 버리는 일이기도 했다. 꼬리를 자르고 달아나는 도마뱀처럼 견고하고 치밀한 뿌리의 결박에서 벗어나고 싶을 때가 있었다.

어디론가 끝없이 도망치려는 사람들과 어딘가에서 끝없이 돌아오려는 사람들, 회귀와 도주의 변주 같은 삶에서 어쩔 수 없이 입양되어 타국에서 살아가는 이들에게 뿌리란 숙명 같은 것이다. 강물을 거슬러 모천으로 회귀하는 연어처럼 몸에 각인된 피의 언어, 뿌리의 이름을 찾아 돌아오는 사람들이 있다. 그 사회에 적합한 문화적 조건을 갖추었음에도 불구하고 그곳에 뿌리내릴 수 없었고 태생적 얼굴과 피부색을 지니고 있지만 모국의 흙에서조차 뿌리내리지 못한다. 어디서든 흙 안으로 온전히 스며들지 못하기에 생각과 감정이 사는 몸, 소멸하지 않은 몸의 뿌리를 제대로 세워보고 싶은 소망을 지닌다. 그런 간절함이 모태 화분으로 회귀하는 동력이다.

내가 아닌 것들, 나답지 않은 것들을 쫓느라 상처투성이가 된 채 화분에 기대 있는 나를 뿌리는 다시 일으켜 세운다. 화분을 위태롭게 하는 세상의 모든 흔들림으로부터 뿌리는 자기 몸을 포박하면서 스스로 중심을 잡는 방법을 체득해 왔으리라. 화분이 화분花墳이 되는 날까지 꽃과 열매와 잎의 찬란함을 잊지 않기 위해 뿌리는 날마다 문장을 새로 쓰고, 울음이 만들어낸 시간이 켜켜이 화분 안에 쌓여간다.

인도와 이란의 어느 들판에서 자라던 야생 바질들이 머나먼 타국의 좁은 화분에서 치열하게 살다갔다. 흙을 탓하지 않고, 바람의 빛깔과 햇살의 강도를 탓하지 않고 오직 '가능성'이란 단어 하나만으로 잎과 열매와 씨앗을 남기고 떠나온 곳으로 돌아갔다. 한때는 씨앗이었고, 싹이었고, 잎이었고 줄기였으며, 뿌리였다가 다시 씨앗이 된 바질의 기억이 비어 있는 화분 어딘가에 여전히 남아 있으리라. 연둣빛 어린잎과 화사하게 핀 하얀 꽃, 송골송골 맺힌 열매는 뿌리의 울음이 만들어낸 환희이며 뿌리의 다른 표정들이며 다른 이름들인지도 모른다. 바질의 지난한 생을 완벽하게 재현한 뿌리가 햇살 아래 서서, 보이지 않는 곳에서의 시간과 기억과 목소리들을 증언한다.

생을 담아두는 저마다의 화분花盆이 화분花憤이 되는 날, 늙은 거미가 은빛 실로 조등을 조롱조롱 달아 애도해줄 그 밤, 눈물을 뭉쳐 생의 동그라미를 수없이 만들어내던 뿌리는 동그랗게 웅크린 시간 속으로 느릿느릿 걸어들어갈 것이다. 뿌리를 위한 뿌리의 울음소리를 듣게 되리라.

좋은수필

The 수필

● 바질Basil의 씨앗에서 "생의 다음 문장을 시작하라"는 정령을 읽어낸 작가에게 씨앗은 식물의 마침표다. 줄기와 잎, 열매를 키우던 뿌리는 흙이 잠정적인 휴지休止에 들어가면 화분花盆에서 화분花墳으로 화化한다. 화분花墳에서 바질의 연대기와 뿌리의 울음소리를 떠올린 작가의 시선은 화분花盆과 화분花墳에 담긴 언어의 이원성에 천착해, 생성과 소멸이자 가능성과 좌절의 순환 고리를 읽어낸다. /엄현옥/

그 겨울의 냄새와 풍경

박영의 pyelkh58@hanmail.net

겨울엔 새벽이라도 아직 사위는 어둡다.

커다란 가마솥에는 누렁이 여물이 쌀겨와 함께 푹푹 삶겨진다. 여물이 발효가 잘된 듯 시큼한 냄새를 풍긴다. 매섭게 추운 날은 유난히 가마솥 수증기가 그렇지 않은 날보다 자욱하다. 어렴풋이 보이는 소의 모습은 목에 달린 워낭소리로 가늠하며 할머니는 소여물을 구유에 붓는다. 왕방울만 한 두 눈 위 눈썹은 흰 마스카라를 덕지덕지 바른 듯 얼었고, 입 주변은 밤새 열심히 내뿜은 숨소리로 자잘한 고드름이 달렸다. 몸뚱이에 입힌 덕석 위는 소의 체온의 증발로 흰서리가 덮였다. 맹렬한 추위도 아랑곳하지 않고 씩씩하게 여물에 집중하는 재산목록 몇 위에 들어 있는 누렁이.

농촌에서 소의 역할은 한 사람 품값과 맞먹는 귀한 대접을 받았다. 그래서 다들 소한테는 지극하다. 그 시큼한 소의 밥, 여물 냄새와 사람의 밥 뜸 들이는 냄새가 섞여도 싫지 않은 구수함이다. 한식구라 여겼기에 냄새와 향기는 편을 가르지 않는다. 소는 보기보다 맛에 민감하다. 지고지순하고 깨끗하다고나 할까, 여물 끓일 때 실수로 비린내 나는 국물이 조금만 들어가도 그날은 여물을 입에도 대지 않는 것을 보았다. 순수한 초식만 고집하는 우직한 식구였다.

아침이 밝았다.

방 천장은 유난히 다른 집보다 높았다. 그러다보니 외풍은 장난이 아니었고 거기에 최선책은 화롯불이었다. 할머니께서 밤나무를 땔감으로 쓴 것을 잊고 화광火光을 재로 덮어 방에 들여놓았다. 아무것도 모르고 손을 쬐고 있는데 머리가 아프고 천장이 빙빙 돌고 급기야 아침 먹은 것을 쏟아내고 뒤로 나자빠졌다. 할머니는 초인적인 힘을 발휘해 내 입을 벌리고 동치미 국물을 부으셨다. 축 늘어진 몸은 손가락 하나 까닥할 기운도 없이 한참을 그렇게 있다가 가까스로 기운을 차렸고 할머니는 그제야 마디 굵은 손을 손녀딸의 이마에서 내려놓으며 안도의 숨을 쉬었다. 하찮은 것이 약이 될 수 있다는 사실을 어린 날에 경험했다. 특히 밤나무를 화목으로 쓸 때는 다른 나무에 비해 이산화탄소가 많이 발생하기 때문에 불꽃 속에 매캐한 냄새가 없어지면 소금을 뿌려 재를 덮어 들여놓는다는 것을 깜박하신 것이다.

겨울에는 낮이 짧아서 바쁘다.

고무장갑이 없을 때, 겨울에 빨래하는 일은 가장 큰 일이었다. 식구는 많아 빨래는 산더미였다. 날 잡아 뜨뜻미지근한 물이 땅속에서 솟는 샘물, 샘탕으로 향한다. 엄마는 앞장서서 빨래가 가득 담긴 함지박을 머리에 이고, 딸 손에는 가벼운 비누통과 빨랫방망이를 들렸다. 엄마의 보폭에 맞춰 딸은 종종걸음을 엄마의 발자국에 포갠다.

그 샘물은 겨울엔 따뜻하고 여름엔 손이 시릴 정도로 차가웠다. 그러다보니 동네 사람들로 붐볐고 빨래하러 가는 날에는 좋은 자리 차지하려고 서둘렀다. 빨래터의 시시콜콜한 동네 이야기는 차가운 겨울바람도 잊게 했다. 이야기 수위는 당연히 높았고 못들은 척 말에 발을 달지 않았다. 그러는 동안 때 빼고 광낸 옷가지들은 큰 함지박에 담겨 엄마 머리 위에 얹혔다. 갈 때보다 빨래의 무게는 배로 불어났지만, 여자의 숙명이려니 묵묵히 차디찬 강바람을 맞으며 오던 길을 딸과 함께 굳은 결속의 서사를 그렸다.

허접한 장갑에 손은 푸르뎅뎅 얼었다. 손 녹일 새도 없이 빨랫줄에 척척 걸쳐놓고 기다란 바지랑대로 높이 올린 빨래는 금세 '덜거덕덜거덕' 동태같이 얼었다. 그 밑에서 천지도 모르게 뛰놀던 아이는 서걱대는 언 빨래에서 비누 냄새를 맡았다. 비릿한 냄새가 아무 이유 없이 좋았다. 방망이로 두드리고 잿물에 삶아 빨아서 그런지 신선한 새것에서나 맡아볼 수 있는 냄새였다. 좋은 냄새가 없어서였을까, 왜 그 냄새를 좋아했는지 알 수가 없다. 무엇으로 만들었는지는 알 수 없지만 지금 비누하고는 딴판이었다. 요즘 갓 빨아 말린 옷을 맡아보면 섬유유연제가 세월의 한복판에서 당당히 서 있다. 엄마와 함께했던 옛 생각이 그립다.

해 빠진 캄캄한 밤이다.

움직일 때마다 '버스럭버스럭' 소리가 난다. 광목에 빳빳하게 풀 먹인

이불을 콧등까지 끌어올린다. 할머니의 체온과 내 입김이 합쳐져 이불 속은 훈훈하다. 그래도 왜 그리 추웠던지, 변변한 옷가지와 단열재가 없던 시절 허술한 난방이 문제였다. 강원도의 겨울은 깊다. 아마 반 년은 겨울이라 해도 과언은 아닐 듯 몹시 추웠다. 밤새 내린 눈은 칼바람에 눈보라를 동반하였고 문에 달린 문풍지는 사정없이 '붕~ 부르르 부르르' 떨어댔다. 기분이 오그라드니 눈망울은 말똥말똥했다. 허무맹랑하게 귀신의 울음소리로 착각하고 이불을 머리끝까지 올렸다. 콩닥거리는 가슴은 홑청에서 나는 빳빳한 풀 냄새도 까무룩 잠에 빠졌다.

참 추웠다. 코를 들이마시면 코안이 쩍쩍 얼어붙었고 젖은 손으로 문고리를 만져도 자석처럼 철거덕 붙었다. 머리를 감고 덜 말리고 학교 가는 날엔 얼음 가루가 부스스 떨어지기도 했다.

몹시 추운 날 하늘을 올려다보면 구름 한 점 없이 파랗고 깨끗한 공기가 가슴으로 '훅' 들어와 정신이 명료해진다. 비유컨대 잘 차려진 맛있는 밥을 양껏 먹은 느낌이다.

사춘기를 전후해 생각이란 게 헝클어진 실타래를 보는 듯 시작점이 불투명하게 정렬이 안 되었다. 어느 매섭게 추운 날 밤하늘을 올려다보았다. 좌표의 나침판이 거기에 있었다. 그때부터 하늘을 올려다보는 버릇이 생겼다. 정신이 차려지고 앞으로 나아가려는 의지가 생겼다.

요즘도 대기권이 맑고 추운, 코가 찡한 날이면 시간을 쪼개서라도 밖에 나가 고개를 뒤로 젖혀 하늘을 본다. 지금의 나를 생각한다. 나침판에 묻는다. 인생의 바퀴가 잘 구르고 있는지를. **계간현대수필**

● 한 편의 연극 무대를 보는 듯한 구성이 편안하다. 찬 겨울 새벽을 배경으로 여물 먹는 누렁이가 등장하고, 무대가 바뀌면서 장면마다 그리운 이들을 만나 아슴한 기억을 오버랩하는 필자의 모습이 인상적이다. 문장에 스미는 냉기와 온기를 동시에 느끼며, 불 꺼진 빈 객석에서 벌떡 일어서지 못하는 관객의 심정을 가져본다. /김희정/

귀에 대하여 한 말씀 드리자면

박은실 cjh951031@daum.net

이순耳順에 가까운 여성들의 점심 식사장, 쌍꺼풀 수술을 했느니 얼굴 거상 수술을 했느니…. 한참 말이 오가다 마침내는 예쁜 년보다 아프지 않은 년이 최고라며 건강 얘기로 귀결되었다. 물방울 모양의 달랑거리는 귀걸이를 한 친구는 이석증으로 고생을 호되게 치렀단다. 뇌 쪽 문제인 줄 알고 MRI에, CT까지 한바탕 소란을 떨고 알아낸 병명이 이석증이었다며 귀가 얼굴 외곽에 있더라도 괄시 말고 대접을 잘하라고 농담 삼아 말했다. 하긴 그렇다. 예뻐진다면 청산가리도 갈아 마신다는 존재가 여자들인데, 여태 귀를 성형했다는 말은 들어보지 못했으니.

미모를 평가하는 기준으로 흔히 이목구비耳目口鼻를 따진다. 그들 중 귀가 제일 처음에 나와 있음에도 얼굴 변두리에 자리해서인지 사람들에게는 아예 관심조차도 없다. 그도 그럴 것이 눈은 세상 모든 걸 볼 수 있는 건 물론이고 '마음의 창'이라는 닉네임에 걸맞게, 좋은지 싫은지 등 심리상태를 보여준다. 게다가 정상인지 아닌지의 뇌 속 상태까지도 짐작하게 한다. 호수 같은 눈 속에 빠지고 싶어서, 눈에 콩깍지가 씌어서 결혼도 한다. 그러니 대접이 융숭할 수밖에.

코의 역할이야 당연히 호흡하고 냄새를 맡는 일이다. 그런데 얼굴의 중원을 차지하고 있어서인지 눈 못지않게 후한 대접을 받는다. 오똑한 코가 제 자존심이라도 되는 양 아픔도 참아가며 콧대를 높이고 콧방울을 손질한다. 관상에서 코는 재운을 뜻하는바 "귀 잘생긴 거지는 있어도 코 잘생긴 거지는 없다"는 속담이 여기서 나왔다.

약삭빠른 입이야 더 말해 무엇하랴. 듣고도 못 들은 척할라치면 어찌 알고 쓰다 달다, 열 마디 스무 마디 쏟아놓는지 그 바람에 말썽의 단초가 되기도 한다. 그런데도 앵두같이 빨간 입술을 아름다움의 기준으로 정해놓아서 입 또한 대접이 좋다. 어디 그뿐이랴. '키스를 부르는 입술'이라는 광고 문구만 보더라도 섹시함의 대명사로 군림하니 어찌 소홀할 수 있으랴.

그렇지만 귀는 어떤가. 귀한 대접은 고사하고 꼼꼼히 봐주는 이조차도 없다. 귀 문이 넓으면 매사에 헤프고 좁으면 마음 씀씀이까지 좁단다. 게다가 말귀를 못 알아먹는다느니 귀가 얇다느니 하는 달갑잖은 말도 많다. 어느 유명 여자 아나운서가 본인 귀가 당나귀 귀라 일부러 감추려 했다는 일화도 있다.

그리고 보니 귀 대접은 퍽 소홀하다. 반발심리일까. 아니면 이제라도 귀의 소중함을 깨달아서일까. 요즘 젊은이들 사이에 귀 피어싱이 유행이다. 귓바퀴를 뺑 돌려 반짝이는 보석 귀걸이를 다닥다닥 박았다. 어떤 청년은 손오공 여의봉 같은 모양으로 귀 상하를 뚫어 장식했다. 이것을 새삼스레 귀 예우로 봐야 할는지는 잘 모르겠다.

문헌에 보면 조선 21대 왕 영조는 마음에 들지 않는 말을 들으면 귀를 씻었다고 한다. 귀 씻을 물을 대령하라고 호통치는 영조 임금을 상상해본다. 또『동국세시기』에는 흔히 귀밝이술이라고 알려진 이명주耳明酒에 관한 기록이 있다. 정월 대보름날 새벽이나 아침에 차가운 청주한 잔을 마신다. 그러면 귀가 밝아질 뿐 아니라, 일 년 동안 좋은 소식만 듣는단다. 이는 현재까지 전통 풍습으로 전해 내려오고 있다. 그렇다고 해서 이 이야기들을 귀가 제대로 대접받은 것으로 여겨야 하는 것일까.

귀는 청력을 담당하고 평형을 관장하는 감각기관이다. 만약 귀가 없다면 뚝방뚝방 떨어지는 낙숫물 소리를 어떻게 들을 것이며, 아침마다 울리는 알람 소리는 어떻게 들을 수 있을까. 더구나 코로나시대에 마스크는 어디에 걸었을 것이며 멋쟁이 선글라스 다리는 어디에 두었을까.

생일을 다른 말로 이출일耳出日, 귀빠진 날이라고 한다. 산모가 아기를 낳을 때 가장 힘든 시점에 귀가 나온단다. 그래서 귀가 나오면 출산은 순조롭게 마무리가 된다는 뜻이다. 귀는 인간의 감각 중 최초로 깨어 기능을 발휘하고 모든 장기가 멈추고 심장의 진동마저 멈춰버리면 그제야 제 기능을 상실한다. 마지막까지 함께하는 우직한 심복이다. 오래 버틸 수 있는 이유는 아마도 눈처럼 희번덕이지 않아서 코처럼 잘난 척하지 않아서 입처럼 나대지 않아서가 아닐까. 일희일비하지 말며 깊이 여러 번 생각해서 내뱉으라는 신의 뜻이 담겨 있는 것인지도 모르겠다.

그렇다고 귀가 둔하다는 말은 아니다. 의외로 예민해 오감 중 가장 손상되기 쉬운 기관이다. 고막은 외이外耳와 중이를 구분하는 얇은 막인데 다소 심한 장난이나 기압 차만으로도 손상당한다. 나도 비행기를 타고 난 후 고막이 찢어져 치료받았던 적이 있다. 그런가 하면 신체 중 변형이 가장 어려운 기관이 귀다. 귓바퀴 모양이 같은 사람은 거의 없단다. 여권 사진에 귀를 드러내 보이게 찍는 것도 이런 이유에서다.

귀는 신체 부위 중 온도가 가장 낮은 곳이지만 부끄럽거나 민망하면 즉시 남들 모르게 달아오르는 곳이기도 하다. 귓불은 감각이 예민해서 대표적인 성감대 중 하나로 알려져 있다. 실제로 상대방의 귓불 또는 귀를 애무하거나 소곤소곤 귓속말하면 간지럼을 타며 발끝까지 전율을 느낄 수 있다고 하니, 가장 차가운 곳에 뜨거운 정열이 숨어있나보다. 이런 까닭에 언젠가 들었던, "여자가 귀걸이를 하면 남자 눈에 30%는 더 예뻐 보인다"는 말에 수긍이 가기도 한다. 귓불에 매달려 반짝이는 귀걸이가 성적 매력을 유발하는 물건임에는 틀림없는 것 같다.

귀가 순해진다는 이순에 가까운 여성들. 접시를 다 비우고 커피까지 끝낸 후 약속이라도 한 듯이 거울을 꺼내 동그란 눈으로 얼굴을 훑는다. 분첩을 들고 콧등을 두드리더니 립스틱을 꺼내 입술연지를 바른다. 가방을 들고 나가는 여성들에게 귀는 여전히 뒷전인가보다. 여인들의 모습에 이석증을 경험했던 친구가 그에 한마디한다. "귀가 먹으면 치매가 빨리 온대! 귀 대접을 잘하라고!"

수필과비평

The 수필

● 「규중칠우쟁론기」의 고전 산문을 빌려, 얼굴을 이루는 이목구비 중 귀를 중심 소재로 쓴 귀 담론이다. 신체 기능상 중요한 역할을 하지만 그에 걸맞은 대접을 받지 못하는 귀에 대해 작가는 세상 사람들에게 그 존재를 강조, 환기하려 한다. 「귀에 대하여 말씀드리자면」은 현대 한국 수필이 결여하고 있는 실험성과 미래주의에 기여한다는 점에서 앞으로도 이 작가의 후속 작품이 많은 관심의 중심에 서리라 기대된다. /심선경/

지울 수 없는 흔적

백무연 simjh0506@naver.net

　우리 일상 어느 틈에선가 문신이 대세를 이루고 있다. 문신은 영화나 드라마, 스포츠를 거의 망라하여 TV에 노출되는 이들에게 애정을 받고 있다. 십여 년 전까지만 하더라도 특정인들에게 그들만의 표식으로 선호되는 것이 문신이었다. 폭력이 동반되는 드라마나 영화 속 빌런 역할을 맡은 대부분 출연자는 강렬한 문신을 하고 있다. 센 모습으로 보이기 위한 시각효과를 나타내기 위해서라는 짐작이 간다.

　UFC(격투기) 선수나 축구 선수들도 대부분 온몸에 문신을 하고 있다. 이번 아시안컵 축구에서도 안 한 사람 숫자를 세는 것이 더 수월할 만큼 온갖 종류의 문신이 난무했다. 그 면적도 넓다. 문신의 인기가 이러니 트렌드에 열광하는 젊은이들이 어떻게 문신을 선호하지 않겠는가. 자연스럽게 우리나라 젊은이들도 그 트렌드에 편승하고 있다.

　나는 대체로 호기심이 많은데 요즘은 특히 문신에 관심이 많다. 어느 날 퇴근하고 집에 들어가는 길에 아파트 앞 구멍가게에 들렀다. 우유와 계란을 들고 계산대에 갔더니 먼저 온 청년이 계산을 하고 있었다. 무심히 청년의 뒤에 서서 기다리다가 반팔, 반바지를 입고 있는 그 청년의 몸을 보게 되었는데 팔과 다리가 흑백문신으로 덮여 있다. 유럽 축구 경기를 보노라면 팔목까지, 발목까지 가지런히 그림이 그려져 있어서 늘 궁금했다. 문신이 나염된 얇은 타이즈를 입었나, 아니면 며칠 있다가 지워지는 헤나문신인가, 너무도 궁금했다. 무척 순해보이는 청년의 얼굴을 보고선 '옳다구나' 용기를 내어 질문을 해도 되는지 먼저 허락을 구했다.

"학생, 실례지만 그거 지워지는 문신인가요. 안 지워지는 문신인가요?"

"안 지워지는 문신인데요."

"문신할 때, 어떻게 많이 아프진 않나요?"

"아픈데요."

"저런, 근데 그거 나이 들면 후회하지 않을까요?"

"후회 안 할 건데요."

"문신 때문에 장가 못 가면 어떻게 해요?"

헉, 나도 모르게 질문이 너무 나갔다. 그렇지만 시원하게 돌아오는 청년의 대답.

"저 장가갔는데요."

가벼운 질문이라기보단 어쩌면 무례할 수도 있는 질문을 사정없이 해댔다. 이 청년에게 이런 질문을 해도 봉변을 안 당할 것이란 뜬금없는 용기는 아마도 우리 동네라는 믿는 구석이 있어서일 것이다. 계산을 다 마치고 이 골치 아픈 아줌마로부터 도망치듯 나서는 청년의 뒤통수에 외마디 비명 지르듯 큰소리로 한마디 더 질문을 던졌다.

"한 가지만 더요. 그렇게 문신 새기는데 얼마가 들었나요?"

내가 생각해도 보통 질기지 않은 동네 아줌마의 황당한 질문에 청년은 싱긋 웃는다.

"천만 원 넘게 들었어요."

가게를 나서는 젊은이의 뒷모습은 문신에 대한 자랑스러움이 가득했다. 가게 주인아줌마랑 나는 순간 눈이 마주치며 속마음을 주고받는다. 오 마이 갓.

물론 이것으로 내 호기심천국이 다 해소된 것은 아니었다. 저런 문신은 어디에서 하는지, 대구에서도 가능한지, 컴퓨터로 하는 건지 사람 손으로 하는 건지, 며칠이나 걸리는지, 피는 안 나는지, 부작용은 없는지, 나중에라도 마음이 바뀌어서 지우고 싶을 땐 어떻게 해야 하는 건지…. 오히려 더한 궁금증을 남기며 집으로 돌아왔다.

문신에 대한 호기심이 넘치다보니 이젠 문신한 사람들만 눈에 뜨이는 이상증세 확증편향이 생겼다. 오늘 우리 매장을 방문한 고객의 팔에 휘황찬란하게 컬러로 새겨진 문신을 또 보고야 말았다. 어제와는 다르게 조심스럽게 고객에게 다가가서 나를 밝히고 문신에 대해서 알고 싶은 게 있는데 질문해도 되는지 정중하게 물었다. 평소 잘 알던 고객이라 쾌히 승낙해주어 함께 자리에 앉았다. 자연스럽게 분위기는 문신에 대한 인터뷰 형식이 되었다. 지금부터는 좀 있어 보이게 문신을 전 세계적 언어인 타투라 칭하겠다.

"요즘 제가 타투에 대해 관심이 많아져 잠시 궁금한 것을 여쭤보겠습니다. 보통 타투는 어떤 과정을 거쳐 완성이 되나요?"

정말 진지하게 묻는 나를 보고는 잠시 생각하더니 말하기 시작했다.

"우선 마음에 드는 그림을 선정해야 합니다. 그리고 도안지를 원하는 부위에 붙여서 본을 뜹니다. 큰 그림을 먼저 새기고 잔 그림을 채워넣는 방식으로 합니다. 손으로 시술하며 자동 타투 바늘로 찌르는 것과 동시에 색소가 피부에 침투합니다. 일주일 단위로 한 시간씩 새기는데 반 뼘 정도 크기입니다. 저 같은 경우는 좀 독하게 네 시간씩 꼬박 2년 걸렸습니다."

"그렇게 시간이 많이 걸립니까? 어디를 하셨는데요?"

질문을 하면서도 내 눈은 고객의 상체를 두루 살피기에 바쁘다. 전신을 다 했다는 고객의 말에 놀라서다.

"아, 아프지는 않으셨나요?"

"물론 바늘로 콕콕 찌르는 정도의 아픔은 있지만 뭐, 그 정도는 참을 만합니다." 하고 싶은 것을 하면서 그 정도 아픔은 감수해야 된다는 듯이 무심히 대답한다.

"고객님은 정성이 많이 들어간 타투 같은데 이런 고급 시술은 어디서 받을 수 있나요?"

"서울에도 있는데 저는 대구 동성로에서 받았습니다. 대구도 스킬이 좋습니다."

"상처 부위의 부작용이나 감염, 이런 것은 없습니까?"

"크게 걱정할 일은 없습니다. 요즘은 상처보호 방수필름이나 전용 클렌징 젤, 치료연고가 있으니 딱지가 자연스럽게 떨어질 때까지 관리를 잘해주는 것이 멋진 타투를 만들 수 있는 방법입니다."

이어지는 질문에도 싫은 내색 없이 충실하게 대답을 해준다. 타투의 장단점을 잘 아는 분일 것 같아서 조금 민감한 질문을 던졌다.

"만일 타투가 싫증이 나고 주변의 대꾸에 질려 지우고 싶어질 때, 그때는 쉽게 지울 수 있나요?"

질문하고 나서 살짝 고객의 눈치를 살핀다.

"그것이 문제입니다. 잔 그림은 지울 수 있지만 큰 그림은 그 모양대로 흉터가 생깁니다. 왜, 대표님도 타투를 하고 싶으신 건가요?"

내가 질문이 많으니 도리어 궁금해진 모양이다.

"아, 그런 것은 아니고요. 하기도 어렵지만 지우기도 보통 일이 아니네요."

긴 수다를 끝으로 고객을 엘리베이터 앞까지 배웅하며 질문을 이어갔다.

"근데, 전신에 하셨다고 했는데 보여주실 수 있나요?"

고객은 친절하게도 티셔츠를 들어올리며 앞뒤를 보여주었다. 티셔츠 안에 또 다른 티셔츠를 입은 것 같았다. 엘리베이터 문이 열리고 안으로 들어가는 고객께 정말로 궁금한 것을 마지막으로 또 던졌다.

"모두 다 하는 데 비용은 얼마가 들었는지 여쭤봐도 될까요?"

"하하하! 이천만 원 들었습니다."

엘리베이터 문이 닫히며 웃음소리와 함께 튀어나오는 비용은 만만치 않았다. 그러나 한편으로는 2년 동안 일주일에 4시간씩 96회를 시술했다니….

어릴 때, 엄마의 왼쪽 팔뚝에 작은 콩알만 하게 세로로 새겨진 세 개의 문신을 보게 되었다. 그 사연이 참 궁금했는데 스물이 넘어서야 겨우 여쭤보았다. 엄마는 처녀적에 각별히 잘 지내던 동네 친구랑 우정을 맹세하며 같은 부위에 바늘로 찔러서 물감을 넣어 표시를 했다고 한다.

지금 친구랑은 잘 지내시냐고 여쭈었더니 "서로가 다른 곳으로 시집을 가게 되고는 살기 바빠서 한때의 추억으로 이제는 잊고 살고 있다"라고 하셨다.

우리 엄마에게도 결혼 전 그런 추억이 있었구나, 생각하며 참 생경했던 기억이 떠오른다. 1923년생인 엄마 십대 때의 이야기다. 그 당시에도 문신이 살금살금 유행했다는 것이다. 일제강점기라 짐작되는데 엄마도 문신을 하셨던 것이다. 유행을 쫓아가는 요즘 젊은이들처럼. 그러나 엄마에게 문신은 유행이기보다 예쁘고 소중한 젊은 날의 추억일 것이다.

사십 중반이 되어보이는 이 고객은 삼 년 전에 타투를 했는데 해가 갈수록 후회하는 마음이 역력해지는 것 같았다. 왜 안 그렇겠는가. 전신에 새겨진 타투. 세월이 가면 피부도 탄력을 잃을 것이고 점점 더해지는 나이에 트렌드는 또 어떻게 바뀔지 모를 일이다. 타투에 홀릭되어서 본인들이 고심하고 실행한 것에 대해 퍽 만족하는 전자. 그렇게 만족할 거라고 믿었던 본인의 행위에 후회하고 낙담하는 후자.

공교롭게도 연이틀 간에 상반된 두 경우를 만나게 되었다. 정작 본인들도 호불호가 갈리는 타투 시술. 문득, 우리 직원들의 팔과 목에 새겨진 타투가 눈에 들어온다. 저것도 한순간 지나가는 트렌드일 텐데 월급날이 지나면 타투가 하나씩 늘어나는 것 같다. 자그마하게 보일 듯 말 듯 한두 개쯤 하면 귀엽고 고급지게 보일 것을….

평생 수정할 수 없는 유행이란 골치만 아파진다. **에세이스트**

The 수필

● 글쓰기는 인간에 대한 관심과 탐구로 시작해서 시류의 변화에도 민감해야 한다. 이 작품은 문신이 대세인 줄 몰랐던 사람까지도 흥미롭게 읽을 것이다. 자신의 몸에 지울 수 없는 흔적을 만들며 스스로 만족하기도 하고, 또 후회하는 게 사람이다. 수필의 미덕인 재미와 정보 전달에 성공했다. 작가의 호기심은 힘이 세다. /노정숙/

노을빛 그녀

염귀순 essay8001@hanmail.net

무엇에 급급했을까. 문이 닫히며 엘리베이터가 순식간에 올라가버렸다. 지하 주차장에서 나의 집이 있는 20층으로 이동하던 중, 함께 탄 여자에게 양해를 구했었다. 1층 우편함에 도착해 있을 우편물을 잠시 꺼내가겠다고. 엷게 웃음 띤 그녀의 얼굴을 뒤로한 채 우편함에서 막 책을 꺼내든 찰나였다. 엘리베이터는 냉정하게도 위를 향해 '고고 싱'해버린 게다. 멍하니 서서 한 층씩 올라가는 불 밝혀진 숫자를 쳐다본다.

딱히 모나게 보이지 않던 그 여자, 17층에 사나보다. 동일한 주거지에서 같은 형태의 현관문을 열고 들어가는 똑같은 사각 모양의 방, 아랫집 천장을 딛고 옆집과는 벽 하나를 사이에 두었다. 문패대신 호수가 붙은 집이며 서로 언제 이사를 들고 났는지도 모르는 터수이다. 수직으로 오르내리는 엘리베이터 안에서 몇 초간씩 얼굴을 익히는, 조금은 데면데면하고 초면이기도 한 관계가 아파트 도시의 이웃이라 할까.

확 달라져버린 생활 패턴만큼 사람들의 성격이 급해졌다. 전화 한 통이면 문 앞까지 먹거리가 배달되는 마당 아닌가. 필수품으로 가진 스마트폰에선 까딱까딱 손가락운동만 하면 광대한 사이버 세상이 금방 로그인된다. 드론이 택배 노동을 대신하고, AI 의사가 의료 빅데이터를 통해 진료와 진단을 해줄 거라는 예상은 너와 나의 현실이 되어간다. 세상이 급변하면서 계절마저 조급해졌는지 뚜렷하던 사철도 이즈음엔 오락가락 엇박자를 친다. 봄이 피었다며, 단풍들었다며, 첫눈 온다며, 펜으로 눌러쓴 엽서를 우체국에서 부치던 시절은 기억에서조차 가물가물한 추억이 되었다.

"겉으론 차분해 보이는데 성격이 급한 편이네요."

오래 전 어느 내과 의사에게서 들은 말이 생각난다. 초조하게 기다린 환자에게 진단결과와 병명부터 명쾌히 말해주지 않던 그 의사보다 훨씬 젊었던 나는 '무슨 말씀을, 당신이 느리시면서…'라는 속말을 목젖에서 꿀꺽 삼켰다. 그땐 몰랐으나 수긍이 간다. 성격이 급하면 대체로 걸음새나 말씨도 빠른 속도를 탄다. 화법도 우회로나 은유 같은 방법을 빌리지 않고 직설적인 편을 택한다. 노老 의사 선생님이 그걸 간파하지 못했을 리 없다.

그럼 문명의 쾌거로 절약된 시간에 사람들은 무엇을 하였나. 뭐든 가능성의 시간이 될 줄 알았던 그것들이 나를 떼어놓고 대체 다 어디로 갔지. 조금 더 서로를 사랑하고 가족과 화목하며, 더 따뜻이 이웃과 교류하고 조금 더 너볏해졌는가. 시간 속을 건너는 하루하루를 짚어봐도 왠지 모를 불안과 걱정을 안고 있다. 공중에 떠 있는 집을 기계로 오르내리며 일상과 추상의 숫자놀음에서 놓여나지 못한다. 숫자는 갈등과 분란과 좌절을 낳기도 하는 터, 이래저래 삶은 아슬아슬하고 인생길이 던지는 시련과 시험은 늘 예측불허다.

삶 앞에 나는 자주 초조하고 허기졌었다. 집집마다 삼시세끼도 어려웠던 시절, 식구들의 먹거리와 사철 입을거리 마련에 부모님은 늘 허리띠를 졸라매어야 했다. 받아든 삶이 막막할수록 스스로를 닦달하고 다그칠 수밖에 없었다. 어딘가를 향해 애를 태우며 마냥 동동거렸다. 팍팍한 현실을 박차고 훌쩍 도약하고 싶어서, 갖고 싶고 되고 싶고 하고 싶고 가고 싶어서…. 까닭이야 우리 집 가난에게 덮어씌우며 나름의 비상을 꿈꾸었는지 모른다. 인간은 욕망하는 존재다. 지나치게 탐하여 염치조차 뭉개어버린 욕심은 자칫 파멸로 몰아가고 영혼까지 황폐화시키는 독이 되지만, 어쨌거나 욕망은 살아 있는 사람의 것. 우리를 살게 하는 동력이다. 한사코 욕망할 수밖에 없는 것이 삶 자체이리라.

유년의 봄날 이후 숱한 계절을 내가 나에게 쫓기며 달려온 것 같다. 아니, 그랬다. 오늘은 어제의 열매이며 결실일지언정 삶을 좌지우지하는 무언가의 너머에는 어김없이 '나이듦'의 이정표가 있다. 무게, 책임, 두려움이 포함된 것. 연륜은 지식처럼 베껴먹거나 우려먹을 수도 없는, 반드시 밥그릇을 비워내야만 온몸에 박히는 눈물겨운 거다. 팽팽하던 시간을 통과하고 보니 어스름이 감돈다. 점점 고요해진다.

생의 고단함을 발 아래로 내려놓는 시점, 빡빡하던 마음의 행간도 조금쯤 푼더분해지는가. 괜스레 눈시울이 더워온다. 저 멀리 서산머리를 환상적으로 물들이며 다함없이 피고 지는 노을의, 삶에 대한 예의가 읽혀지기도 한다. 사람의 노경 또한 자신이 만들어낸 애틋한 예술일거라며 밑줄 하나 긋는다.

살아보니 늙는다는 것은 기막히게 슬픈 일도, 그렇다고 호들갑떨 만큼 아름다운 일도 아니다, 라고 했던 사람은 수필가이자 영문학자로 살다간 장영희 교수다. 초스피드로 질주하는 세상에서 아무도 해결해주지 못할 고독과 외로움을 건너뛸 노하우는 생기지 않았어도, 수없는 반복이 가져다준 익숙함이 있다. 웬만큼은 스며들거나 흘려보낼 줄 안다. 이런 익숙함이 싫다가도 더러는 싫으면 않다. 날마다 해가 떠오르는 것도 하루를 간절히 살라는 의미일지니 상실보다는 선의와 진심만 기억하기. 어떤 것에 쉽게 연연하지 않고 제 깜냥대로 삶에 열중하며 성숙해지기. 여태 그랬듯 내일을 의심하면서 또 믿으면서.

곧 들녘의 쓸쓸한 바람이 덮쳐오고 이어 허허한 겨울이 문턱을 넘고 들이닥칠 테다. 한철 당당하던 기세와 번잡을 떠나보낼 즈음, 내면을 다잡는 겨울나무인양 빈 가지로도 기품 있게 적요에 든다면 감히 꿈꿔본 만경이겠거늘. 때때로 사람은 생각이 많아서 불안할까, 불안해서 생각이 많을까.

"버튼을 잘못 눌러 올라가버렸는데 오해하실까봐 다시 내려왔어요."

문이 열린 엘리베이터 안에 17층의 그녀가 웃고 서 있다. 하하! 문명의 이기 앞에서 단순한 버튼 조작에도 미숙한 바로 우리 세대셨구나. 얼떨결에 혼자 올라가는 동안 잠시 잠깐 갈등도 했을 법한 구세대. 순간, 뜻밖의 친근감에 나는 화들짝 신통찮은 사유 속을 빠져나온다. 이리 가뿐할 수가….

마주한 그녀의 얼굴에 번지는 노을빛이 곱다. **에세이문학**

The 수필

● 문명의 쾌거에도 불구하고 인간의 본질을 잃어가는 삶에 대한 통찰이 담긴 수필이다. 초스피드로 질주하는 과학기술의 발달로 인간의 삶은 편리해졌으나 그 잉여의 시간만큼 여유롭고 행복해졌는가. 오히려 일상은 더 분주해지고 쫓기듯 살아가며, 불안과 고독과 소외가 증폭돼가는 시간 속에서 자맥질하고 있는 것은 아닌지. 화자 또한 이런 현실에서 자유롭진 않으나 그에게는 온몸으로 부딪혀 이루어낸 눈물겨운 삶의 경험이 있다. 그 연륜에 따라 인간의 노경은 '애틋한 예술'로 환치될 수 있다는 긍정이 잠시나마 인간 존재를 빛나게 한다. /김지헌/

발가벗은 세탁기

윤영 birchwood9@hanmail.net

엄마는 6남매 중에서 유독 둘째딸인 나의 가난을 마음 아파하셨다. 단지 김치냉장고와 드럼세탁기가 없다는 이유로 불효녀가 되고 말았으니. 당신은 찬 우물에 띄우던 수박, 얼음 깨고 손빨래하던 그 시절이 몸서리쳤을까. 오로지 번쩍번쩍 빛나는 전자제품이 많을수록 부자라고 생각했던 모양이다. 그런 엄마의 딸임에도 불구하고 나는 최첨단을 앞서가는 전자제품이나 기계류에는 관심이 없었다. 그것은 지금도 마찬가지다. 피복 벗겨진 전선에 검정 테이프를 칭칭 감아놓은 청소기. 20년은 됨직한 냉장고와 세탁기. 하물며 그 흔한 에어프라이어나 건조기조차 없다. 나는 회색빛의 전자기계들이 들어앉을 공간에 이왕이면 푸른 나무를 들이거나 책을 앉혀야 배가 부르다. 물론 편리보단 몸을 소비하는 주의이기도 하다.

마침내 늙은 세탁기가 우당탕 소리를 내며 멈추었다. 기사를 불렀더니 균형추며 자동 센서가 망가졌단다.

"이 제품은 오래되어 부품 단종입니다. 그냥 수동으로 맞출게요."

어지간하면 새로 구매하라는 남편의 핀잔에도 고집을 부렸다. 까짓거 수동이면 어떤가. 세탁기 본인이 단순하게 살고 싶다는데. 그냥 빨고 헹구어주고 짜주는 본래의 기능으로 돌아가고 싶다잖아. 녀석이 명료하게 깨달은 거라고 사족을 덧붙여 남편한테 설명했다. 물론 세제와 섬유유연제조차 눈대중으로 넣을 수밖에 없으니 불편함이야 내 몫일 테고, 울 코스나 찌든 때 급속 세탁, 세탁물의 무게를 감지해 자동으로 조절되던 기능도 남은 시간을 알려주는 휘슬도 과거형일 뿐이지만 괜찮다.

그러고 보면 세탁기는 어느 순간부터 아프다는 전언을 보내올 때가 있었다. 미련한 내가 몰랐을 뿐인 게지. 그즈음 내 몸도 미세한 신호를 보내왔다. 어느 토요일 새벽, 옆구리의 격심한 통증으로 식은땀을 흘리며 기절했다. 요로결석이었다. 욕실에 쪼그리고 앉아 운동화를 빨다 허리가 무너졌다. 밤낮으로 자판을 두드리다보니 석회가 염증을 일으켜 어깨까지 탈이 났으니. 콩팥에 돌을 깨고 석회를 깨고 한 걸음도 옮기지 못하는 요통으로 응급실행이 몇 번이었던가. 이번엔 덜컥 대상포진이 찾아왔다. 몸의 중심부들이 하나둘 삐거덕하자, 민둥산에 홀로 앉아 있는 낭패감.

우당탕 소리는 수동으로 바뀐 후 제법 줄었다. 심지어 뚜껑을 덮지 않아도 세탁에서 탈수까지 된다는 사실이 믿기지 않았다. 나는 부러 발가벗은 통 안을 살피곤 한다. 쏟아지는 물줄기에 마사지 받듯 두 손을 밀어넣는다. 정녕 이보다 자유로울 수 있을까. 남편의 티셔츠 양팔과 나의 긴 남방 양팔이 팔짱을 끼고 서로 뒤엉킨다. 바짓가랑이와 원피스 하단의 뜨거운 포옹. 그들의 격렬한 사랑이 물세례에 잠시 쉬는 사이

나는 작은 서재 침대에 누워 최고의 휴식을 즐긴다.

　여름 한철엔 침대와 세탁기 사이에 있는 유리창을 한 방향으로 밀어 놓고 창가에 꽃과 나무를 앉힌다. 자못 큰 행운목이 떡잎 없이 쭉 뻗었다. 수경재배로 키우는 테이블야자며 제라늄은 어지간한 청년보다 튼실한 뿌리를 자랑한다. 씨앗으로 촉을 틔운 방울토마토는 잎에서 곧잘 토마토 냄새를 내주니 기특하기 그지없다. 산바람과 강바람에 수시로 잎을 뒤집는 유칼립투스는 말해 뭐하랴. 특히 내가 덮고 있는 흰 아사 이불 위까지 길게 늘어뜨린 아이비에 코를 박는 지금 요란한 매미 울음을 듣노라면 시답잖은 일상도 고매한 일상으로 번진다. 이쯤이면 정비석의 산정무한을 충분히 느끼고도 남음이다.

　알몸을 드러낸 그는 여전히 회전을 반복하며 남루하든 명품이든 차별 없이 남의 삶을 지극 정성으로 씻는다. 나는 평생 내 몸 하나 건사하는 것만으로도 늘 힘에 부치지 않았던가. 바람이 테이블야자를 흔들었다. 물 들어간다. 분희네 텃밭 돌계단 내려가면 만나지는, 거랑 물소리 진배없다. 서너 차례 헹굼이 시작되었다. 숙희가 가져온 빨랫비누로 개골창에 앉아 동무들과 입고 있던 난닝구와 빤스를 조물조물했다. 치대고 치대도 희멀건 물은 물방개가 만든 파문처럼 퍼져나갔다. 탈수의 시간. 1분 정도 가쁜 호흡을 몰아쉬며 드디어 힘겨운 마침표를 찍는 녀석. 노르웨이 남서부 플롬에서 뮈르달까지 가파른 경사도를 탈탈거리며 오르던 산악열차가 겹친다. 한낱 낡은 기계에 불과한 그에게서 단순한 감정을 넘어선 살 냄새가 왜 났을까.

　회피할 수 없는, 일련의 동정이었을까. 돌아보면 동정은 허다했다. 이제 당신은 김치냉장고와 드럼세탁기가 없다는 이유로, 둘째딸의 가난을 걱정하지 않아도 되는 세상으로 건너갔다. 그 틈바구니에서 당신이나 나나, 세탁기의 정교했던 몸들이 무너지기 시작한 거지. 어쨌든 낡고 해진 부제품들을 떼어내고 그리 멀지 않아 보이는 입적을 두고서도 제 일을 해내는 녀석. 아파보니 알겠더라. 잘린 도마뱀의 꼬리처럼 새 꼬리가 돋아나진 않지만, 상처 뒤에는 늘 치유가 기다리고 있다는 거. 이제 이력이 붙어 괜찮다. 아픔도 자연의 현상이라 인정하니 두렵지 않더라는 거.

우린 한때 '안전지대'에서 참하게 살았으니 뭐…. 신의 손길로 빚어진 몸이라 생각했다. 그러니 어긋난다거나 불안 따위를 걱정한다거나 이런 일은 생각지도 않았다. 언제나 붉은 꽃을 피우는 칸나의 시절. 공장에서 갓 나온 새 제품 냄새, 이따금 스위트한 와인에서 드라이한 와인 저장고로 언덕을 넘어가는 정도쯤은 벗어났지만.

그렇게 오래된 것들은 제 몸 어딘가에 일종의 무늬를 새겨 파장을 보낸다. 발가벗은 몸까지 내보이며 힘겹게 가고 있는 그대. 한풀 낡아가며 서럽게 오고 있는 나. 부디 극락처럼 건너가거라. **한국수필**

The **수필**

● 산다는 것은 아픔의 반복이다. 아픔은 상처를 남기고 상처가 모여 무늬가 된다. 무늬를 보고 있노라면 알게 된다. 지금의 아픔도 곧 지나가리라는 것을. 낡은 세탁기 옆에서 작가는 어린 시절 그랑 물과 노르웨이의 탈탈거리는 산악열차를 상상한다. 이만하면 아픔도 곱고 감미롭다. 어쩌면 무늬들이 어우러져 꽃이 될지도 모를 일이다. 내 안에서 그 꽃을 보게 된다면 여기도 극락이리라. /이상은/

어느 날 문득 바람 생각

윤온강 ysyoonok@hanmail.net

아파트 2층 거실에 앉아 있으면 앞쪽 담장 너머 언덕에 있는 소나무가 보인다. 그 나무가 처음 눈에 띈 것은 바람이 세게 부는 어느 봄날 저녁이었다.

희한하게도 내 눈에는 그 나무가 바람에 심하게 흔들리는 모습이 꼭 중년쯤 되는 사나이, 아니 그냥 늙수그레한 사나이라고 해야 맞을까, 그런 사나이가 우쭐우쭐 춤을 추는 것으로 보였다. 막걸리 한 사발 들이켜고 몸을 앞으로 구부린 채 어깨를 들썩이며 신나게 춤을 추는 모습이었다. 그날 이후 그쪽을 쳐다보면 즉시 그 소나무가 먼저 눈에 들어왔다. 왜 그런 거 있잖은가? 어느 날 눈에 한번 들어오기 시작하면 다음부터는 무조건 그것만 먼저 보이는 것처럼 말이다.

가만히 있을 때는 왠지 슬퍼보이던 그 나무가 바람 부는 날에는 어김없이 쿵저쿵쿵저쿵 리듬을 타며 신나게 춤을 추는 것이었다. 그 춤추는 모습이 어찌나 신명이 나 보이던지 나도 덩달아 춤을 추고 싶은 생각이 들 정도다.

그래서인지 그가 춤추지 않고 가만히 있으면 나는 매우 심심하다. 그리고 괜히 트집을 잡고 싶어진다. '왜 춤추지 않는 거야? 신나지 않아서라고? 춤은 꼭 신나야 추는 것은 아니야. 추다보면 신이 날 수도 있어.' 하지만 그 소나무는 아무 대답이 없다.

바람이 잔잔한 날, 그 나무의 꾸부정한 어깨 위로 비치는 교교皎皎한 달빛이 왠지 그를 더 처량하게 보이게 한다. 그렇다. 바로 그거였다. 바람이 있어야 춤을 추는 것이었다.

나는 갑자기 '바람'이란 단어에 꽂히고 말았다. 곧 바람에 관한 깊은 명상에 빠져들었다. 바람, 그는 누구이며 어디서 와서 어디로 가는 자인가?

먼 옛날 북쪽 시베리아의 어떤 동굴에 바람이 살고 있었다. 그는 자신이 어떻게 생겨났으며, 어디서 왔는지, 언제부터 거기 있었는지 전혀 모르고 있었다. 그냥 지구가 생기고, 온 들판이 용암에서 뿜어내는 김과 연기로 뒤덮여 있을 때부터 그는 거기 있었다. 그는 자기가 누구였는지 몰랐으므로, 그냥 동굴 안에서 낮잠을 자며 이따금 동굴 밖의 풍경을 막연히 내다보고 있었다.

무료한 나날이었다. 바깥은 아직도 뜨거운 열기로 펄펄 끓고 있었다. 그는 궁금했다. 그 열기가 어느 정도 되나 하고 구경삼아 슬슬 나가보기로 하였다. 그렇게 해서 바람은 세상에 나서게 되었다. 그가 지나는 길목에선 꺼진 불이 다시 활활 타오르기도 하고, 어떤 데서는 아주 꺼지기도 했다.

신기했다. 전에는 자신이 그렇게 조화를 부릴 수 있는 능력이 있는 존재인 줄을 몰랐다. 재미있었다. 마냥 들판을 뛰어다녀보기도 하고, 산봉우리에 올라가보기도 했다. 넓은 바다에도 가보고, 깊은 골짜기에도 가보았다. 그가 지나는 길목에서는 모든 사물이 술렁이고 있었다. 하지만 가만히 숨죽이고 있으면 아무런 움직임도 일어나지 않았다. 그래서 이번에는 일부러 천천히 움직이다가 갑자기 빨리 달려보았다. 그러자 나뭇가지가 부러지고 하늘의 구름이 떼로 쫓겨갔다. 바다의 파도는 높이 높이 춤을 추었다. 가슴이 뛰었다. 그는 자신이 그렇게 막강한 힘을 가진 존재인지 그때까지 모르고 있었다.

이렇게 바람이 탄생하는 모습을 상상해보던 나는 방향을 바꾸어 시인들은 과연 바람에 대해서 뭐라고 했는지 알아보기로 했다. 그랬더니 놀랍게도 시인들은 바람이 먼 하늘의 별에서 온다고 했다지 뭔가. 참으로 멋진 말이었다. 시인들이 이렇게 멋진 말을 하니까 독일의 철학자 하이데거Martin Heidegger도 시詩를 '신들의 눈짓'이라고 극찬했나보다.

시인들은 또 보리밭에 부는 바람을 보고 부드럽다고 했고, 바람이 갈대를 흔드는 모습을 보고는 쓸쓸하다고 했다. 그리고 마침내 바람의 이름을 하나, 둘 짓기 시작하였다.

바람이 부는 방향에 따라서 샛바람(동풍), 하늬바람(서풍), 마파람(남풍), 된바람(북풍) 등으로, 바람의 속도에 따라서는 실바람, 남실바람, 산들바람, 건들바람, 센바람 등으로 이름을 붙였다. 또 바람 부는 모양이나 느낌에 따라서는 소슬바람, 회오리바람, 돌개바람, 칼바람, 황소바람 등과 같이 짓는 등 자꾸 이름을 만들다보니까 나중에는 끝도 없이 많은 바람의 이름이 생기게 되었다.

바람에 관련된 단어가 하도 많아서 과연 얼마나 되나 궁금해진 한 호사가好事家가 국어사전을 검색해봤더니 무려 353개나 나왔다고 한다. 놀라운 일이다. 바람이 이렇게 우리의 상상력을 많이 자극하고 있을 줄 미처 몰랐다. 이를 보면 바람은 산과 들과 바다만 지나가는 것이 아니고 사람의 마음속에도 깊숙이 들어왔다 가는 모양이다.

그렇다면 바람의 실체는 무엇인가? 그냥 지나가기만 하는 그 무엇일까? 잘 모르겠다. 그저 바람은 머물지 않는다는 사실 하나만 똑똑히 알 뿐이다. 머물러 있으면 이미 바람이 아니다. 움직이지 않고 가만히 있으면 정체성을 잃고 곧 소멸消滅될 것이 분명하므로.

여기까지 생각하다가 다시 언덕 위에 있는 소나무를 쳐다본다. 방금 바람이 슬슬 지나가는가 싶더니 나뭇가지가 조금씩 흔들리고 있다. 하지만 이 정도의 바람으로 소나무가 춤추는 모습을 보기는 어려울 것 같다. 하는 수 없이 그냥 바람이 나무를 부드럽게 어르는 모습을 바라보고 있자니 나도 모르게 다시 바람에 관한 깊은 명상에 빠지게 된다. 아, 바람 너는 도대체 누구인가?

에세이문학

The 수필

● 바람의 탄생과 작용을 작가의 상상으로 이끌며 모든 것은 멈추지 않고 흐르고 있다는 걸 바람의 생각을 빗대어 전한다. 무릇 바람의 주인은 누구도 아니다. 굳이 따지자면 우주라고 해야 할까. 생성과 소멸은 애쓰지 않아도 이루어질 일. 바람이 어르는 대로 바라보라는 명상법에 끌린다. /한복용/

무 맛을 안다는 것

윤혜주 miyai@hanmail.net

무 맛을 알았다. 아무 맛 없다고 타박했던 그 맛을 이순에야 알았다. 땅심 먹고 자란 식물 중 가장 자연적인 그 맛을 내 입이 알기까지는 참으로 오래 걸렸다. 편안하게 입안 가득 수분을 채워주다 천천히 제 몸을 우려내 주재료에 어우러져 드는 착한 맛. 누구나 만나지 못해도 늘 마음 언저리를 채우는 사람이 있듯, 어떤 맛에서도 일인자의 자리를 넘보지 않는 어련무던한 맛. 자신이 받은 사랑을 다른 이에게 조용히 베풀면서 행복해하는 그런 사람 같은 무 맛을 안다는 건 인생의 오감을 느낌으로 마주하는 나이가 되었다는 증거리라.

땔감 준비와 움을 파는 것으로 아버지의 겨우살이 준비는 시작되었다. 겨울이면 내 유년의 텃밭엔 크고 작은 움들이 하얀 눈 봉우리를 하고 올망졸망 앉아 있었다. 날것의 갈무리가 마땅찮았던 시절, 움은 겨우내 주식인 밥을 거드는 찬거리의 저장고인 셈이었다. 주로 볕 바른 텃밭 한 편에 땅을 파 바닥과 둘레에 짚을 두툼하게 깔아 둘렀다. 사람 팔뚝이 들락거릴 만큼 움의 숨구멍을 만들어 표시한 뒤, 해진 멍석 조각이나 짚, 흙을 덮어 보온했다. 가을걷이 뒤 챙긴 실한 무나 배추, 감자나 고구마 같은 채소를 보관해 엄동설한에도 푸릇한 채소를 먹기 위해서였으니 부엌의 어머니에겐 유용한 식재료의 보고寶庫였다.

겨울이 깊어지고 고방의 양식도 바닥을 보일 즈음, 밥상인 맷돌에 대충 갈아 껍질 벗긴 완두콩 밥과 무 찬이 단골로 올랐다. 싸락눈 싸락싸락 치는 긴 밤이면 아버지는 발자국을 찍으며 텃밭으로 향했다. 하얗게 수염발을 단 무를 담아 들고 와 깎은 뒤, 아랫목에서 뒤척이는 우리 손에 쥐여주곤 하셨지만 나는 자는 척 받지 않았다. 간혹 오일장 나갔던 할아버지가 들고 온 꾸덕꾸덕 마른 명태에 큼직하게 썰어넣은 무에도 손이 가지 않았다. 그뿐만이 아니었다. 움 옆에 묻어둔 항아리에서 꺼낸 시원한 동치미국물은 들이켜면서도 서걱거리는 무의 식감과는 좀체 가까워지지 않았다. 가을 무는 겨울철 비타민 공급과 소화 촉진에 도움을 주는 영양적 효능이 뛰어나 인삼보다 낫다는 식재료였다. 단지 맛이 없다는 이유만으로 내 입에서만 데면데면했을 뿐이었다.

군것질거리가 궁했던 시절, 가끔 어머니는 통무를 얇게 썰어 데친 후 밀가루 반죽을 입혀 지져내 주셨다. 들기름 바른 무쇠 솥뚜껑에서 부쳐낸 무전 또한 들기름의 고소한 맛뿐 특별한 맛은 느낄 수 없었다. 고구마전처럼 포슬포슬 달콤하지도, 배추전처럼 부드러운 식감에 쫀득하지도 않았기에 입안에서 뱅뱅 겉돌다 마지못해 억지로 삼키거나 뱉어내기 일쑤였다.

그나마 살아가면서 자극적인 맛에 길들어지며 무 맛은 점점 다른 맛의 영역에 밀려 잊히듯 존재감을 잃어갔다. 그러나 사랑하는 이들을 위한 절실함이 가미된 요리를 하면서 미처 몰랐던 재료 본연의 진미眞味

까지 알게 되었다. 치아가 부실해 고생하는 남편과 소화능력이 떨어진 시부님을 위한 궁여지책으로 시작한 무 요리였다. 하면 할수록 맛과 효능에 깊숙이 빠져들었고 무슨 맛으로 먹는지조차 의아해했던 그 정직한 맛과 친숙하게 되었다.

살캉거리다 씹을수록 물컹해지는 순종적인 식감. 개운한 듯 담백한 맛. 마지막에야 여운처럼 내놓는 순박한 듯 건강한 맛. 치매로 거동이 제한된 시부님의 밥상에 찬을 자주 올렸다. 소화를 돕고자 채 썰어 들기름에 자작하게 볶아 새우젓으로 간한 무채 볶음을 시부님은 한 그릇 들이켜듯 드셨다. 순하게 목구멍을 통과한 후의 편안함이 좋으셨던 모양이다. 숙성된 동치미의 아삭거림을 즐기며 아이처럼 헤벌쭉 웃으시는 표정마저 행복해 보였다. 더구나 한 줌 멸치와 폭 졸인 달짝지근한 무조림 몇 조각으로도 밥 한 공기 거뜬히 비우셨다. 가족의 입맛을 책임진 사람한테는 맛있게 먹고 짓는 그들의 행복한 표정만큼 보람된 일이 세상에 또 있을까. 참으로 넉넉하고 따뜻한 그 맛에 매료되었다.

삶은 이미지로 각인된다고 했던가. 행동의 결과가 모든 의미를 다 말해주지는 않지만, 소소하게 쌓인 이미지에서 그 의미가 살아날 때도 있다. 순하면서 착한 듯 은근하게 다가와 슬며시 감기는 무 맛이 그랬고, 그 맛이 준 건강한 가족들의 얼굴빛이 그러했다.

나이 탓일까. 나는 요즘 돌솥에 들기름으로 볶아 지어낸 무밥을 즐겨 먹는다. 잘 여문 가을 무를 큼직하게 조각내 고추장이나 된장에 박았다가 채 썰어 갖은양념에 무친 찬을 자주 상에 올린다. 짭조름한 듯 고소한 그 맛 하나로도 식탁 앞이 행복해진다.

삶이 팍팍하다. 나는 사람도 겉과 속이 같은 빛깔로 뭉근한 듯 오래 함께 곁을 지키는 무 맛 같은 사람이 좋다. 아픈 손이 아픈 손을 알아보고 왼손의 상처가 오른손을 일깨우듯, 한 사람 안에서만 맴돌지 않고 우리라는 다정함으로 다가오는 무 맛 같은 그런 사람이 많은 사회를 꿈꾼다. 큰 명예나 돈 같은 힘을 갖진 못해도 서로에게 다정하고 존귀하지 못해도 최소한 다정함으로 가치 있는 사람을 무 맛 같은 사람이라 부르고도 싶다.

십대 같은 순수한 맛에서 갈등과 흔들림의 긴 시간을 지나 마침내 이순에 참됨과 좋음을 알려준 귀한 맛, 무 맛을 안다는 건 단순함의 미덕과 인생의 진미眞美를 안다는 것, 인생의 숱한 맛, 그 너머의 맛을 안다는 것이고 조금은 외롭다는 것이기도 하리.

한국수필

Thp 수필

● 작가가 이순에 발견한 무의 맛은 빈 맛이다. 문장에 빗댄다면 띄어쓰기다. 어휘는 다른 어휘로 대체할 수 있겠지만 비워놓은 띄어쓰기는 대체가 쉽지 않다. 띄어쓰기를 다른 기호로 대체한다면 그 번거로움이란 이루 말할 수 없을 것이다. 작가는 무의 맛을 개운과 담백이라 말한다. 비어 있는 듯 가득 찬 맛이다. 무는 겉과 속이 같은 빛이다. 작가는 말한다. 인생도 무맛 같았으면. /이상은/

결혼에 대하여

정재순 soosan112@hanmail.net

지천명을 넘어서면서 남자에게 새로운 밤 풍경이 생겼습니다. 회식이 잦아지고 어떤 날은 3차까지 치른 늦은 시간에 귀가하더군요. 술을 마신 남자는 기분이 마냥 좋았으나, 주체하지 못하는 모습을 마주한 여자의 머릿속은 복잡했습니다. 한껏 취한 남자가 같이 놀자는데 정신이 멀쩡한 여자에겐 여간 고역이 아니었지요.

여자는 술꾼의 심사가 궁금합니다. 맛이 좋아서 술과 친할까요. 그 분위기에 젖으려고 마시는 걸까요. 때로는 고단한 세상살이를 잠시나마 잊고 싶기도 하겠지요. 흔히 첫 잔은 분위기에 취해 마시다가 점점 술이 술을 먹고, 끝내 술이 사람을 먹을 때까지 이어지는 것 같습니다.

남자는 적당히 취하면 꽤 괜찮은 사람입니다. 평소보다 부드러워지고 유머러스하거든요. 하지만 과하게 마시면 철없는 아이로 변합니다. 별도 달도 따다준다며 뻥을 치는가 하면 자신이 초능력자인 줄 착각에 빠집니다. 진즉에는 순진하고 수줍은 끼가 보여 엄전한 사람인 줄 알았으나, 결혼을 하니 꾼의 기질이 양파처럼 하나씩 벗겨졌습니다.

처음엔 남자와 동행하는 동안 주어진 숙제라 여겼지만, 수년간 거듭되니 제일 부러운 이가 술 먹고 집에 오면 바로 잠드는 남편을 둔 여인입니다. 무슨 복이 많아 그런 사람을 만났을까요. 여자는 이따금 신을 원망합니다. 그러다가 사람으로 태어나 이 맛 저 맛 다양하게 보라는 깊은 뜻이 있다고 여겨지면 원망은 차차 수그러듭니다.

맨정신일 적엔 자로 잰 듯 정확한 사람이거늘 무슨 말이 그렇게나 많아지는 걸까요. 뿐이 아닙니다. 방금 했던 얘기를 수없이 반복하며 자기 말에 집중해주길 원하더군요. 첨이야 좋은 얘기로 시작하나 필름 돌려보듯 지나간 시간들을 펼치다보면 불만을 토해내기도 합니다. 결국 울그락불그락하며 서로 격한 감정에 휩싸이고 맙니다.

더 부딪히지 않으려면 피하는 게 상책입니다. 어디 같이 사는가봐라, 다신 뒤돌아보지 않겠다며 어금니에 힘을 줍니다. 되풀이되는 현실에 지쳐버린 여자는, 누가 술꾼과 인연을 맺는다 하면 도시락 싸들고 다니면서 말리고 싶습니다.

한밤중에 집을 나오니 갈 데가 없더이다. 휴대폰 전원을 끈 채, 골목을 서성이다 불빛이 환한 거리를 헤매다가 문 닫은 상점 앞에 웅크리고 앉아 있기도 합니다. 사람이 뜸한 탓인지 평소엔 거들떠보지도 않던 모기가 여자에게 치근댑니다. 다시 골목길을 어슬렁거리며 새벽이 오기를 기다립니다.

끝내 발길이 동대구역으로 가는 버스를 탑니다. 어디로 가야 할지 몰라 안내판을 살피는데 천천히 달리는 구포행에 시선이 멈춥니다. 그예 열차를 타고 말았네요. 어느덧 머릿속 생각이 잠잠해집니다. 익숙지 않은 낯선 곳이라 한결 마음이 편합니다. 아무 생각 없이 그냥 걷다보니 도로표지판에 구포시장이 나오더군요.

멀지도 가깝지도 않았어요. 사람들이 복닥거리는 구포시장은 엄청 크고 넓었습니다. 맞춤처럼 여자 맘에 드는 곳인가 봅니다. 구석구석 쏘다니며 구경을 합니다. 그러구리 점심때인지 밥집으로 사람들이 들어가더군요. 유독 많이 들락거리는 곳을 점찍어둡니다. 동서남북 빠짐없이 헤집고 다녔더니 허기가 져 아까 봐둔 식당을 찾아갑니다.

보리밥집은 뚝배기 된장과 삭힌 고추무침과 구운 새끼 조기 그리고 대접에 나물시래기까지, 훌륭한 한끼 밥상이었습니다. 남자가 좋아하는 반찬 고추무침을 보니 집 생각이 납니다. 지금쯤 속이 더부룩하고 이불 속에서 나오지도 않았을 텐데….

여자는 장터에서 본 기억을 떠올리며 발걸음을 재촉합니다. 큼지막한 청국장 한 덩어리와 대합조개를 삽니다. 두리번두리번 삭힌 고추를 바구니에 수북 담아놓았던 노점아주머니를 찾습니다. 어쩌자고 큰 바구니를 가리켰을까요. 제법 무겁네요. 방금 컨 여자의 폰이 울립니다. 아들 녀석이더군요.

오후 다섯 시, 억지로 붙들려온 듯 표정이 시큰둥한 여자가 동대구역에 나타납니다. 주렁주렁 검은 봉다리를 들고 집으로 가는 버스에 오릅니다. 집안이 고요합니다. 여자가 밤새 사라지는 경우를 몇 번 겪었던 남자는 멋쩍은지 뒷머리만 긁적일 뿐 아무 말도 하지 않습니다. 밤을 꼴딱 새운 여자는 침대에 눕자마자 잠에 곯아떨어집니다.

정호승 님의 시 「결혼에 대하여」가 떠오릅니다.

봄날 들녘에 나가 쑥과 냉이를 캐어본 추억이 있는 사람과 결혼하라

된장을 풀어 쑥국을 끓이고 스스로 기뻐할 줄 아는 사람과 결혼하라

일주일 동안 야근을 하느라 미처 채 깎지 못한 손톱을 다정스레 깎아주는 사람과 결혼하라

콧등에 땀을 흘리며 고추장에 보리밥을 맛있게 비벼먹을 줄 아는 사람과 결혼하라

가끔 나무를 껴안고 나무가 되는 사람과 결혼하라

나뭇가지들이 밤마다 별들을 향해 뻗어나간다는 사실을 아는 사람과 결혼하라

결혼이 사랑을 필요로 하는 것처럼 사랑도 결혼이 필요하다

사랑한다는 것은 이해한다는 것이며

결혼도 때로는 외로운 것이다

햐, 고개가 끄덕여지고 헛웃음이 나오더군요. 여자는 시 구절과 비스무리한 사람과 혼인했습니다. 부부가 되기까지 삼십 년 가까이 저마다 살아왔으므로 딱딱 맞을 거라고는 기대하지 않았지요. '결혼'이란 두 글자는 본디 함께 살아가는 세월이 더할수록 힘겨운 것인가요. 어언 40년을 육박하고 있음에도 남자와 같이 사는 결혼생활이 어렵기만 합니다.

시간이 약이란 말을 되새겨봅니다. 막연하고 아득해 포기하고 싶은 순간도 견디다보면 어느새 지나간다는 것을 알고 있습니다. 남자도 여자도 혼자는 너무 외롭습니다. 어쩌겠어요. 따로 또 같이, 서로 이해해주고 도닥도닥 보듬으며 가는 수밖에. **수필미학**

The수필

● 결혼은 둘이 하나처럼 혹은 하나가 둘처럼 사는 것이 아닐까? 둘이면 조금 덜 외로울 수 있다. 작가가 40년 결혼생활을 하고 난 후 얻은 깨달음이다. 함께 잘 산다는 것은 상대의 부족함을 나무라는 것이 아니라 함께 아파하는 것일 거다. 밉다가도 멀어지면 궁금하고, 걱정이다. 그래서 같이 살 수밖에. 이것이 부부다. "따로 또 같이, 서로 이해해 주고…" 이 글의 마지막 문장이다. /이상은/

냉면 절단사건

정회인 hidream9@hanmail.net

올여름은 유난히 덥다. 후텁지근한 데다 며칠째 먼 산이 뿌연 것을
보니 미세먼지까지 기승을 부린다. 시원한 냉면이나 먹으면 답답한 가
슴이 뚫릴 것 같다. 점심시간에 사무실에서 좀 멀었지만 꽤 잘한다는
냉면집을 찾아갔다.

은행에서 번호표를 뽑듯 대기표를 받아들고 한참을 기다린 후 자리
를 잡았다. 넓은 홀에서 분주하게 뛰어다니던 아주머니가 빨리 주문하
라고 재촉한다. 내가 물냉면을 먹는다고 하니 같이 간 동료가 "물 하나
에 비빔 둘이요" 하고 외쳤다.

냉면이 나오자마자 그 아주머니가 물어볼 것도 없이 가지고 있던 가
위로 면 다발을 싹둑 잘라주었다. 뜨거운 면수를 마시는 사이 나도 모
르게 벌어진 일이다. 오늘 냉면은 망했다는 생각이 들었다. 열십자로
갈라진 면 다발을 보니 불현듯 오래 전에 일어난 냉면 절단사건이 떠올
랐다.

정년퇴직이 얼마 남지 않은 분이 우리 사무실의 책임자로 오셨다. 짜

148

리몽땅한 체구에 배만 불뚝 나온 그 양반 별명은 자연스럽게 '금복주'였다. 첫 대면에 목소리가 하도 커서 바짝 긴장했는데 별명과는 다르게 술은 입에도 대지 않는다고 했다. 술 대신 그 양반이 가장 좋아하는 것이 바로 냉면이었다.

아니나 다를까 며칠 후에 이 근방에서 가장 잘하는 냉면집이 어딘지 가보자고 했다. 내가 평소에 자주 가던 원산면옥, 평양면옥, 함흥냉면집을 떠올리다 그분 고향이 평양이라는 귀띔에 고민할 필요가 없었다. 시내 중심가 극장 통에 있는 평양면옥으로 얼른 모시고 갔다.

유명세를 증명이라도 하듯 이른 저녁시간인데도 그 집은 손님들로 발 디딜 틈이 없었다. 겨우 문 앞에 자리가 나서 앉으려 하니 좀 기다려보자고 한다. 한참 후에 금복주는 주저 없이 맨 앞으로 가더니 주방 코앞에 자리를 잡았다. 냉면집에서는 주방 앞에 앉아야 제대로 된 면 맛을 볼 수 있다고 설명했다. 음식을 나르는 동안 면이 굳어져 풍미가 떨어진다는 얘기다. 순간 심상찮은 분위기에 바짝 긴장되었다.

저녁식사에 달랑 냉면만 대접하는 것은 예의가 아니라는 생각이 들었다. 불고기나 냉채 수육이라도 한 접시 주문하겠다고 하니 고개를 저으며 손가락 네 개를 펴 보인다. 냉면만 네 그릇을 주문하라는 신호다. 사람이 셋인데 네 그릇이라니 당황스럽기는 동행한 직원도 마찬가지였다. 혹시 누가 또 오시냐고 했더니 아니란다.

메밀면이 먹음직스럽게 담긴 시원한 물냉면이 나왔다. 동치미 무와 배를 썰어넣은 고명 위로 초록색 오이와 편육이 얹혀 있고 살얼음 위에서 삶은 계란 반쪽이 활짝 웃고 있다. 종업원 아가씨가 가위를 들더니 거침없이 물냉면 한가운데를 동강내기 시작했다. 금복주는 화들짝 놀라면서 특유의 고음으로 소리를 질렀다.

"아니, 이 간나이. 그걸 자르면 무슨 맛이간. 이거는 자네나 먹고 다시 가져오라우."

쩌렁쩌렁한 목소리를 얼른 수습해야 했다. 잘린 거는 내가 먹겠다며 내 앞으로 당겼다. 금복주는 한 술 더 떴다.

"쉿내 나는 냉면을 쳐먹겠다는 거이가? 다시 가져오란 말이디요."

평소와는 달리 노기어린 금복주의 목소리에는 북한식 억양이 잔뜩 들어가 있었다.

금복주는 이북에서 태어났다고 한다. 평양냉면이 바로 고향의 어머니 같은데 어떻게 그것을 가위로 자를 수 있냐고 했다. 메밀면을 이로 끊어먹는 묘미를 모르면 냉면 먹을 자격이 없다고까지 했다. 면 사리를 추가해서 남은 육수에 넣는 것도 예의가 아니라고 했다. 그래서 항상 본인은 두 그릇씩 시킨다고 한다.

결국 나는 그 양반이 천천히 냉면 두 그릇을 다 비울 때까지 자세를 단정히 하고 냉면에 대한 철학과 예의에 대하여 엄숙한 강의를 들어야 했다. 그날 세 명이 냉면을 먹고 반납한 냉면까지 합쳐 다섯 그릇 값을 냈지만 하나도 아깝지는 않았다. 그 사건 이후 나는 지금까지 냉면을 가위로 잘라먹을 엄두를 내지 못하고 있다.

냉면은 그야말로 한국적인 음식이다. 서양 어디에도 찬물이나 얼음에 국수를 넣어먹는 나라는 없다. 냉면은 아마 우리나라에서 동치미국물에 국수를 말아먹던 경험에서 시작되었을 것이다. 지금도 고기육수에 동치미국물을 섞어 내놓는 집도 꽤 많다.

나도 맨숭맨숭하지만 왠지 자꾸 끌리는 동치미육수 냉면을 가장 좋아한다. 내가 자주 가는 숯골냉면집 역시 6·25 전쟁통에 피난을 내려와서 냉면집을 시작했다고 한다. 처음 그 집 냉면을 먹었을 때는 금강산 옥류관에서 먹던 냉면처럼 뭔가 속았다는 느낌이 들었다. 행주 삶아놓은 물 같은 육수가 아무런 맛도 아니었고 뭔가 서운한 듯했다. 하지만 시간이 지날수록 희미한 옛사랑처럼 자꾸 그리워지는 그 집의 냉면 맛에 자꾸 끌린다.

냉면의 면발도 지방에 따라 함흥 쪽에서는 그 지방에서 흔하게 나오는 감자로 아주 희고 가는 농마(녹말)국수를 만들었고 평양이나 강원도 쪽에서는 메밀가루로 면을 뽑았다. 메밀면도 농마국수처럼 뽀얀 것이지만 풍미를 더하려고 메밀 껍데기를 볶아서 섞다보니 색이 진해진 것이라고 한다. 이렇게 냉면이 추운 지방에서부터 시작된 듯하나 남쪽의 진주에서도 풍류음식으로 자리잡고 있었다. 그래서 진주의 냉면은 육전이 푸짐하게 올라가고 고명이 아주 화려한 것이 특징이다.

선주후면先酒後麵이라고 원래 냉면은 술을 먹고 나서 속을 푸는 음식으로 먹었다고 한다. 속을 달래려면 간이 세거나 자극적이면 안 되었다. 싱거우면서도 시원하게 속을 달래주는 그런 냉면은 만들기도 어렵고 꽤 특별한 음식이었다. 그래서 예나 지금이나 냉면을 먹는 날은 땡잡은 날이었다.

이제 냉면은 계절을 가리지 않고 사시사철 먹는 음식이 되었다. 누가 어디에 맛있다는 냉면집이 있다고 알려주면 근사한 식사를 얻어먹는 것보다 훨씬 고맙다. 어떤 맛이 나를 기다리고 있을지 설레기 때문이다. 오늘 찾아간 집에서는 면을 가위로 절단내는 바람에 당황스러운 맛부터 보아야 했다. 냉면을 다시 가져오라고 소리지를 용기는 나지 않았다.

혼자 속으로만 구시렁거리면서 싹뚝 잘린 메밀면을 주섬주섬 입에 쑤셔넣었다. 꼭 가위 맛이 나는 것 같다. 그래도 참고 먹다보니 소문대로 냉면 맛은 기대 이상이다. 습습하여 혀를 자극하지 않으면서도 오래도록 개운한 여운이 남는다. 좋은 친구라도 만난 기분이다. 따끈한 면수도 일품이다. 다만 이 집은 가위를 들고 덤비지만 않았으면 좋겠다.

창작산맥

The **수필**

● '냉면중독자'들은 냉면전문점에서만 냉면을 먹는다. 그 믿음으로 갔는데, 종업원이 가위로 냉면을 자른다면, 끔찍한 재앙이다. 그것은 냉면이 잘린 게 아니라 하루의 삶이 난도질당한 것이다. 짤막한 글 한 편에 냉면에 대한 작가의 지식과 예의가 모두 들어 있어, 냉면을 대하는 작가의 품격이 느껴진다. "시간이 지날수록 희미한 옛사랑처럼 자꾸 그리워지는 그 집의 냉면 맛"은 이 작품의 백미이다. 뭐든지 습습해야 오래 가는 법이다. 냉면에 빠진 이들은 누구든 공감가는 이야기를 옛사랑 생생하게 회상하듯 뽑아냈다. /김은중/

The 수필

Summer

슬픔, 장전, 발사

강동우 poppindw@naver.com

일기장에 죽음에 대한 단상을 적었던 적이 있다. 깊은 사유는 아니었다. 초등학생으로서 품을 수 있을 만한 궁금증이었다. 사람은 죽어서 어디로 가는지, 나는 언제쯤 죽는지, 내가 죽으면 남겨진 사람들은 어떻게 되는지와 같은 죽음에 대한 얕은 호기심이었다. 죽음을 걱정하기에는 아직 이르다고, 빨간펜으로 적으며 담임선생님은 나를 단호히 안심시켰다. 일기의 내용이 엄마에게도 전해졌는지 엄마도 비슷한 어조로 나의 걱정을 덜어주었다. 문학은 그렇게 와서 잠시 얼굴을 비추고는 금세 떠나버렸다.

그 뒤로 나는 요요 장난감을 손에 꼭 쥐고만 있는 아이가 되었다. 요요를 가지고 놀다가 저 아래에는 죽음의 세계가 있다는 것을 알게 되었고, 새로운 세계를 발견하자마자 어른에게 발각되었다. 미지의 죄책감을 순순히 받아들이며 요요를 감아올렸다. 다시는 요요를 손에서 놓치지 않으리라고 다짐했다. 상상의 범위는 좁아졌다. 오르락내리락 요요를 가지고 놀듯 삶과 죽음을 자유롭게 오가는, 그러한 느슨한 시간들을 잃어버렸다. 그래도 아쉽거나 억울하지 않았다. 주위의 모든 아이들도 나처럼 요요를 손에 꼭 쥐고만 있었다.

죽음에 대한 몽상과 멀어진 덕분일까. 나의 학창시절은 삶의 기운으로 충만했다. 중고등학생 시절은 매캐한 냄새로 기억한다. 그때의 나는 항상 무언가를 불태우고 있었다. 이유 없이 공부를 열심히 했다. 시험 기간만 되면 항상 밤을 새워 공부하느라 생명력을 탕진했다. 축구를 할 때도 마찬가지였다. 서로 다칠까봐 조금 살살해달라는 친구의 부탁에, 내가 열심히 뛰지 않으면 네 편만 좋은 거 아니냐며 불같이 화를 냈다.

삶의 기운을 어디로 뻗칠지보다는 삶 그 자체를 얼마나 강하게 불태우느냐가 관건인 생활이었다. 누구보다 뜨거웠던 학창시절 나의 장래 희망은 재미없게도 회사원이었다. 억지로 적어내긴 했지만 까라면 까야 하는 회사원만큼 내게 어울리는 직업은 없었던 것 같다.

꿈을 이루었다고 해야 할지, 말이 씨가 되었다고 해야 할지. 대학교를 졸업하고 보니 나는 진짜로 회사원이 되어 있었다. 회사에 다녀보고 나서야 알았다. 나는 까란다고 까는 위인은 아니었다. 회사원이 된 지 1년이 채 되지 않았을 때 손에서 요요를 떨어뜨렸다. 요요를 떨어뜨리기 직전, 나는 인생을 통틀어 가장 강한 힘으로 요요를 꽉 움켜쥐고 있었다.

어느 금요일 오후 여섯 시에서 일곱 시 사이, 퇴근하던 거래처 직원을 다시 사무실 책상 앞으로 불러들였을 때, 내 안에서 내가 꺼리던 직장 상사의 모습을 보았다. 강요된 술에 여러 차례 정신을 잃다가, 그것이 내가 정신력이 약한 이유가 되어갈 즈음이었다. 사직서를 내야 했다. 퇴직 사유를 행복이라고 적었더니 인사팀에서 전화가 왔다. 퇴직 사유를 일신상의 사유라고 적어야 한다고 알려주었다. 퇴사 책임을 개인에게로 돌리는 것이 예절임을 그때 나는 알지 못했다.

　무서우리만치 무관심했다. 그것이 내가 우리 사회에 대해 느낀 첫인 상이었다. 그 느낌은 여전하다. 깊이 사유하지 않아도 되고 타인의 고 통에 대해 아무 말을 하지 않아도 된다. 착실히 자기 삶에만 몰두하면 된다. 요요를 꽉 쥐다 못해 으스러뜨려서 그 파편이 흩날리고 여러 사 람을 아프게 해도 괜찮다. 성실하게 제 역할을 해내느라 주변 사람들을 들들 볶아대고 들볶인 사람이 새까만 가슴을 어루만지며 스스로 죽음 을 택해도, 이러한 비극은 고인이 우울증이 있었고 의지가 약했다더라 하는 저마다의 사정일 뿐이다. 세상은 삶을 보려 하지 절대 죽음을 보 려 하지 않는다.

　요요를 놓으면 아래로 떨어지듯이, 삶에 대한 애착을 멀리하면 죽음 과 가까워진다. 죽음을 멀리하고 싶어서 인간은 그토록 삶에 집착하는 것일까. 아마 죽음을 들여다보다가 저도 모르게 죽음을 택할까 두려운 것인지도 모른다. 인간은 학교 이름, 아파트 이름, 회사 이름, 통장 잔고 와 같은 허울로 삶의 겉모습을 꾸미고 있다. 죽으면 사라질 것들로 만 리장성을 쌓는 동안 삶은 참모습을 잃어간다.

　진자처럼 흔들리는 요요의 그림자에는 요요 줄을 싹둑 잘랐던 이들 의 마음이 아른거린다. 세상은 참 역겹고 구질구질하구나. 오늘 하루도 종일토록 스스로를 파괴해야 했다. 파괴된 몸을 추스를 겨를도 없이 빌 어먹을 내일은 시간 맞춰 찾아온다. 그놈의 내일을 더 일찍 맞이하고, 눈 뜬 시간의 일 분 일 초마다 자기 자신을 믹서기에 갈고 찢고 으깨야 인간 대접하는 분위기는 내일을 더욱 혐오스럽게 한다. 하루에 한번 파 괴를 겪다보면 인생에는 선택지가 두 개밖에 없다는 걸 알게 된다. 매일같이 파괴되느냐, 단 한번 파괴되느냐. 죽음은 생각보다 쉽게 찾아온다. 고독한 소우주는 너무나도 간단히 태초로 돌아간다.

스스로 죽는 자들의 선택을 옹호하는 것은 아니지만, 그들이 세상을 바라보는 관점은 지지한다. 누군가는 세상을 절망 섞인 눈으로 바라보고 있음을, 세상이 알아주었으면 좋겠다. 그래서 나는 내일이라는 놈이 내지르는 폭력이 모두를 평등하게 덮쳤으면 하고 바라기도 한다.

오랜 시간 바라고 있으면 그 바람은 현실로 느껴진다. 모두가 한번쯤 이른 죽음을 원했을 것만 같고, 스스로가 나약한 존재임을 들키기 싫어서 억세게 사는 척 연기하는 듯 보인다. 행복한 사람을 보면 언젠가 그가 떨어질 나락이 그려져 안타깝고, 불행한 사람을 보면 다시 삶의 의지를 되찾아봤자 세상은 변함없이 역겨우리란 생각이 들어 못내 안쓰럽다. 이기고 있는 사람이든 지고 있는 사람이든 모두 줄 하나에 매달려 아슬아슬 살아간다. 어느덧 인간이라는 생명체는 연민의 대상이 되어간다.

지금까지 서로에게 잘못된 질문을 던지고 있었다. 왜 사느냐가 아니라, 이토록 불쌍한 인생 왜 죽지 못하느냐고 물었어야 했다. 인간은 서로 묵시적 계약을 맺는다. 계약서가 있다면 종이 위에 조항 하나 덩그러니 쓰여 있을 것이다. 제1조 제1항. 우리 서로를 위해 죽지 않기로 해요. 중력과도 같은 죽음의 유혹을 뿌리칠 수 있는 건 서로를 위한 계약 덕분이다. 스스로 죽음을 택하면 주변 사람들이 슬퍼할 것을 알기에 죽지 못하는 것이다. 죽지 못하는 이유는 또한 살아남아야 할 이유와 맞닿아 있다. 스스로 죽는다고 가정했을 때, 그 죽음으로 인해 최대 다수가 최대의 슬픔을 느껴야 한다. 최대한 많은 심장에 슬픔을 명중시킬 저격수가 되기 위해 우리는 살아남아야 한다.

　스스로 죽음을 택한 사람이 한 명이라도 남아 있고, 그 사람이 세상은 역겹다고 생각했다면, 나는 세상이 역겨워야 한다고 믿는다. 적어도 나의 믿음 속에서는 죽고 싶을 정도로 고통스러운 인간이 세상의 중심이어야 하고, 그 중심은 어디에나 있다. 나는 이런 말을 하고 싶다. 서로에게 잘 좀 하자고. 내 옆 사람부터 지구 반대편 생판 모르는 사람한테까지 잘 좀 하자고. 구질구질한 인생 죽지 못해 사는 건 모두 똑같고 다 불쌍하니깐, 서로에게 잘 좀 하자고. 아주아주 훌륭한 슬픔의 저격수가 되어보자고.

　이유는 변한다. 죽지 못하는 이유도, 살아남아야 하는 이유도 다 변한다. 그러나 질문은 변하지 않는다. 이토록 불쌍한 인생 왜 죽지 못하느냐. 도대체 왜 살아남았느냐. 정답에 가까운 질문을 되뇌어본다. 나는 이렇게 요요를 잡았다 놓았다 하면서 장난감 같은 인생을 연습한다. 요요는 다시 내려오기 위해 솟구치고 있다. 조금씩. 조금씩.　**에세이문학**

목련을 보다가

김길자 kilc789@naver.com

목련은 봄소식과 함께 반짝, 하고 피어났다. 올해는 다른 해보다 빨리 피었다. 변덕스러운 날씨가 걱정되었다. 연한 꽃잎이 다칠세라 신경이 온통 그쪽으로 쓰였다.

목련꽃 하면 엄정행이 부른 〈목련화〉와 박목월 작시 〈4월의 노래〉를 빼놓을 수 없다. "목련꽃 그늘 아래서 베르테르의 편질 읽노라"로 시작하는 가사가 반세기도 넘었건만 소녀적 그때를 기억하게 한다. 괴테의 『젊은 베르테르의 슬픔』이 생각나서일까. 노랫말은 그저 친근하게 다가온다.

그동안 봐왔던 목련꽃은 백목련과 자목련이다. 그중 내가 선호하는 꽃은 백목련이다. 집 근처 목련도 곧 꽃망울을 터뜨릴 기세다. 봉긋하게 오므리고 있는 백목련은 '고귀함'이라는 꽃말처럼 범접할 수 없는 기품이 여인의 향기를 뿜어낸다. 하얀 봉오리가 여섯 개의 꽃잎으로 피어날 때면 나는 그 앞에서 잠시도 눈을 떼지 못한다. 백목련은 어린 아기의 연한 피부처럼 보드랍다. 살짝 만져보고도 싶지만 가까이 다가가 그저 꽃가지를 잡고 가만히 들여다볼 뿐이다. 그마저도 꽃잎에 상처줄까 싶어 조심스럽기만 하다. 반면 자목련은 색깔 때문인지 애틋한 보호 본능까지는 일어나지 않는다.

어느 봄날 명상센터 4층에서 수련을 마치고 원장님과 층계를 내려오던 중이었다. 우연히 창밖을 내다보다가 꽃이 지고 있는 백목련나무 한 그루를 보았다. 며칠 전만 해도 꽃봉오리들이 저마다 기지개를 켜면서 봄 햇살 아래 피어나고 있었다. 바로 그 나무 아래 떨어진 갈변된 목련꽃과 눈이 마주쳤다. 그들은 땅바닥에 일제히 흐트러진 채로 널브러졌다. 바닥에 뒹굴고 있는 꽃잎을 차마 눈 뜨고 볼 수 없었다. 나는 얼른 시선을 딴곳으로 돌렸다. 마치 전장에서 전의를 상실한 채 낙오된 패잔병과도 같았다. 세상의 온갖 풍파를 겪은 고달픈 여인네의 인생살이로 보여 애처로웠다. 그런 꽃을 직시한다는 것이 가혹하다는 생각마저 들었다. 참담함에 가슴이 답답했다.

원장님은 내가 목련꽃을 보며 고개를 돌리자 의아한 눈빛으로 물었다. "시들어가는 목련꽃을 보기가 괴로워서요"라고 나는 간단히 대답했다. 나의 심정을 자세히 표현하기엔 무척 곤혹스럽고 가슴이 아파서였다. 그는 이해가 되지 않는다는 얼굴로 나를 쳐다보았다. 그의 해석은 내 느낌과는 전혀 달랐다. "잎이 나기 전에 꽃을 먼저 피우기 위해서 얼마나 힘들었겠어요"라며 정색했다. 그러니 어느 순간 힘을 놓쳐 바닥에 나뒹구는 건 당연하다는 거였다. 명상하는 분이라 뭔가 달랐다. 여태껏 한 부분만 보고 마음 아파했던 나의 유아적인 생각이 부끄러웠다. 그렇더라도 어느 쪽으로든 애처롭기는 마찬가지였다.

원장님과 그런 일이 있은 지 얼마 후였다. 어느 날 친구 모임에서 카페를 찾다가 바닥에 떨어져 시들어가는 목련꽃을 보게 되었다. "목련꽃은 피고 질 때가 완전히 달라서 마음이 아프네"라며 이번에는 감정을 배제하고 일행을 보며 말했다. 그들은 반박하지 않았지만 나처럼 아파하지도 않았다. 다만 "그렇지?" 하며 무척 안 됐다는 표정을 지을 뿐이었다. 더 이상 슬프다거나 괴롭다는 말로 이어지지도 않았다. 생각해보니 나만 급변한 목련꽃을 보고 과민했었다.

"그래, 목련꽃은 며칠 동안 개화했다가 각자 소임을 다하고 지는 것이지"라고 스스로를 다독였다. 이런 자각이 생긴 후부터는 목련꽃으로부터 조금씩 자유로워졌다. 혼자서 아파하고 힘들어했던 나를 보며 목련꽃 입장에선 어이없었으리라. 저마다 생의 순환이 있게 마련인데 자신과 다르다 하여 애처롭게 바라본다는 것이 어찌 보면 모순이지 않을까? 목련을 보며 가슴앓이했던 지난 날과, 그날 나는 안녕했다. 대신 겨울잠에서 깨어나 꽃을 피우느라 수고했을 그에게 응원의 박수를 보냈다.

목련꽃을 주제로 한 어느 시인의 시구 앞에서 주춤한다. "목련꽃 지는 모습 지저분하다고 말하지 말라. 피는 꽃처럼 아름답기를 바라는가"는 마치 나를 지칭하는 것만 같아서이다. 시인의 시처럼 목련꽃이 피고 질 때 똑같이 아름답다고 느낄 수는 없다. 다만 자연의 섭리가 그렇듯 목련꽃도 나름의 고충이 있지 않을까. 인간 세상에서도 마찬가지다. 아기와 노인이 똑같이 아름다울 수 없듯이.

문득, 내 모습을 바라보게 된다.

창작산맥

The 수필

● 명상센터 원장의 대화는 하나의 사물에 대한 서로 다른 생각을 보여준다. 작가는 시들어가는 목련꽃을 보기 괴롭고, 원장은 잎이 나기 전 꽃을 먼저 피우기 위해 얼마나 힘들었을지를 생각한다. 대조적인 견해로부터 새로운 발견을 얻는 모습이 좋다. 목련꽃 떨어지는 모습에서 작가는 모든 존재들은 태어나 소임을 다하고 사라진다는 새로운 인식을 얻는다. 목련 하나로 세상의 이치를 그리는 담담한 필치가 뛰어나다. /김은중/

우리 동네 타짜들

김민주 hwani_k@hanmail.net

고샅을 따라 실버카 한 대가 천천히 들어선다. 노항댁이 창을 열어 "왔나?" 하니 주차를 마친 사동댁은 "왔다" 한다. 군더더기 없는 담백한 인사다. 내가 현관문을 열며 맞이하자, 사동댁이 난감한 표정을 짓는다. "아이고, 며느리가 와 있네." 들어서야 할지 말아야 할지를 고민하는 눈치다.

빨래만 다 되면 갈 거라는 내 말에 사동댁은 머뭇거리며 들어선다. 자그마한 체구지만 걸음걸이에 힘이 있고 실버카를 갈무리하는 손길도 야무지다. 초롱초롱한 눈빛에 걷는 품새도 반듯하다. 말투 또한 언제 어디서고 책잡힐 일 없어 보인다. 그녀는 한때 행세하던 쇠락한 양반가 맏며느리였다. 뒷짐지고 헛기침이나 하는 시어른들 대신 다섯이나 되는 시동생들 공부시키고 혼례까지 치러주었다. 없는 살림에 대가족을 부양해야 했으니 양반 체면 내려놓고 동네 궂은일은 모두 도맡았다. 깊게 팬 주름이 삶의 연륜을 가늠케 한다.

세탁기의 남은 시간은 사십오 분이다. 손님 접대로 수박을 잘라 소반에 차려낸다. 다시 "오나?" 하는 소리가 들려 내다보니 실버카 2호가 들어선다. 구호댁이다. 통통한 몸피, 부잣집 맏며느리 같은 복스러운 얼굴이다. 땅마지기나 지닌 농가에서 비슷한 환경으로 시집온 그니는 타고난 밝은 성품으로 어르신들의 사랑을 한몸에 받았다. 평생 큰 어려움 없이 살았어도 세월의 풍파를 피하진 못했다. 인공관절 수술 자국이 있는 무릎을 보여주며 이제는 실버카에 의지해야만 하는 처지라고 한숨을 내쉰다.

구호댁이 마룻바닥에 엉덩이를 붙이기 바쁘게 몇 해 전 귀촌한 대구댁이 들어선다. 모두 똑같은 실버카를 가졌다. 현관에 오도카니 서서 손님을 맞는 노항댁의 그것도 똑같다. 대구댁은 미소가 예쁘다. 소싯적 저 미소로 마을 청년들 애간장을 웬만히 녹였겠다 싶다. 주름 가득한 얼굴이지만 매력적인 미소는 아직도 백만 불짜리다. 그가 자식들 공부시킨다며 떠났던 고향으로 다시 돌아온 것은 남편의 건강에 문제가 생겼기 때문이었다. 마지막은 고향에서 보내고 싶다는 남편의 요구에 도시 생활을 정리했단다. 귀향하고 얼마 되지 않아 대구댁 남편은 세상을 떴다.

남은 시간이 삼십 분이다. 세탁기 속 빨래가 어지럽게 돌아간다. 거친 물살에 몸을 맡긴 빨래들은 서로 얽히고 부대끼며 세파에 찌든 허물을 털어낸다. 각자 다른 팔자를 타고났어도 한마을로 시집와 수십 년을 어울려 살아온 그니들 같다. 눅진한 삶의 잔해들이 배수구를 통해 흘러내린다. 하나, 둘 들고 온 비닐봉지를 연다. 오이 네 개, 얼려두었다 녹인 쑥떡 네 덩어리, 뒤밥 한 봉지. 오이 봉지를 들고 온 구호댁이 잠시 망설이나 싶더니 가져가서 먹으라며 내게 건넨다. 손사래를 쳤지만 어림없다. 한번 건넨 음식을 도로 물리는 일은 이 동네서는 있을 수 없는 일이다.

시어머니 노항댁이 거실 한쪽에 밀쳐진 담요를 펼치자 그 안에 작은 손가방 하나, 화투 한 모, 윷가락 하나가 들었다. 묵직한 손가방에는 십 원짜리 동전이 가득하다. 사동댁, 구호댁, 대구댁도 손가방을 꺼낸다. 오늘 거사에 사용될 자금이다. 궁금한 마음에 하루 얼마쯤 따는지 물어보니, 미소가 예쁜 대구댁이 배시시 웃으며 답한다. "따고 잃고, 잃고 따고, 본전이지." 우문현답이다. 본전을 목적으로 하는 그들은 인생의 또 다른 의미를 찾은 건지도 모르겠다.

화투판에 윷가락 하나가 생뚱맞게 끼었다. 네 개가 아니라 하나만 따로 나앉은 연유가 궁금했다. 이번엔 사동댁이 빛나는 눈망울로 대답한다. "바통이여. 선이 잡는 바통." 아하, 그랬다. 그들의 평균연령은 아흔에 육박한다. 판을 벌였어도 두어 바퀴 돌다보면 선先이 누군지 헷갈린단다. 화투판에서 선은 중요한 기준점이다. 한 판이 끝나기도 전에 선이 누군지를 잊어버리니 어찌하랴. 굳이 돈을 따야 할 이유는 없지만, 재미까지 포기하지는 않은 모양이다. 표정으로 보아 윷가락은 사동댁의 아이디어 같다.

화투판의 규칙은 간단하다. 선은 윷가락으로 표시한다. 혹여 깜빡 잊고 윷가락이 건네지지 않은 채 돌아도 그만이다. 화투판이 돌아가는 중간에 누군가 "아이고, 되다" 하고 뒤로 벌러덩 드러누우면 그때부터 휴식 시간이 되는 것처럼 묻고 따지지도 않는다. 이기기 위해 신경을 곤두세우지 않을 뿐더러 판을 끝내야 할 책임과 의무도 없다. 그니들의 놀이에서는 마음 상하는 사람이 없어야 한다. 노름판의 목표는 즐거움과 본전이다. 한 세기 가까운 세월을 살아내며 터득한 농익은 기술이다. 모두가 드러누우면 집주인은 옛날 다방에서나 봄직한 오래된 찻잔에 믹스 커피를 내온다.

빨래가 다 되기를 기다리는 동안 색다른 세상을 엿본다. 굴곡진 인생의 뒤안길을 지나온 에필로그들이 어깨에 걸렸던 녹진한 삶의 무게를 내려놓았다. 하늘 같았던 남편들은 일찍 소풍을 끝내고 돌아갔고, 그니들의 손길에 기댔던 자식들도 저마다의 새로운 보금자리를 찾아 떠나갔다. 세상에 온 임무는 끝냈고 이젠 하늘의 부름을 기다린다. 숙제하듯 잠깐 얼굴을 들이미는 자식들을 원망할 생각도 없다. 욕심을 버린 지는 오래되었고 간절한 바람도 없다. 삶의 여백에 유쾌한 낙관 하나 지그시 눌러주면 그만이다.

아흔에 혼자 생활한다는 것이 위험스러워 합가를 제의했다. 당신은 고개를 저으며 나중에, 정신없을 때나 데려가라 했다. 도시에서의 생활이 적응하기 힘들기도 하고, 내 집과 친구들을 떠나 무슨 낙으로 사냐 했다. 어쩌면 도통 좁혀지지 않는 자식들과의 가치관 차이가 두려웠는지도 모른다. 지난 여름에는 세 번이나 길거리에 쓰러져 119가 출동했다. 그래도 요지부동이었다. 가끔 반찬통을 교환하고 필요한 심부름을 해드리는 게 고작이라 늘 걱정이었다.

언젠가 네덜란드의 치매마을 기사를 보았다. 치매에 걸린 노인 예닐곱 명을 한 집에 입주시켜 공동생활을 하는 시스템이었다. 노인들은 환자라기보다 한마을 주민이었다. 그들은 자신의 의지대로 생활했다. 함께 요리하고, 화단을 가꾸고, 산책하며 취미생활도 했다. 마을에 있는 공공기관이나 병원, 편의점 등은 모두 노인들의 생활을 지원하는 전문인력들이다. 티 나지 않게 실수를 잡아주고, 도와주며, 생활의 불편함을 해소한다. 조금 아쉬운 면이 없지 않지만, 우리 동네 타짜들은 이미 그들 나름의 방식을 찾아낸 것 같다.

"도로로롱 탁!" 세탁기가 멈췄다. 말간 민낯으로 쳐다보는 세탁물에도 세월의 흔적이 완연하다. 시간은 사람의 육신뿐만 아니라 옷가지에도, 살림살이에도, 대청마루 골에도 깊은 주름을 남긴다. 빈손으로 왔다가 빈손으로 떠나는 것이 인생이라지만 저마다 굴곡진 자국 하나쯤은 각인되게 마련이다. 긴 빨랫줄에 나란히 줄지어 널린 빨래가 삶의 단편을 모은 낡은 필름 같다. 낡고 성긴 올 사이로 따스한 햇살이 스민다.

화투장을 들고 내리치려는 어머니의 손이 떨린다. 구호댁이 바짝 긴장한다. 차례가 돌아오면 청단이다. 고도리와 청단 사이에 끼여 피박도 면치 못한 사동댁은 이미 체념했다. 미리 광을 판 대구댁은 개구쟁이 같은 미소로 판을 관전한다. "아이고, 우야꼬. 쌌네!" 망연자실한 어머니의 탄식이 터진다. 구호댁의 입가에 회심의 미소가 걸리고 화투장을 든 손이 높이 올라간다.

수필세계

The**수필**

● 존재를 향한 융숭한 작가의 시선이 매력적인 수필이다. 평균연령이 90대에 가까운 시골 노인들이 실버카를 타고 놀러와 고스톱을 치는 장면을 생동감 있게 묘사했다. 노인들을 보고 말하는 작가 또한 인생을 알 만큼 아는 이여서 이리도 질펀하게, 살아있는 장면들을 그릴 수 있는 것 같다. 노인의 일상을 이토록 건강하고 아름답게 그릴 수 있다니. 끝내는 노인 공동체 삶을 제시하는 데서 이 작가의 문학관을 볼 수 있고, 작품에 대한 신뢰가 더해졌다. /김지헌/

속續, 그녀 모산댁

김용삼 onnoo2000@hanmail.net

둘째아들을 떠나보낸 후 어머니는 세 번째 어미 노릇을 자청하셨다. 그것은 나와의 동거였다. 부모는 먼저 간 자식을 가슴에 묻고 산다지만 당신께는 그마저 사치였다. 생때같은 자식을 잃고도 그냥 무너지지 못했던 것은 다시 숙제가 되어버린 셋째아들, 나 때문이었다.

마음 추스를 틈도 없이 어머니는 집을 알아보러 다니셨다. 방은 두 개면 족하고, 고향 떠나 육십여 년 동안 살아온 동네를 벗어나면 안 된다는 조건이 걸렸다. 방이 셋 이상일 필요가 없다는 건 나의 짐을 덜어주려는 배려였을 것이다. 하지만 오래 살던 동네에서 다시 생활한다는 건 썩 내키지 않는 일이었다. 그럭저럭 타협이 되어 예전 본가本家와 지척인 곳에 육십 넘은 자식과 함께할 살림집이 꾸려졌다.

구순九旬의 구부정한 노모와 환갑의 홀아비 아들. TV 속 〈인간극장〉에나 어울릴 법한 그림을 연출하며 우리의 동거는 시작되었다. 어머니는 혼자된 아들이 빤한 동네에서 남의 입방아에 오르내리는 게 싫었을 것이다. 경로당도 걸음을 하지 않고 소소한 바깥출입마저 끊어버린 건 아마도 그 때문이었을 게다. 집에 머무는 시간이 잠잘 때뿐인 나는 사실 사람들 눈에 띌 일이 별로 없었고 또 누가 뭐라 하든 개의치 않았다. 그렇게 몇 년의 시간이 큰 탈 없이 흘렀다.

지난 여름, 동네 공원을 지키던 느티나무가 작은 태풍에 허리를 꺾고 넘어졌다. 모자의 산책길에 늘 그늘과 쉼터를 제공하던 나무였다. 어림잡아 백 년은 됨직한 우람한 나무가 고작 서너 시간의 태풍에 무너진 모습을 어머니는 한참 동안 망연하게 바라보고 계셨다.

동면에 드는 겨울철 외에는 무성한 잎들이 늘 출렁이던 듬직한 나무였다. 그러나 꺾여 드러난 그 속은 수려한 외관과 사뭇 달랐다. 수관으로 보이는 공간 군데군데 주먹이 들어갈 만큼 큰 구멍이 나 있었다. 이렇게 속이 삭아가면서도 숱한 바람에 의연하게 맞서왔던 것이다. 어쩌면 느티나무의 운명은 태풍이 아니었어도 지난 여름 거기까지였을지 모른다. 며칠 후 꺾인 잔해가 잘려나가고 그 자리엔 장정 몇이 너끈히 앉아 쉴 만한 그루터기가 남았다.

느티처럼 늘 그곳을 지킬 줄로만 알았던 어머니가 갑자기 자리에 누우셨다. 연세를 생각하면 놀랄 일도 아니긴 했다. 처음엔 복통으로 시작되었다. 오래 전 직장암 수술 후 생긴 장 기능 약화로 몇 번 응급실 신세를 진 적이 있었다. 그때처럼 이번에도 숙변宿便 탓일 걸로만 생각했다. 동네 병원의 처방대로 투약과 관장을 병행했지만 결국 구급차에 실려 종합병원 응급실을 찾는 지경에 이르렀다.

어머니께 병원 입원이란 극한의 순간이 아니면 용납될 수 없는 일이었다. 자궁을 들어내야 한다든가 암덩이가 장을 막아버릴 지경에 이르러서야 수술대에 오를 만큼 병원이라면 손사래부터 치는 고집불통이셨다. 물론 보험공단의 정기검진도 이런저런 핑계로 늘 무시했다. 하지만 나이에 비례하여 기력이 급격히 떨어지고 몸을 가눌 수 없는 통증이 전신으로 번지니 이번엔 제대로 된 정밀검사를 받아들이지 않을 수 없었다. 코로나19로 인한 PCR 검사, 보호자 1인 제한 등 까다로운 입원 절차가 무척 짜증이 났지만, 담당 의사가 전하는 검사 결과는 그 모두를 덮어버렸다.

여러 장의 정면, 측면 사진을 화면에 띄워놓고 의사는 잠시 뜸을 들였다.

"이런 상태로 할머니께서는 여태 어떻게 살았대요? 사진상 흔적으론 상당히 오래된 것 같은데 가족들은 모르고 계셨나요?" 자식이란 놈이 어머니가 이 지경에 이르도록 뭘 했느냐는 의사의 에두른 질책에 고개를 들 수가 없었다. 평소 어머니의 건강을 세심하게 들여다보며 닦고 조이고 기름칠하지 못한 자식들이 문제였다.

CT 사진에서 특히 충격적이었던 건, 요추와 흉추 사이의 뼈 하나가 다른 것에 비해 오 분의 일 정도로 납작해져 있는 모습이었다. 아무리 기억을 되짚어보아도 어머니께 왜, 언제 그런 일이 생겼는지를 알 수 없었다. 크든 작든 사고는 있었던 것이고 당신 혼자서 그 고통을 견뎌내셨던 게 분명했다.

이미 기능을 다한 척추. 진통제 주사 외에는 병원에 달리 기대할 것이 없는 터라 어머니를 집으로 모셨다. 급하게 허리보호대를 해드리니 움직일 때 한결 의지가 된다고 하신다. 누워만 있다가 근력을 잃지 않도록 끊임없이 잔소리를 해대는 한편, 뒤늦게 집안 살림살이에 힘을 보태려는 내가 바빠졌다.

―

"애비야, 모산에 날 좀 태워다줄래?"

어머니의 고향 모산마을을 찾은 건 병원에서 돌아온 날 혼잣말처럼 툭 던지신 한마디 때문이었다. 위안부로 끌려가지 않기 위해 열넷에 도 망치듯 원행遠行을 나섰던 것이 마지막이란다. 오래 전에 외가마저 그 곳을 떠났으니 나에게는 그냥 낯설기만 한 곳이다. 어른들이 '모산댁'이 라 부르지 않았다면 어머니 고향이 그곳인 줄도 몰랐을 것이다. 팔십 년 만에 찾은 그곳에서 온전히 남은 무엇을 만날 수 있을까마는, 어머 니의 깊은 그리움을 해갈이라도 시켜드리고 싶었다.

낙동강 둑방 위에 모산댁이 서 있다. 공허한 눈길이 강변을 느리게 훑고 지나간다. 말끔히 정돈된 둔치. 태를 묻은 고향 따위는 이제 다 잊 어버리라는 듯, 말을 걸어볼 데도 없이 야멸차다. 어머니는 오그라든 육신을 지팡이로 힘겹게 버티고 서 있다. 그녀의 어깨 위로 기운 겨울 볕은 입김만 훅 불어도 날아가버릴 것 같다. 한참을 그러고 있었지만 무슨 생각을 하시느냐고 물어보지는 않았다.

돌아오는 내내 어머니는 말이 없었다. 그때 그 시절, 그녀 모산댁을 쫓아서 기억의 심연으로 까마득히 가라앉고 있는 것 같았다. 그 길로 영영 말문을 닫을 것 같아 더럭 겁이 났다. 어머니를 그만 세상으로 다 시 불러오기 위해 괜히 모산의 이것저것을 들추는 내 입이 분주해졌다.

어머니를 다시 엄마라고 부른다. 세월 탓인지 그 호칭에서는 정겨움 보다 회한의 무게가 앞선다. 그건 비만 오면 울어대는 청개구리의 울음 소리와 동의어가 아닐까.

'엄마'라는 단어를 파자破字하면 음운이 모두 울림소리다. 엄마라 부 를 때면, 삶에서 자신의 자리만 텅 비어 있는 그녀의 동공洞空을 자음과

171

모음들이 떠돌며 울어대는 것 같다. 껴입은 세월이 무색하게도, 나는 아직 모산댁의 부재를 견딜 자신이 없다. 그래서 나에게 엄마는 온통 울음이다. **수필세계**

The **수필**

● 태풍에 쓰러진 느티나무를 자신에게 투사하여 망연히 바라보는 어머니의 모습이나 위안부에 끌려가지 않으려 열네 살에 떠났던 고향 '모산'에 가서 자신이 살았던 강변을 공허한 눈빛으로 훑어보는 어머니의 묘사에는 한 여성의 인생사가 모두 담겨 있다. 어머니를 전면에 내세우고, 화자인 아들은 말을 아끼면서 독자들이 해석할 여지를 많이 남기는 글이다. 그래서 마지막의 '나는 아직 모산댁의 부재를 견딜 자신이 없다'는 말에 깊게 공명한다. 이순의 사내가 '엄마는 온통 울음'이라니⋯. 그것은 절규다. /김지헌/

가려움에 대하여

김종희 vin0203@naver.com

통증의 진원이 깊습니다. 견갑골 한 치 아래 힘줄과 신경이 어지러이 교차하는 지점으로 짐작됩니다. 통증은 진앙으로부터 방사형으로 번지고 있습니다. 통점을 찍어가며 선으로 꿰어보았습니다.

통점과 통점 사이는 먼데 통증은 속도가 빠릅니다. 어쩌면 보태어진 심리적 요인이 아득한 실상을 더욱 부풀리는지도 모르겠습니다. 오래전 간이역엔 기차의 급수를 위한 물 저장소가 있었다지요. 이제는 폐역이 된 간이역이 설핏 생각났습니다. 뒤차를 먼저 보내며 급수를 하던 기차처럼, 통점이란 간이역에서 달려온 길과 달려갈 길을 그려봅니다.

몸도 땅도 길이 막히면 긴급 복구가 필요하듯 응급처방으로 파스를 붙였습니다. 진앙을 덮어버린 파스는 일순간 통증을 잡아주는 듯했습니다. 약물이 스며드는 지점에서 통점을 찾아 들어가는 굴착기처럼 내 감각도 진원지를 찾아가고 있습니다.

그러나 파스를 처음 경험한 살갗의 저항은 뜻밖에 강했습니다. 손바닥만 한 파스에 압박당한 피부는 처음엔 화끈거리더니 벌겋게 부풀어올랐습니다. 서너 시간이 지나자 가려움이 좀벌레처럼 기어다녔습니다. 그 느낌이란 게 참 묘하더군요. 머리카락 한 올이, 닿지 않은 몸 어느 한쪽을 밀려다니는 것 같다고 할까요. 아니면 변태 중인 갑각류의 미동 없는 몸부림이라고 할까요.

가려움이란 내 의식의 문제인가 세포의 문제인지 궁금해지기 시작했습니다. 부분은 전체로 통하는 길이라 주억거리며 팔을 어깨 뒤로 뻗었습니다. 깊은 바다 저인망으로 바닥을 훑듯이 손바닥으로 위아래로 당겼습니다. 모래 알갱이 같은 수포가 저마다의 높이를 자랑하며 어떤 것은 빠져나가고 어떤 것은 손가락 끝으로 걸려들더군요.

아. 나는 그 순간 매화에 미친 사람 조희룡이 된 듯했습니다. '가려움에 대하여'란 그의 척독을 읽듯이 나의 가려움을 보고 있었습니다. 문장이란 어쩌면 가장 넓은 세계 아닐까요. 아니, 가장 천천히 스며드는 세계는 아닐까요. 비린 것을 먹으면 두드러기가 돋는 체질을 가진 이가 조희룡이었습니다. 추사의 제자라는 이유로 임자도 귀양살이를 갔지요. 섬의 식재료란 비린 것으로부터 자유로울 수 없었을 겁니다. 습생을 조심하고 또 조심했으나 어느 날 부지불식간에 돋아난 두드러기와 가려움으로 고생한 글을 남겼습니다.

겪어본 사람은 알겠지요. 피가 나도록 긁어도 멈춰지지 않은 가려움은 차라리 고통입니다. 육신이 잠든 순간에도 손은 저절로 가려운 데로 옮겨가 긁게 되니 고통이란 어쩌면 본능에 대한 자각인지도 모릅니다. 두드러기라는 현상과 긁는 행위 사이에서 마주한 가려움에 대한 사유… 저마다 높이가 다른 산처럼 융기한 살갗의 돌기도 저마다 높이가 달라 가려움의 깊이도 다르다는 조희룡은 생물적 현상을 문학으로 풀어냈습니다. 높이가 다르니 깊이가 다르고, 한 차례 손톱이 지나가도 그다음 높이의 돌기가 버티고 있으니 또 긁게 된다는 것이지요. 피가 나도 또 긁는 것은 가려움의 뿌리가 저마다 그 깊이를 달리하기 때문이란 그의 문장을 생각하면서 나는 나의 가려움을 잊으려고 애썼습니다.

가려움이 오는 길섶으로 의식을 가져갑니다. 섬유에 닿은 살갗으로부터 시작된 가려움은 마치 죽방렴에 고인 은멸치 떼처럼 파닥거립니다. 2밀리로 깨어나 15센티로 자라는 멸치는 십만 개의 알을 낳고서야 생을 다한다지요. 아직 생의 역할을 다하지 못한 채 죽방렴에 갇혔으니 그 억울함 짐작이 갑니다. 몸으로부터 튀어나온 돌기가 미치도록 가려운 것 또한 존재의 몸부림이겠지요.

한 치 아래 힘줄이 빚어낸 한 치 앞을 걷는 중입니다. 저항은 생의 의지일 겁니다. 화학약물에 저항하는 살갗의 저항은 두드러기라는 병리적 현상을 통해 내 의식을 환기하고 있습니다. 가려움이란, 이것과 저것 사이에서 일어나는 어떤 의지이겠지요. 어쩌면 육체적 존재이자 의식적 존재로서 나에 대한 발견은 아닐까요.

지금, 그대의 어깨는 안녕하신가요.

에세이문학

The 수필

● 이 수필은 몸이 보내는 신호 통증 때문에 파스를 붙였다가 생긴 가려움을 세포의 문제인지 의식의 문제인지로 확장해가는데 그 지점부터 특별하다. 살갗이 미치도록 가려운 것은 존재의 몸부림이며 저항이며 어떤 의지라는 사유는 몸에 대한 통찰을 보여준다. 수필문학이 진보하고 있음을 보여주는 단면이다. 인간이 육신과 정신을 가진 실존적 존재임을, 살아 있음을 증명하는 글이다. 작가의 사유와 통찰이 빛난다. /김지헌/

죽이고 살렸더니

신해원 shw35999@naver.com

뒤란 돌담 옆 우물가 두레박 줄 기억이 생생하다. 두레박은 언제나 허공을 향해 올랐다. 그러다 우물 벽에 부딪히며 곡예를 했다. 살구나무에 매어놓은 두레박 줄은 꽃이 만발하면, 물을 길어올릴 때마다 여간 조심스러운 것이 아니었다. 고사리 같은 손에 쥐어 요리조리 흔들어야 네모난 두레박에 물이 가득 담겼다. 그리곤 눈물을 뚝뚝 흘리며 올라왔다. 순간 줄을 놓치기라도 하면 두레박은 나와 함께 우물가에 나뒹굴어 넘어지기도 했다. 온 가족에게 생수를 제공한 고마운 두레박이었다.

어느 날 아버지는 살구나무를 살려야 한다며, 두레박 줄을 풀어놓았다. 당연히 묶인 것으로 착각했던 나는 줄을 놓쳐버렸다. 우물 바닥에 가라앉은 두레박을 건지기 위해 갈고리가 등장하고 온 식구가 떠들썩했다. 겁을 잔뜩 먹고 한쪽 구석에 오도카니 있는 나에게 아버지는 "괜찮다, 누구나 실수는 할 수 있단다. 같은 실수를 반복하지 않으려는 마음만 있으면 된다"라고 했다. 그러나 그 일은 어린 날의 트라우마가 되었나. 어젯밤 꿈에도 우물에서 두레박 줄을 놓치는 꿈을 꾸며, 발을 동동 구르다 잠에서 깬 걸 보면.

결혼한 지 오 년째 되던 해, 나의 삶을 지탱해주던 줄이 끊어졌다. 하늘이 무너진 자리에 광풍이 휩쓸고 지나갔다. 눈을 떠보니 벼랑 끝이었다. 떠난 사람이 남긴 자리는 허망하고도 피폐했다. 두 딸만이 다시 설 수 있는 의미였다. 두레박 줄처럼 질긴 인연의 핏줄인 아이들만은 놓치고 싶지 않았다. 아버지가 살구나무를 살려, 꽃이 피고 열매를 맺었던 것처럼, 나도 두 딸만은 살리고 싶었다. "뜻이 있는 곳에 길이 있다"고 했던가. 순간 희망의 동아줄 하나가 자늑자늑하게 다가왔다.

간신히 잡은 줄을 거머쥐는 일은 생각보다 험난했다. 날카로운 가위를 쥐고, 여성들의 머리카락을 다듬는 일이었다. 현장은 열악했으나 최선을 다하고 싶었다. 미용실에서는 죽였는데도 만족한 사람이 있는가 하면, 너무 살린 것이 불만인 경우도 있었다. 그러나 머리가 마음에 안 든다고 머리카락을 놓고 가는 사람은 없었다. 그 일은 반품이나 재고가 없으니 괜찮은 것 같았다. 그뿐인가. 잠잘 때도 자라는 것이 머리카락이 아니던가. 기술만 잘 익히면, 굴곡진 인생에서 그럭저럭 살아남을 듯했다.

기술을 배우기 위해 무임 노동도 감수했다. 야간에는 면허증 취득을 위한 공부로 희망의 줄을 움켜쥐었다. 그 시절은 한부모가정 지원금, 복지제도는 언감생심이었다. 경제적인 자립을 위해 등껍질까지 타들어가는 심정으로 전력질주했다. 허공의 외줄 위에서 사투를 벌이며, 곡예를 했던 나는 고작 서른 살의 엄마였다.

고생 끝에 잡은 줄로 실한 터전을 마련했다. 미용실을 운영하게 된 것이다. 밀물처럼 몰려오는 손님들로 몸은 고단했으나 천하를 얻은 듯

했다. 고객들의 성향은 제각각이었다. "여기는 죽이고, 저기는 살려주세요"라며 거울을 바라보는 표정은 사뭇 진지했다. 미소지으며, "알아서 해주세요"라는 손님이 나에게는 가장 어려웠다. 정답 없는 문제지가 수시로 주어졌으나, 피나는 노력은 헛되지 않았다. 어느덧 내가 먼저 문제를 찾아 척척 풀어내는 경지에 이르렀다. 얼굴형에 맞춰 최선의 스타일을 연출하면, 그녀들은 최고라며 엄지를 들어 보였다. 인간미가 느껴지는 손님이라도 만나면, 청량제를 마신 것처럼 상큼한 하루였다.

그 시절을 되돌아본다. 세파에 부대끼며 가위소리에 사라져간 푸른 꿈을 싹둑 잘라냈다. 욕망을 다독이며, 얼음처럼 차가운 가위를 잡았다. 하루에도 수십 명을 죽이고 살리는 일을 완벽하게 해냈다. 경력이 쌓이자 귀한 가르침도 얻었다. 손님의 머리카락만 죽이는 것이 아니고, 나날이 늘어가는 나의 이기심을 죽여야 했고, 들었던 말도 못 들은 척, 주책없이 끼어드는 오지랖도 죽여야 했다. 때론 들풀처럼 자라는 여자의 본능도 허영심도 죽여야만 했다. 내면에서 꿈틀거리던 것들 중에 나를 위해 살려야 할 것은 없었다. 스스로 통제 아래 단단해진 생은, 끝없는 레이스로 이어지는 고행의 마라톤이었다.

긴 터널을 빠져나오자 빛이 보였다. 두레박이 찰랑거리며 맑은 물을 퍼올리는 것처럼, 두 딸이 삶의 목표가 되었다. 아장아장 걸음마했던 아이들은 장마철에 오이 자라듯, 쑥쑥 자랐다. 아이들로 인해 힘을 얻은 날은 외줄 위에서 자신감 있게 가위와 춤사위를 벌였다.

실패란 넘어진 것이 아니라, 넘어진 자리에서 일어나는 것이 아닐까. 돼지는 목뼈 구조상 일정한 각도 이상 고개를 들 수 없다고 한다. 평생 땅만 보고 살다가 어느 날 발을 잘못 디뎌서 넘어지고 말았다. 그 덕분에 난생처음으로 하늘을 볼 수 있었다. 돼지가 하늘을 볼 수 있는 유일한 방법은 넘어지는 것이었다는 말조차 나에게 용기와 희망으로 와 닿았다. 돼지에게서 희망을 얻었다니….

　허공에서 바닥을 보았다. 밑바닥까지 내려간 상황에서는 미래가 있으려나 싶었다. 한순간에 허물어진 나의 둥지에서 여자로서의 삶은 죽였고, 모성은 살렸다. 언젠가는 두레박 줄이 매어 있던 고향 집 뜰의 살구나무를 찾아나서야겠다. 내 유년의 두레박은 안녕하신지.　**에세이포레**

The 수필

● 한번 놓친 두레박 줄은 되돌릴 수 없듯이, 인간의 삶에서도 복구할 수 없는 상실의 순간이 있다. 견고한 줄을 놓치고 뛰어든 고된 현장은 미용실이다. 그곳의 일을 고객의 헤어스타일을 '죽이고 살리는' 일로 표현한 작가는, 인간으로서의 욕망을 '죽이고' 강한 모성으로 '살린' 가정을 은유적으로 배치한다. 이러한 중의적 장치는 화자가 의도한 작품의 의미 부여에 기여한다. /엄현옥/

문학 두어 스푼

이은정 eunjeong6033@daum.net

『우리말 백 마디 멋대로 사전』의 저자는 철학자 윤구병 선생이다. 두레나 품앗이 공동체 생활에서 빚어낸 토속적인 말뿌리가 '우리말 으뜸 지킴이'답다. 이 사전은 지식을 넓히기보다는 읽는 이로 하여금 상상의 나래를 활짝 펼쳐볼 수 있게 충동질을 하는 책이다. 글 속에 글이 있다고, 글 속으로 들어가라 한다. 말짓기놀이에 편승하고 싶은 욕구가 내 안에서 아우성이다. 『나만의 멋대로 사전』을 꾸며 보련다. 괜스레 가슴이 뛴다.

 # 새 : 천변이다. 꼬부랑 할머니 앞에 새 떼가 포르릉 내려앉는다. 낡은 노모차에 삭정이 같은 불편한 다리가 편치 않아 보인다. 참 애가 터진다. 마음이야 얼마나 훨훨 날고 싶었을까. 말뚝에 굴러도 이승이 좋다고 뼛속까지 비워내는 연습일랑 오죽했으랴. 우두커니가 된 할머니, 사위四圍가 정지된 한 폭의 정물화 같다. 한참 동안 그니를 살핀다. 잎잎이 나부끼다 솨아솨아 귓전을 맴돌며 다그치는 소리 한 마디. '세상

에 가장 어려운 건 살아서 사람 대접받는 일이지, 죽어 새처럼 날아다니
는 일이 아니라고.'

 # 더하기 빼기 : 아침에는 스트레칭으로 하루를 연다. 근력엔 더하기
를 마음으론 빼기 연습이다. 매트에 엎드려 허리운동은 1에서 100까지
덧셈을 하고, '좌식 사이클'을 굴리며 허벅지와 발바닥 근육은 100에서 1
까지 거꾸로 뺄셈을 한다. 거꾸로 세는 것도 자꾸 하면 집중이 된다. 더
하기 빼기를 잘한다고 곱하기 나누기도 잘할지는 의문이다. 정신이든
물질이든 덧셈은 무게가 늘어날지라도, 많다는 건 부족함을 동반하기
때문에 상대적으로 작아 보인다. 더하기를 빼기로 오판한 경우다.

 # 일부러 : 일부러 고개 숙여 사랑을 건네지 않으면 꽃향기를 맡을 수
없다. 일부러 눈맞춤이 없으면 온종일 몸뚱이를 싣고 다니는 신발의 고
마움을 거니채지 못한다. 일부러 인기척 없이 살짝 들어가도 댕댕이(멍
멍이)는 사생결단하듯 온몸으로 엉겨붙는다. 일부러 맛을 보지 않아도
시장기가 반찬인 것을 누가 모르랴. 일부러는 절대로 저절로 되지 않는
다. 불러들이지 않으면 있으나 마나다. 향기를 맡고, 고마움을 알고, 소
리를 감지하고, 거친 음식일망정 맛나게 먹고, 일부러 크게 웃으면 발밑
에 와 있다. 뭐가? 행복이.

 # 마음 : 그 사람을 떠올리면 마음부터 언짢다. 막상 얼굴을 보면 온
몸에 가시가 돋게 싫은 생각부터 든다. 오래도록 배배 꼬인 속마음인들
어찌해볼까. 내 딴에는 용서가 안 될 만큼 상처가 깊었었나보다. 마음
에 없는 소리를 못하는 성격이 문제일 수도 있다. 정답과 오답이 따로
있을 리 없을 텐데, 순전히 마음먹기 달렸다는데, 돌이킬 수 없을 때 후
회는 이미 후회가 아니라는데. 왜 나는 몸과 마음이 번번이 따로따로일

까. 곱게 늙어가기는 애시당초 틀린 모양이다. 내, 원, 참.

 # 뒷모습 : 뒷모습은 거짓말할 리 없다. 앞모습이 허상이면, 뒷모습은 실상이 맞다. 한번도 누군가를 사랑한 적도, 누군가에게 사랑을 받지도 못한 사람의 뒷모습은 과연 어떤 모습일까. 어깨를 펴고 당당하게 걷는 사람. 웅크리고 소심하게 걷는 사람. 몸이 불편해 힘들게 걷는 사람 등등. 오직 타인에게만 열려 있는 뒤태. 보이는 것이 전부인 양 우겨대지만, 그렇다고 뒤통수에 대고 넥타이를 매거나 낯꽃을 붉히며 표정연기를 할 수도 없다. 내 뒷모습은 과연 어떤 모습일까. 섬뜩해서 미리 외롭다.

 # 바람 : 바람씨 하나가 북상한다. 춤바람, 치맛바람 따위는 명암도 못 내민다. 허파에 바람들어 바람이라도 피우고 싶었나, 온갖 것이 들썩인다. 물고기는 아낌없이 제 살을 내주기만 하는데, 인간에게 이러쿵저러쿵 설교한 바 없다. 어쩌다 길을 잃고 헤매는 바다는 무섭다. 하늬바람에 바닷길 열리고, 부릅뜬 높새바람에 돛대 부러진다. 바람독에 몸을 맡긴 뱃사람들은 바람보다 먼저 눕고, 바람보다 먼저 일어난다. 마파람에 게 눈 감추듯 냉큼 시치미를 떼고, 총총 사라지는 너 '바담풍風'이여.

 # 모으기와 버리기 : 벌거숭이로 태어났다. 등기 이전된 내 집이 생겼고, 소유물과 같은 가족도 많아졌다. 가재도구는 상상을 초월할 만큼 불어나, 간혹 버리기도 하지만 그건 더 좋은 걸 갖기 위한 위장술일 때가 더 많다. 통장에 돈은 자꾸 빠져나가고 머리맡엔 책만 쌓인다. 물건으로부터 자유로워지는 것. 진정한 미니멀라이프는 희망사항이다. 세상 뜰 때, 가장 먼저 버리는 게 내 몸뚱이다. 버리는 것과 애면글면 모았

던 것이 이퀄(=)이 될 때는, 이미 이 세상 사람이 아니다. 그게 다.

기도 : 하늘로 올라가는 2명의 천사가 있다. 소원 바구니를 든 천사는 언제나 가득 넘쳐 의기양양 올라가지만, 감사 바구니를 든 천사는 언제나 채워지지 않아 하느님 앞에 늘 부끄럽다. 숨어 살아 아무도 본 적이 없다 한들, 신神이 귀머거리인가. 손뼉 치며 울부짖게. 기도란 말씀으로 나타나는 게 아니다. 말하지 않아도 뭘 원하는지 알아내는 능력이 있어야 인격체인 신일 것이다. 각설하고 기도란 가슴 속에 흘러넘치는 감사이며 깊은 사랑이다. 침묵의 근원으로 돌아가야 우주의 조화에 동참할 수 있는 자격을 얻는 그런 것.

삼세판 : 한국인이 삼세판을 좋아하는 성향은 전통이지 싶다. 더도 덜도 말고 꼭 세 판으로 승부를 낸다. '1'은 양陽, '2'는 음陰을 나타낸다. 즉 '3'은 어느 쪽으로도 치우치지 않는 완전한 존재라는 말도 재밌다. 삼세판과 가장 많이 등장하는 게 가위 바위 보다. 5판 3선으로 세 번 이기면 승리다. 한 사건에 '삼심제'가 있듯이 카메라 '삼각대'나 '삼권분립' '삼위일체' 등등 한도 끝도 없겠다. 칫솔질 333법칙은 말할 것도 없지만, 하루에 세 끼 먹는 건 또 어떻고, 글 한 편 건지려 '아점'을 먹게 생겼다. 벌써 3시다.

책은 넘쳐나도 좋은 글은 드문 세상이다. 나 들으라는 소리 같지만, 못 들은 척 끄먹끄먹한다. 예술 세계는 약간의 배짱과 뻔뻔함이 필요악으로 여겨진다. 물구나무를 서서 세상을 보면 전혀 다른 풍경이 전개된다. 나름 낯설기화법으로 시도해본 글이다. 취미로 시작한 문학이 삶의 일부로 굳혀졌다. 열 번 읽으면 열 번 고치고, 스무 번 읽으면 스무 번,

읽을 때마다 고친다. 꽃씨를 심듯 '문학 두어 스푼' 얹혀 고운 음성으로 피어나길 꾹꾹 정성을 쏟는다. 누가 내 글을 읽는다고 허구한 날 이 고생일까. 울컥, 통증이 밀려온다. **계간수필**

● 백 년 뒤에도 『우리말 사전』에 적힌 단어들의 뜻이 지금과 똑같이 받아들여질까? 인식의 전환은 사고의 유연성으로 발전한다. 작가는 『우리말 백 마디 멋대로 사전』을 보며 상상의 나래를 펴고 글 속에 글이 있음을 깨닫는다. 작가의 충만한 욕구가 『나만의 멋대로 사전』을 꾸민다. 문학 두어 스푼 얹혀 그 사전에 오른 각각의 단어들 속에 작가의 남다른 시선과 뼛속 깊은 철학이 오롯이 담겨 있다. /심선경/

정적靜寂과 파적破寂

임병식 rbs1144@daum.net

한여름 점심을 먹고 나면 식구가 단출한 실내는 정적이 이어진다. 저 혼자 흥에 겨워 떠드는 텔레비전도 병 중의 아내가 잠이 들면 마저 꺼 두기 때문이다. 그러나 방금까지 울리던 여음은 이내 잦아들지 않고, 양 푼에 담긴 물이 한동안 반복하여 출렁이다가 비로소 멈춰 서듯이 그 소리는 차차로 시간이 지나고야 소멸한다. 이때는 이전보다 더욱 묵직한 침묵이 자리를 잡는다.

그러면 이때를 맞추어 나는 버릇처럼 의자에 몸을 부리고 눈을 사려 감는다. 일부러 잠을 청하는 게 아니라 그 순간의 고요와 안정을 즐기 는 것이다. 아침부터 온 신경이 아내에게로 쏠려 있던 터라 늘 긴장을 놓을 수 없는데 짬을 내어 풀어보려는 심사이다.

거실에서 시간을 보내는 아내와의 거리는 4~5미터 정도…. 눈을 감 고 있어도 신경은 온통 그쪽으로 모인다. 그 때문에 아내가 몸을 뒤척 이는 것이며 손을 번갈아 바꾸는 것까지 그대로 감지할 수 있다. 나는 그렇게 신경을 쓰면서도 한편으로는 또 애써 외면을 한다.

눈을 감으면 조금 전의 분위기와는 딴판의 세상이 된다. 가시적인 세계는 정지되고 상상의 세계가 펼쳐지는 까닭이다. 나는 이때 가장 적막했던 때가 언제였던가를 생각해본다. 그러면서 어느 절을 찾아갔을 때 미풍도 없는 정온靜穩에서 굴뚝 연기가 곧바로 오르는데 대웅전 처마에 매달린 풍경이 가끔 뎅그렁거리던 것을 떠올린다.

그런가 하면 언젠가 본 울타리 끝 거미줄에 매달린 낙엽 하나가 한동안 같은 방향으로 연신 빙빙 돌다가 마치 바닷물이 정조상태停潮狀態에서 순식간에 방향을 바꾸어 다시 움직일 때처럼 그리 변화하던 때를 생각한다.

그런 순간만은 그야말로 미동 없는 정적 상태가 된다. 그러다가 한순간에 파적破寂을 감지한다. 실제가 아닌 상상으로 너른 파초 앞에 매달린 물방울이 둔중하게 떨어지며 소리를 내는 때처럼 극적인 변화를 상상한다.

그러다가 이윽고 정신을 번쩍 떠올려지는 게 있다. 그것은 바로 한 폭의 그림 〈파적도破寂圖〉. 다르게는 〈야묘도추野猫盜雛〉라 일컫기도 하는 긍재兢齋 김득신金得臣(1754~1822)의 그림이다. 이 그림은 실로 절묘하다. 들여다볼수록 재미있고 흥미진진하다.

그림 속의 어미 닭은 병아리를 이끌며 양광陽光을 즐긴다. 그런 가운데서 탕건을 쓴 중늙은이는 마루에서 몸 옆에 장죽을 놓아두고 돗자리 짜기에 빠져 있다. 그런데 이때 별안간 어미 닭이 놀라 '꼬꼬댁'을 외치며 날개를 펼치고서 숨넘어가는 소리를 낸다. 주인이 반사적으로 소리 나는 쪽으로 고개를 돌리다가 순간 당황한다.

눈앞에 화급을 다투는 상황이 벌어지고 있기 때문이다. 검은 고양이

한 마리가 애써 키운 병아리를 물고 내빼는 모습이 목격된 것이다. 순간, 이런 불한당이 있는가. 목에 핏줄이 선 그가 보고만 있을 수 있는가. 순간 몸을 틀어서 장죽을 내저으며 "떼끼놈!" 하고 외친다. 그 어름에 돗자리 틀은 마당으로 내평개쳐지고 그도 함께 몸이 마당으로 쓰러진다.

이때 심상치 않은 낌새를 느낀 안주인이 방안에서 득달같이 뛰어나온다. 그런 와중에 고양이는 꼬리를 치켜들고 달아나면서 한껏 여유를 보이며 돌아본다. 그 동작이 마치 '뭐 병아리 한 마리 실례한 것을 그러오. 너무 노여워 마오' 하는 눈치이다. 그야말로 순간 포착이 두드러진 작품으로 그림 속에서는 한바탕 우지끈하게 정적이 깨지는 전경이 묘사되어 있다.

긍재는 영정조 시대를 산 사람이다. 그는 이 그림을 그려서 어느 임금에게 보여주었을까. 당시 도화서 화원들은 자유로이 궁 밖을 나갈 수 없는 임금님 어명을 받고 백성들의 모습을 그려 올렸다고 하는데 이 그림도 그런 경위로 탄생한 것은 아닐까. 모르긴 하지만 임금님이 보았다면 그림을 감상하며 파안대소했을 것이다. 파적을 형상화한 것이 너무나 절묘해서다. 그런저런 생각을 하면서 실눈을 뜨고 잠이 든 아내를 건네다보니 여전히 숨길이 고르다. 정적은 계속 이어진다. 하지만 그것은 그리 오래 계속되지는 않을 것이다. 요즘은 무시로 사람들이 문을 노크하면서 전도를 하거나 유기농 달걀을 권유하거나 아니면 건조대 위에 때까치가 날아와 울어대기도 해서이다.

눈을 감고 등받이 의자에 기대앉아서 오늘은 무엇이 정적을 깨트릴지 엿본다. 모처럼 호사스럽게 누려보는 나만의 넉넉한 시간, 무료한 한때의 값진 오후이다.

창작산맥

The 수필

● 한여름 점심을 먹은 뒤 거실에서의 아주 짧은 시간, 작가의 사념 속에서 일고 지는 사유가 매우 뛰어나다. 아픈 아내를 곁에 두고 절의 대웅전에 매달린 풍경 - 거미줄에 매달린 낙엽의 정적을 떠올리다가, 파초 잎에 매달린 둔중한 물방울 - 긍재의 〈파적도破寂圖〉로 이어지는 파적으로의 연상의 유희가 사변적 수필은 이렇게 쓰는 것이라고 말하는 것 같다. 게다가 각각의 에피소드가 필연적 인과관계를 갖는 것처럼 잘 짜여져 있다. /김은중/

가시

정옥순 jos1213@naver.com

덩굴장미의 붉은 꽃잎들이 흐드러져서 흘러넘쳤다. 경비아저씨가 울타리 넘어 길게 뻗어간 장미 줄기를 뚝뚝 자른다. 장미 더미들이 바닥에 나뒹굴었다. 몇 송이를 챙기려는데 여지없이 가시가 손을 찔렀다. 손끝에 맺힌 핏방울을 보며 마음이 슬그머니 따끔거렸다.

겨울에 결혼했다. 시댁에서 첫 출근하는 날, 주말부부라서 혼자 뒤척이다가 늦잠이 들었나보다. 자명종 소리에 놀라 눈을 뜨니 방이 너무 낯설었다. 한겨울 차가움에 시댁의 낯설음까지 보태지니 더 춥게 느껴져 몸이 움츠러들었다. 아침밥을 걱정하며 부엌으로 가려는데 어머님이 안방으로 데려갔다. 아랫목에는 이미 내가 좋아하는 두부 듬뿍 넣은 청국장 밥상이 놓여 있었다. 안절부절못하는 나에게 당신은 밖에 할 일이 있다며 먼저 밥을 먹으란다. 시어머니의 밥상이 은근히 불편했으나 맛깔스러운 반찬들은 입에 잘 맞았다. 출근 준비를 마치고 나오니 마루 끝에 꽃무늬 손수건으로 묶은 따뜻한 도시락과 신발이 가지런히 놓여 있었다. 내가 밥 먹을 동안 도시락을 싸고 밤새 댓돌 위에서 차가웠던 신발을 연탄불로 덥힌 것이다. 어머님의 세심한 배려에 가슴이 뭉클했다. 그날을 잊을 수가 없다. 남들은 신혼인데 남편도 없이 홀시어머니와 사는 게 힘들겠다고 걱정했지만, 며느리바라기인 어머니와 함께여서 나는 좋았다. 얼마 지나지 않아 시어머니와의 동거에서 오는 불안감에서 깨끗이 해방되었다.

삼 년쯤 지나 서울로 이사했다. 어머님은 온 가족이 함께 살아 좋다며 요즘이 가장 행복하고 편안하단다. 그런 중에도 가끔 석양을 보며 넋을 놓고 앉아 있는 모습을 볼 때면 마음 한편이 아려왔다. 얼굴에는 삶의 갈피에서 묻어나는 외로움의 흔적이 깊이 드리워져 있곤 했다. 칠십여 년 살던 고향을 떠났으니 적응하는 시간과 의지할 무언가가 필요했으리라.

어머님은 담장 아래 빨간 덩굴장미를 심었다. 아침이면 시원스레 물을 뿜어주며 바라보는 눈길이 그지없이 다정했다. 거친 담벼락에 기대어 뻗어가는 모습이 대견하기도 하지만, 돌보지 않아도 무던히 자라는 것이 안쓰럽다며 덩굴장미가 자신을 닮았단다. "속에 숨은 가시가 많지" 하며 어색한 웃음으로 아픔을 숨겼다. 작은 가게를 하며 홀로 삼 남매를 키웠다. 죽고 싶은 적도 여러 번 있었지만 이를 악물고 악착같이 살았단다. 외로움이 가시처럼 돋아나 마음을 찔렀고 상처를 들키지 않으려 적을 만난 고슴도치처럼 웅크리고 울었단다. 막막한 시간은 더디게 흘렀다며 쓸쓸한 낯빛이 스쳤다.

덩굴장미가 담장을 덮기 시작하면 집안에도 꽃이 만발했다. 어머님은 장미를 신문지 위에 펼쳐놓고 가시를 천천히 잘라내며 나지막이 노래까지 흥얼거리셨다. 가끔 손이 찔려도 얼굴에는 미소가 떠나질 않았다. 잘 다듬은 꽃을 화병에 꽂아 집안 곳곳에 놓고는 뿌듯하고 행복해했다. 장미의 가시를 제거하며 본인 마음속의 가시들도 조금씩 뽑아내고 있는 것 같았다.

어느 날 어머님의 갑작스러운 하혈로 병원에 갔다가 자궁암 진단을 받았다. 다른 장기로 전이가 되어 수술도 할 수 없었다. 항암제를 여러 차례 맞으며 체력이 급격히 떨어져 치료를 중단했다. 겨울의 한복판이었다. 어머님은 자리에 누웠고 나는 무거운 일상에 당황하며 우왕좌왕했다. 사회적 도움을 받을 곳이 없어 집에서 모두 해결해야 했던 시절이었다. 일어나지 못하니 식사 수발은 물론 대소변과 하혈도 기저귀로 해결해야만 했다. 두 달 정도 종이 기저귀를 썼더니 엉덩이에 발진이 생겼다. 날이 따뜻해지길 기다려 마당 구석에 큰 솥을 걸었고 면포를 사서 기저귀를 만들었다. 열 장이 넘는 기저귀를 매일 삶았다. 일을 도와주는 사람이 있었지만 퇴근하고 집으로 향하는 발걸음은 한없이 무거웠다. 버스에서 내리면 저만치 보이는 우리 집 마당에서 영혼의 손짓 같은 흰 기저귀들이 펄럭이며 나를 불렀다. 이어서 기저귀 삶는 비릿한 죽음의 냄새가 뒤따라 마중나왔다. 기저귀를 접을 때면 속이 울렁거리며 구역질이 올라왔다. 삶아도 사라지지 않는 죽음의 거무스름한 빛깔과 비릿함 때문이었다. 시간이 흐르면서 환자에 대한 안타까움은 흐려지고 내가 짊어진 고단함의 무게만 점점 진해졌다.

기온이 오르고 봄꽃 향기가 방안으로 스며들 때쯤 힘없는 목소리로 "장미꽃 피었니?" 물었다. "아직요. 꽃 피면 보여드릴게요." 어머님은 더 이상 말이 없었다. 아프다는 말도 힘들다는 말도 하지 않았다. 식사 대신 맞던 수액도 몸에서 거부하며 점점 나빠지던 어느 날, 나를 불렀다. 어머님 방과 마주 보는 우리 방문을 밤에도 열어두란다. 혹시 자다가 찾아올 죽음에 대비하고 싶은 바람이었으리라. 자려고 누우면 그 방에서 흘러나오는 비릿한 냄새로 속이 요동쳤다. 모든 신경이 어머님 방쪽에 집중되었다. 신음소리가 들려도 불안했고 소리가 나지 않아도 불안했다. 잠을 잘 수가 없었다. 밤낮으로 신경이 곤두서 있으니 직장 생활도 버틸 수가 없었다. 열흘 정도 노력하다가 결국 방문을 닫고 말았다. 조심해서 문을 닫아도 소리가 유난히 크게 느껴졌다. 밤마다 문을 닫을 때 들리는 '쿵' 소리는 마음의 문까지 닫는 소리였다. 다가온 죽음에 대한 두려움과 고통에 시달리며 자식의 마음 문 닫는 소리를 듣는 어머님의 마음은 어땠을까. 모래바람 거센 사막에 홀로 선 선인장처럼 슬픔과 절망의 가시가 수없이 돋았으리라.

어머니가 돌아가시던 날. 담장엔 빨간 덩굴장미가 활짝 피었고 햇살은 눈이 부셨다. 빨랫줄에 걸린 하얀 기저귀는 죽은 사람의 넋을 부르는 초혼招魂의 몸짓처럼 펄럭댔다. 펄럭이는 기저귀 사이로 어머님의 모습이 언뜻언뜻 보이는 것만 같았다. 문 닫는 소리가 점점 두껍게 다가가 마지막 삶의 끈을 쉽게 놓았으면 어쩌나. 깊은 감사의 마음을 끝끝내 전하지도 못했는데. 나는 설움에 겨워 어머니를 눈물로 불렀다.

오늘은 어머님 기일이다. 가시를 제거한 덩굴장미를 영정사진 앞에 놓고 머리를 숙인다. 그리움으로 일렁이는 남편의 눈빛은 나의 그리움과 서러움도 넉넉히 헤아리고 있었다. 그런데 내 마음을 콕콕 찌르는 것 같은 이 아픔은 무엇인가.

한국산문

Thе**수필**

● 단단하고 섬세한 문장력과 메타포가 빛나는 작품이다. 붉은 덩굴장미 향기와 하얀 기저귀의 비릿한 냄새는 시각적, 후각적으로 대비되며 한 편의 긴 추모 영상처럼 화면을 채운다. 꽃무늬 손수건에 쌓인 더운 도시락 같은 고부의 사랑과 연민, 병든 어머니의 거친 가시를 몸과 마음으로 떼어내던 며느리의 고단한 기억이 처연하다. 두 여자의 최선의 세월이 아름다운 덩굴장미처럼 붉게 행간을 두르고 피어 있다. /김희정/

이리 아름답고 무용한

정윤규 jystar6763@naver.com

동네에 서점 하나가 생겼다. 그곳은 몇 해 전까지 노인이 담배나 생필품 정도를 팔던 작은 가게였다. 골목 상권까지 편의점이 밀고 들어오자 폐업한 채 오래 비어 있었는데, 뜬금없이 책방이 들어섰다. 언덕진 골목길을 내려가면 대학교가 있긴 하지만 주택가 한복판에 들어선 구멍가게만 한 동네 서점이라 반가운 마음보다 걱정이 앞섰다. 하루에 몇 권이나 책이 팔릴지.

낡은 유리 미닫이문 위에 무심하게 쓰인 '아름답고 무용한 책방'. 서점 이름에 '무용無用'이란 단어를 쓴 주인의 감각이 예사롭지 않다. 오래된 출입문에 비해 서점 안의 분위기는 밝고 경쾌했다. 푸른 벽과 붉은 벽돌로 만든 서가가 산뜻하게 어울린다. 가운데 놓아둔 나무 탁자와 작은 의자 몇 개, 벽에 걸어둔 소소한 소품들이 서점이라기보다는 아늑한 서재처럼 보인다. 책 한 권을 찾기 위해 수많은 알파벳 사이를 넘나드느라 마음이 먼저 피로해지는 대형 서점에서는 분명 느껴보지 못하는 고요하고 평온한 공간이다.

서점 앞을 지날 때마다 창문 안의 기척이 궁금했지만, 손님이 있는 경우를 거의 보지 못했다. 저녁나절 불빛이 비치고 어쩌다 창문 안에 사람이 보이면 마치 내가 맞은 손님처럼 반갑고 안도가 되었다. 몇 번 들르지 못하고 얼마 뒤 다른 동네로 이사를 가면서 골목길 책방도 조금씩 기억에서 멀어졌다.

그곳이 다시 생각난 건 『어서 오세요, 휴남동 서점입니다』라는 책을 읽으면서다. 오가는 사람이 많지 않은 주택가 후미진 골목길에 위치한 서점. 직장을 다니다 그만두고 동네 책방을 연 젊은 여주인. 책과 사람들과의 소통을 통해서 또 다른 희망을 꿈꾸는 그녀들의 모습이 어딘가 닮아보여서다.

치열한 경쟁사회 속에서 자신을 잃어버리고 기계의 부속품처럼 살아가는 젊은이들이 많아서일까. 세계를 휩쓴 전염병으로 인한 단절을 경험한 때문일까. 몇 해 전부터 책을 통해 위로받고 휴식을 얻는 '힐링 소설'이 유독 유행한다. 이 작품을 쓴 작가도 대기업에서 소프트웨어 개발자로 일했던 이력을 가지고 있다. 그래선지 번아웃증후군으로 회사를 그만두고 동네 책방을 운영하며 자신의 정체성을 찾아가는 주인공 영주의 모습에선 작가의 자전적 모습도 많이 투영돼 보인다.

휴남동 서점에는 이런저런 사연들로 상처를 입고 고민을 가진 다양한 인물이 나온다. 그들은 열심히 일해도 계약직에서 벗어나지 못하거나, 치열하게 준비해도 번번이 취업에 실패하거나, 자신이 원하는 일을 찾았지만 회사에서의 불균형한 삶에 회의를 느끼기도 한다. 저마다 아픔을 가진 사람들이 동네 책방에 모여 서서히 마음을 주고받으며 서로의 상처를 치유받고 또다시 세상으로 나아갈 힘을 얻는다.

청년들이 살아가는 각박한 현실과 그들의 고민 그러나 슬픔 속에 함몰되지 않고 다시 세상에 부딪히고 성장해나가는 사람들의 이야기를, 책을 읽으며 생생하게 전해듣는 느낌이었다. 지독한 상처를 받으며 무너지는 것도 인간관계 때문일 때가 많지만, 세상을 마주하고 다시 일어날 용기를 얻는 것도 결국 내 옆에 있는 좋은 사람들과의 진솔한 관계를 통해서라는 걸 새삼 생각해본다.

마음이 지친 어느 하루 불쑥 찾아들어도 평안한 쉼터가 되고, 책과 커피가 있고, 많은 말 하지 않고도 정다운 눈빛만으로 위로를 받는 사람들을 만날 수 있는 곳, 동네마다 이렇게 정겨운 공간이 있다면 도시에서의 삶도 훨씬 온기가 흐를 텐데.

동네 책방에 마음이 더욱 끌렸던 건, 이름도 한몫했을 것이다. 서점 앞을 지날 때마다 전혀 어울릴 것 같지 않은 두 낱말의 조화를 생각했다.

'아름답고 무용하다.'

방영이 끝나고도 오래도록 여운이 남았던 드라마, 〈미스터 선샤인〉에서 여주인공의 약혼자로 나오는 김희성은 이런 독백을 한다.

"내 원체 이리 아름답고 무용한 것들을 좋아하오. 달, 별, 꽃, 바람, 웃음, 농담 뭐 그런 것들…."

드라마를 보면서 감각적이고 뭉클한 대사가 많아 자주 가슴이 뻐근해지곤 했는데, 그가 무심한 듯 내뱉는 이 독백 장면이 오래도록 잔영으로 남아 있다. 어쩌면 우리는 옆에 있는 소중한 것들이 너무나 익숙하고 자연스러워서 그 존재의 아름다움을 자주 망각하고 살고 있지는 않을까.

"무용한 것은 인간에게 즐거움을 준다. (…) 예술이 자유로운 것은, 그것이 본질적으로 무용한 것이기 때문이다"라고 평론가 김현도 말한다. 그가 말하는 '무용론'은 문학의 유용함을 강조하는 또 다른 표현이긴 하다. 세상에는 쓸모 있는 것만이 가치 있는 것이 아니라 무용해 보이지만 더욱 아름다운 것도 많아 보인다. 글 한 편을 쓸 때마다 자판을 노려보며 머리를 뜯는 나도 결국 무용함의 가치를 누구보다 사랑하고 있는 게 아니겠는가. 나의 글이 누구에게도 쓸모가 있을 것 같지는 않지만 내 삶을 밝히는 희미한 등댓불 같은 것이니까.

얼마 전, 다시 찾아가본 골목길 책방은 이미 폐점한 뒤였다. 오래된 미닫이 유리창엔 여전히 이루지 못한 꿈의 잔해처럼 '아름답고 무용한 책방'이라는 이름만 쓸쓸히 남아 있다. 서점이라는 공간이 점점 설 곳이 없어지는 어려운 상황 속에서 책방지기는 그곳이 동네의 쉼터이자 사랑방이 되고, 책과 문학 또한 사람들의 일상에 꽃처럼, 바람처럼 스며들기를 바랐을 테다. 아무리 무용함의 가치를 사랑한다고 해도 결국 세상은 유용함만을 좇는 게 아닌가 싶어 굳게 닫힌 문 앞에서 마음이 적막해졌다.

이 골목에서는 비록 그녀가 품었던 아름다운 뜻을 펼치지 못했지만, 어디에선가 책과 사람이 다정하게 소통하는 행복한 서점에서 자신의 희망을 계속 펼쳐가는 그녀를 꼭 다시 보고 싶다. **수필미학**

The 수필

● 이 작품을 읽고 나는 주위를 돌아보기 시작했다. 너무 가까이 있어 혹은 무심해 잊어버리는 아름다운 무용함을 찾아볼까 해서다. 정윤규의 「이리 아름답고 무용한」은 우리의 둔해진 감각을 깨우고 바삐 흘러가던 우리의 삶을 잠시나마 천천히 지나가게 한다. 대단한 힘이다. 매력이다. 독자 여러분도 이 작품을 읽고 난 후 내 생에서 아름다운 것, 행복했던 것, 그리운 것 등을 다시 찾기 시작할 것이다. 세상이 조금 다르게 느껴질지도 모르겠다. /이상은/

많이 생각하는 날

정은아 after2005@naver.com

　그날은 비가 왔다. 장마철이라 어두침침하고 습했다. 잠든 아이들의 새근거리는 숨소리와 창문을 세차게 두드리던 빗소리. 안과 밖이 극명한 대비를 이뤄도, 내겐 나른한 오후일 뿐이었다. 거실 매트 위에 누워 아이의 분유를 주문하려고 온라인 쇼핑몰을 두리번댔다. 고요를 깨트리며 전화가 울렸다. 전화로 들려온 말이 비현실적이라 거짓 같았다. 어찌할지 몰라서, 거실을 어지럽게 돌아다니며 '말도 안 돼'만 중얼거렸다. 심장박동은 제멋대로 날뛰었고, 비바람은 끊이지 않고 몰아쳤다. 그때 나는 '아내'의 역할을 잃었고, 아이들의 유일무이한 부모가 되었다. 매년 그날이 다가오면, 태엽을 거꾸로 감듯이 그날 오후 4시로 되돌아갔다. 그러면, 빈 가슴으로 살아가는 내 모습이 또렷이 보였다. 달력에 새겨놓지 않아도, 몸이 그날을 기억하는지 몸살을 앓는다.

　나는 특정한 날이 와도, 크게 의미를 두지 않는 성격이었다. 남편과 사별 후에는 달라졌다. 어떤 기념일도, 어떤 명절도 무심하게 지나가는 게 어려웠다. 어떤 날의 기억은 상처를 헤집어놓는다. 결혼 후 나의 첫 생일날, 남편은 장미꽃 한 송이를 내게 내밀었다.

"은아야, 장미꽃 한 송이라 미안해. 매년 생일마다 한 송이씩 늘어날 거야. 100송이가 될 때까지 잘 살자."

약속은 고작 5송이에서 깨졌다. 만약 사고가 없었다면, 장미꽃은 계속 늘어났을까. 누군가를 챙길 일도 챙김을 받을 일도 없는 사람은, 반복되는 평일보다 이름이 붙여진 특정한 날이 더 외로운 법이다. 요즘은 생일날이 돌아오면, '삶이 1년 더 갱신되었습니다'라고 알려주는 느낌이 든다. 축하의 의미도 마치 생존의 기쁨을 나누려는 작은 의식 같다. 그래서 죽은 사람은 생일을 잘 챙기지 않는 것일까. 갱신될 삶이 존재하지 않으니까.

죽어야만 챙기는 날이 있다. 옛날부터 '제삿날', '기일', '회기'라는 이름으로 불리며, 고인이 된 사람의 가족이나 가까운 사람이 챙겼다. 자기 자신은 챙길 수 없으니, 남겨진 이들에게 의무처럼 주어지는 날이다. 365일 중 하루. 그래도 남겨진 사람에게는 다른 날의 24시간보다 가슴이 뻐근하다. 남편의 죽음이 갑작스러운 사고사라서, 뇌 어딘가에 선명한 흔적을 남긴 걸까. 사랑했던 이의 죽음을 기억하는 일은 아픔을 되새김하게 만든다. 나는 남편의 '제삿날'이 마음에 들지 않는다. 남편과 좋았던 날들도 많은데, 굳이 사고가 난 날을 고통스럽게 다시 생각해야만 할까. 남편이 이 세상에서 없어진 날 이후로, 기일이 돌아올 때면 하루가 빨리 흘러가길 염원했다.

처음 몇 년간, '제사'라는 이름으로 의식을 올렸다. 어머니는 사위를 위해 나물이며 떡, 생선 등의 제사음식을 바리바리 싸서 오셨고, 아버지는 붓글씨로 제문을 써서 오셨다. 부모님에게 제사는 정성스럽게 차린 음식을, 돌아가신 조상에게 예를 갖추어 대접하는 일이다. 그래야만 가정과 후손이 평안해질 수 있는 전통 의식이다. 젊은 나이에 세상을 떠난 사위에게 지내는 제사는, 딸과 손녀를 잘 돌봐주길 바라는 마음과 사위를 향한 안타까움을 전하는 마음이다. 어머니는, 제사가 많은 집안에서 평생을 살아왔으면서도 사위 제사까지 챙기려고 했다. 제삿날 며칠 전부터 제사장을 보고, 새벽부터 음식 재료를 다듬고 삶았다. 어머니가 준비한 음식을, 아버지는 홍동백서, 조율이시를 따져가며 상을 차렸고 제례에 맞춰 의식을 치렀다. 두 분이 애쓰는 것을 보고 있으면, 제사의 여정이 무거운 짐처럼 여겨졌다. 그냥 엎드려 울고만 싶었다. 기일을 다르게 보낼 수는 없을까.

또다시 그날이 돌아왔다.

"얘들아, 오늘은 아빠를 많이 생각하는 날이야."

A4 한 장을 꺼내 우리만의 제문을 만들었다. 우선, 백지를 3등분으로 접었다. 백지 가운데 부분은 내 자리다. 남편에게 쓰고 싶은 말을 차분히 적었다. 롤링 페이퍼처럼 아이들에게 종이를 돌렸다. 종이 왼쪽엔 큰아이가 아빠에게 들려주고 싶은 말을, 오른쪽엔 작은아이가 적고 싶은 것을 썼다. 아이들은 할 말이 없다고 하면서도, 뭔가를 적었다. 편지 같은 제문이 완성됐다. 음식은 남편이 좋아했거나 우리가 저녁으로 먹을 음식들을 주로 차려놓았다. 밥, 소고기뭇국, 치킨, 수박, 바나나. 때로는 보쌈, 떡, 두부부침, 호박전, 피자… 그때그때 다르다. 잊지 않고 꼭 준비하는 건, 그가 좋아하던 캔맥주 한 캔. 핸드폰에 담긴 남편의 사진을

찾아 상 위에 세우고, 간단하게 절을 올렸다. 나는 남편을, 아이들은 아빠를 생각했다. 원래 식성이 좋았던 사람이라, 맛있게 잘 먹고 있을 거다. 편지를 읽고, 왼쪽 뺨에 보조개를 지으며 웃고 있지 않을까. 햇빛이 유난히 쨍한 날, '많이 생각하는 날'은 잔잔하게 지나갔다. **좋은수필**

The 수필

● 우리는 생각을 하는 한 글을 쓴다. 누구에게나 잊고 싶은 시간과 지우고 싶은 순간이 있다. 잊을 수도, 지울 수도 없기에 '많이 생각나는 일'을 글로 풀어내면서 스스로 위무한다. 눈물 없는 통곡, 침묵 속 아우성을 건너와 출렁이지 않는 마음에 이르렀다. 감정의 절제와 거리두기가 애틋하며, 작가의 담담한 내공이 미덥다. /노정숙/

안부전화

정찬경 oculajck@naver.com

요즘 아버지가 이상하다.

내게 전화를 자주 한다. 전엔 내가 하기 전엔 좀처럼 먼저 전화하지 않았다. 콧대 높고 도도하던 여자가 갑자기 내게 친절히 대해주는 것 같은 기분이랄까. 속으로 약간은 놀라고 왜 이럴까 한다. '나이가 드시며 마음이 약해지셨나', '아들 목소리를 듣고 싶었나' 하다가 죄송한 마음이 든다. 그동안 더 자주 연락드리고 찾아뵈었어야 했는데.

부자간의 정을 생각하니 마음이 애틋해진다. 어린 시절부터 지금에 이르기까지 넘치는 사랑을 받았다. 때론 혼나기도 하고 사랑의 회초리도 맞았지만 이젠 그조차 다 아른거리는 추억이다. 이 세상에서 아버지와 아들로 살아온 많은 시간 동안 두텁게 쌓아온 정. 그 정은 내 마음 속의 아늑한 은신처다.

퇴근길에 아버지 번호를 누른다. 단축번호 7번. 내가 가장 좋아하는 숫자다.

"아버지. 저예요."

"그래, 일 마치고 들어가니? 힘들었겠다. 조심해서 들어가거라."

"네, 아버지. 별일 없으시죠?"

"나야 별일 없지. 무슨 일이 있겠냐. 늘 그렇지 뭐. 허허."

"건강은 어떠세요?"

"괜찮다. 여기저기 안 좋지만 늙었으니…. 준석이 민석이랑 애들 엄마는 모두 잘 있지?"

"네, 아버지. 다 잘 있어요."

"그럼 됐다. 뭘 더 이상 바라겠냐. 하하하."

그저 우리 가족이 잘 지낸다는 사실만으로도 아주 흡족해한다. 세월이 흘러 나도 아들과 이런 통화를 하게 될까 하는 생각이 든다. 아버지 정도의 나이가 되어 자식과 통화할 때면 어떤 마음이 들까. 자식이 내게 전화를 자주 할까.

"오늘도 거기 다녀오셨어요?"

"어, 노인타운? 응 그럼. 거기서 산책도 하고 맛있는 밥을 저렴하게 잘 먹고 왔다. 허허허."

노인이 되었다. 아버지는.

"이제 얼른 가서 쉬어라. 집에서 기다리겠다" 하며 금방 끊을 것같이 하면서도 계속 대화의 끈을 쉽사리 놓지 않는다. 이 역시 전에 없었던 일이다. 나랑 대화하는 게 좋은 눈치다. 실제로 "너랑 이렇게 통화하는 시간이 참 좋구나" 한다. 들어본 적이 없는 말이어서 놀란다.

며칠 전 아들이 주말에 모처럼 집에 왔다가 내 신발을 신고 갔다. 그냥 아무렇지도 않게 내 신을 제 신처럼, 주로 운동화를 신고 간다. 현관을 나서다 신이 없어진 걸 알았다. 다른 신발을 꺼내 신는다. '내 발이

들어 있던 신을 아들이 신고 있겠구나' 생각을 한다. 근데 왜 그 순간 내 발이, 내 가슴이 따뜻하고 애틋해지는 걸까. 아들을 사랑하니까 그렇겠지. 혼자 묻고 답을 하며 피식 웃어본다. 아버지의 마음은 그런 것이리라. 함께하진 못해도 늘 마음으로 함께 있는 그런.

얼마 전 아들이 아침밥 대신 초코파이를 하나 물고 학교에 간다는 얘기를 듣고 가슴이 아팠다. 왜 그 초코파이만 생각하면 마음이 안 좋고 가슴이 아릿해올까. 편의점에서도 그것만 보면 아들 생각이 난다. 아버지의 마음은 아들을 불쌍히 여기는 마음이다. 조금만 더 견뎌라. 마음으로 응원한다. 늘 지켜주시라 하늘에 기도도 드린다.

아들 둘을 키우며 산다. 이런저런 일이 많았다. 앞으로도 많을 것이다. 세월이 흘러 나는 늙을 것이다. 그때 나도 아들의 전화를 혹은 방문을 기다리다 짐짓 마음을 접겠지. 지들 살기도 바쁜데 하며. 그러다 더 시간이 흘러 마음도 몸도 더 약해지겠지. 그때 나도 아버지처럼 아들에게 전화를 하게 될까. 암만 생각해도 안부를 묻는 전화를 윗사람이 아랫사람에게 한다는 게 어색하다.

어린 시절 부모님과 살던 때가 종종 떠오른다. 그리 넉넉지는 않았어도 행복했던 시절이었는데 어머니가 갑작스레 돌아가시며 슬픔과 고통이 우리를 덮쳤다. 엄마가 있어도 아이들 키우기가 어려운데 어린 삼 남매를 기르며 많이 힘들고 지쳤을 아버지. 어머니를 얼마나 그리워했을까. 그런 아버지의 마음을 난 헤아려드리지 못했다. 그저 내 앞을 헤쳐 나가기만 바빴다. 때론 아버지의 마음을 아프게 했다. 죄송하다. 왜 그리 철이 없었을까.

객지에서 병원 수련생활을 하다 외롭고 지칠 때면 아버지에게 전화했다. 속으로 울음을 삼키며 "아버지. 저예요" 하면 아버지는 당시 내 마음을 아는지 모르는지 그저 담담히 "잘 지내느냐?" 묻기만 했고 난 그저 "네, 잘 있어요"라고만 대답했다. 가끔 내게 편지를 보냈다. 그건 나에 대한 아버지의 깊은 사랑이었다.

지난 번에 뵌 아버지의 표정이 어딘지 쓸쓸해 보였다. 요즘 들어 더욱 야위고 주름진 아버지의 얼굴이 떠오른다. 먼저 전화를 걸게 하고 싶지 않다는 생각이 든다. 버튼을 누른다.

"찬경아! 전화했냐. 허허."

예상보다 훨씬 반가워한다. 저번보다 한결 밝고 맑은 목소리다. 마음이 편안해지고 따뜻해진다. 역시 안부전화는 아들이 아버지에게 해야 한다.

한국수필

The 수필

● '이 세상을 살아가야 하는 이유에 대해 그려보시오'라는 숙제를 받는다면 나는 늙은 아버지에게 전화를 거는 아들과 아버지 신발을 무심코 신고 길을 나서는 청년을 그릴지도 모른다. 그림 솜씨가 모자라 누군가가 부연 설명을 원한다면 나는 정찬경의 「안부전화」를 읽어줄 것이다. 그리고 이 말을 덧붙일 것이다. 내 소식을 기다리는 누군가와 내가 소식을 기다리는 그 누군가가 살아가야 하는 이유일지도 모른다고. 「안부전화」는 인생의 참맛을 잘 그려놓았다. /이상은/

쓴다

제은숙 sonagi7878@naver.com

쓰는 이를 모른다. 아무도 오지 않는 첫 새벽이나 늦은 저녁 산길을 쓰는 사람이 있다. 남겨진 빗자루를 발견하기 전까지 그곳이 쓸려 있었다는 사실조차 알지 못했다. 정갈했던 길을 무심하게 밟았던 나날과 그의 존재를 깨닫게 된 순간은 전혀 다른 걸음이 되었다. 솔가리와 낙엽은 길섶에 두툼하게 쌓였고 삭정이나 부러진 가지는 비탈 멀리 던져졌다. 어느 까마득한 골짜기에 잠들어 있을 굵은 나무 둥치도 생각했다. 하루아침에 만들어진 길이 아니었다. 이 무수한 날들을 쓰는 이는 누구였을까.

그를 상상해보았다. 낙엽이 쉴 새 없이 떨어지는 늦가을부터 연일 쓸었을 테니 산불 관리인임에 틀림없다. 적적하던 차에 시간을 때울 겸 시작했을 것이다. 겨울 부업인지도 모른다. 산을 오를 때 빨간 모자를 쓰고 인사를 건네는 남자가 있었는데 만나면 물어보리라. 그가 아니라면 누군가 몰래 선행을 베풀었는지도 모른다. 자주 비질이 되었으니 인근 주민으로 짐작되고 외진 시간에 혼자 오르기가 꺼려지지 않는다면 남자로 여겨지며 새벽이나 저녁 시간을 낼 수 있다는 점으로 미루어보아 노인일 가능성이 크다. 생각을 끼워 맞추는 동안 딱따구리만이 인적 드문 계절을 딱딱 쪼아댔다.

쓰는 일은 만만하지 않았을 것이다. 수시로 솔가리가 떨어졌을 테고 새벽 공기는 차가우며 오르막에서는 숨이 찼겠다. 더구나 등산로 초입에는 무덤이 즐비하여 을씨년스럽기까지 했으리라. 어떤 구역은 묘비 가장자리를 지나가야 하는데 쓰는 사람은 장소를 가리지 않았다. 번성한 가문의 높은 봉분 옆이나 비석 없는 낮은 흙무덤 근처도 한결같이 쓸고 갔다. 잠시 머무는 방문객들과 오래 전부터 누운 옛사람들이 그에게 신세를 지고 있었다.

산길을 쓴 까닭이 궁금했다. 굴러떨어졌거나 처박힌 것들에 눈길이 머문다. 버려졌거나 버린 흔적들. 혹은 잊지 못한 이름과 무너져 내린 한때. 가슴 빼곡히 들어찬 번민을 떨쳐내려던 고행이었을 수 있다. 허공을 울리는 대빗자루 소리가 그를 살게 하는 유일한 방법이었을 수도 있다. 귀를 씻고 머리를 식히는 산의 울림을 그는 들었는지도 모른다. 잊으라 잊으라 잊으라, 한다.

펜으로 쓰는 길을 떠올렸다. 정리되지 않은 감정과 지우고 싶은 흔적, 끝끝내 마무리짓지 못한 시간을 쓸고 싶은 사람들의 길이다. 혼자 쓸어야 하므로 외로울 각오와 끝까지 벗어나지 않겠다는 결의가 필요하다. 가파른 길이 나타나면 계단을 놓아야 하고 뒤따르는 사람들을 인도할 이정표도 세워야 한다. 앞을 쓸면서 수시로 등 뒤를 살펴야 하며 잘못 쓸었다면 되돌아갈 용기도 지녀야 한다.

우연히 들어선 길이었다. 처음 그 길은 뒤엉킨 생각들과 감정의 찌꺼기로 어지러웠다. 산책 나온 듯 구경만 하느라 방향을 잃을 뻔했고 쓰는 법을 몰라 시작점부터 허둥댔다. 앞서간 이들이 쓴 길은 더없이 환해 보였고 함께 발을 뗀 이웃들의 솜씨도 나무랄 데 없었다. 내가 쓴 첫 구간은 그래서 여전히 너저분한 채로 남았다. 누가 찾아올 리 없는 시절이 지나고 길을 내려다보았을 때 새로 쓸고 싶다는 충동이 일었다. 쓰는 사람의 운명이라도 타고난 듯 소맷자락을 걷어붙였다.

길을 덮은 낙엽부터 들여다보았다. 자주 쓸어야 하는 상념들이다. 가까운 사람에게 화를 냈거나 되레 상처받은 일, 싱거운 수다를 떠는 오후와 아이들을 키우며 울고 웃는 일상이 수두룩하게 깔렸다. 쓸다 보니 대수롭지 않은 일도 있고 잠시 멈추어 서게 하는 뭉치도 널렸다. 잔바람에도 분분히 날리니 쓸고 거두어서 가장자리에 모아둔다. 사소한 가랑잎이라도 떨어지지 않으면 내가 쓰는 사람이라는 사실을 잊어버린다.

삭정이가 떨어질 줄 몰랐다. 안간힘을 쓰며 붙어 있느라 기력이 다한 가지는 시커멓게 변한 채 추락했다. 비틀리고 퉁퉁 부은 흔적이 마디마다 역력했다. 얼마 동안 울었던 걸까. 돌아보면 세월만 허비했던 일에 오래 매달렸다. 영혼을 찌르고 할퀴던 잔상들을 주워 올라오지 못할 벼랑에 던진다. 어지럽게 들끓던 가슴이 가라앉는다. 쓰는 일은 마음 더 깊은 곳에 삭정이를 묻어야 하는 수련의 연속이었다. 멍든 가지가 뭉그러지고 삭아서 어린 풀뿌리에 가닿기를 바라본다.

껍질뿐인 나무가 길 한가운데로 쓰러졌던 날, 어찌할 바를 몰라 멈추었다. 허물어진 나무의 몸통은 더이상 서 있기 힘들다고 말하는 듯했다. 손으로 툭 건드리면 주저앉을 것만 같았다. 뿌리째 뽑히던 시간, 삶을 송두리째 흔들던 날들이었다. 그대로 둔다면 한 발짝도 나아가지 못할 처지였다. 집어올리기 벅찬 고사목을 비탈길 아래로 굴렸다. 긴 시간 숲을 울리며 멀어졌다. 선 채로 지독하게 앓았을 지난 날이 굵은 가죽을 벗고 새 생명을 위해 제 살점을 풀어놓겠지. 과거의 허물도 괜찮다고, 살아갈 이유가 충분하다고 쓰는 동안 길이 일러주었다.

때로는 설산에 파묻은 사연을 끄집어낸다. 녹지도 썩지도 못할 독기 서린 시간이 펼쳐진다. 멈춰버린 순간. 가시 돋친 파국의 언어를 도려내려 애쓴다. 칼끝도 들어가지 않는다. 아직은 더 동토 속에서 견뎌야 할 감각들. 흐물흐물 녹아내릴 날을 기다리며 지금은 쓸 수 없는 삶의 파편들을 다시 설산에 내맡긴다. 머리를 쓸고 눈동자를 쓸고 가슴을 쓸다 보면 발 아래가 가지런해질 것이므로.

바람이 몹시 불었던 날부터 산길이 어수선하다. 길 쓰는 이는 어디로 갔는지 흩어진 솔잎과 삭정이가 한동안 그대로였다. 쓸어놓은 낙엽더미는 푹신하게 부풀어 봄꽃을 피우는데 그는 자취를 감추었다. 그가 쥐었을 빗자루도 보이지 않는다. 길의 경계가 흐릿해지던 어느 날 불현듯 깨달았다. 길은 언제든 사라질 수 있다는 사실을. 빗자루를 찾게 되면 쓸어보리라. 쓰는 사람이 되어 쓸어서 길을 여는 사람이 되어보리라. 겨우내 발 앞을 쓸어준 이가 가르쳐주었다. 산을 쓰는 일과 글을 쓰는 일은 다르지 않다고. 나는 여전히 제대로 쓰는 법을 모른 채 산길을 쓴 이가 궁금하기만 하다. **수필과비평**

The 수필

● 낙엽 진 산길을 빗자루로 쓰는 누군가의 노력을 글의 창작 과정에 비유한다면 이 작업은 고독하고 고립적이다. 가끔 방향을 잃고 헤맬 때도 있다. 작가의 대부분은 어떤 순간에 회의감이나 좌절감을 겪기도 한다. 그래서 글 쓰는 일은 긴장되고 두려울 수밖에 없다. 이런 과정을 거쳐 글의 궤적이 생기고 자취가 드러나면서 하나의 문장이 되고 하나의 작품이 탄생한다. 그 몰입의 과정이야말로 진정한 나를 찾는 길이며, 나를 넘어선 세계와 만나는 길이다. /심선경/

발롱

조미정 solento407@daum.net

발레리나가 춤춘다. 긴 팔을 둥글게 말았다 펴며 발끝으로 사뿐거린다. 한쪽 다리를 던졌다가는 제자리에서 빙글 돌고, 회전하는가 싶으면 풀쩍 뛰어오른다. 몸이 공중으로 붕 떠오른다. 가오리연 같다. 실낱을 달고 펄럭거리다가 허공에 그대로 붙박인다.

무용수가 도약하는 동안 공중에 머물러 있는 듯 보이게 하는 동작을 '발롱'이라고 한다. 치켜올린 양팔과 앞뒤로 쫙 벌린 다리가 바람과 보폭을 맞춘다. 바닥에 도전장을 던지고 반대편 하늘로 뛰어오르려 안간힘을 썼을 텐데 어쩌면 저리도 가벼워 보이는 몸짓일까. 스프링이 튕기듯 팡 뛰어올랐다가 눈송이처럼 폴짝 바닥으로 내려앉는다.

역전 모퉁이 카페에서 딸아이가 분주하다. 주변 상가들은 불 꺼진 지 오래건만 저 혼자 바bar 이쪽저쪽으로 뛰어다닌다. 전공을 살린 직장에서 퇴직한 후 새로운 삶을 스텝 밟느라 땀방울이 송골송골 맺혔다. 슬쩍 이마를 훔친다. 멀리서 배달 기사의 오토바이가 굉음을 울린다. 뒤질세라 초보 바리스타도 커피 샷을 내린다.

하루의 시작과 끝은 단단하다. 누구보다 일찍 문을 열고 어느 가게보다 늦게 셔터를 내린다. 자칫 지치기 쉬우나 매일 반복한다. 차근차근 기본기부터 다지기 위해서였다. 발끝으로 춤추기는 힘들다. 자정이 훌쩍 넘어 퇴근해서는 화장을 지우지도 못한 채 곯아떨어지기 일쑤였다. 아침이면 언제 그랬냐는 듯 웃으며 출근한다. 손은 물 마를 새 없어 습진이 아물었다가 도졌고, 발톱은 무게를 지탱하느라 뿌리째 뽑혔다가 새로 돋았다. 지켜보는 내 가슴에는 토슈즈의 딱딱한 코가 바닥으로 부딪치는 소리만이 쿵! 하고 떨어졌다. 아이는 아랑곳하지 않고 다음날이면 또다시 토슈즈의 작은 코에 몸을 실었다.

어느 날, 손님의 발길이 뚝 끊어졌다. 코로나 팬데믹이 비껴가기 어려웠나보다. 휴일까지 반납한 청춘은 해가 바뀌어도 좀처럼 날개 펼 줄 몰랐고, 거리에는 빈 점포들이 하나둘 늘어갔다. 단골손님들마저 호주머니 깊숙이 손을 찔러넣은 채 총총걸음으로 스쳐 지나갔다. 무심코 통유리 밖을 흘깃거리던 딸아이는 한숨까지 푹푹 내쉬며 빈 테이블을 닦고 또 닦았다.

몸부림칠수록 바닥이 깊다. 안전모 하나에 생명을 담보한 채 하루하루 먹고사는 막노동꾼의 땀방울도, 도서관에서 살다시피 하다가 서둘러 집으로 돌아가던 취업재수생의 발걸음도, 폐지가 산더미처럼 쌓인 수레를 끌던 노인의 굽은 등도 중력을 이기지 못해 비틀거린다. 그래도 포기하지 않는다. 바닥이 있기에 딛고 일어설 수 있기 때문이다. 마침내 추진력을 얻고 나면 꼭짓점을 향해 뛸 수 있도록 발뒤꿈치를 올려주는 바닥. 그래서 바닥은 발롱과 이음동의어이다.

마지막 기술은 '비우기'쯤 된다. 갈대는 속을 비운 후에야 거친 바람에 부러지지 않는다. 둥글게 뭉쳤던 민들레의 꽃씨는 뿔뿔이 흩어져서 곳곳에 후손을 퍼뜨린다. 송장개구리는 겨울 오면 심장 박동까지 멈춘 채 알래스카의 송곳 추위를 견딘다. 딸아이도 내심 걱정이 없었을까마는 머리를 세차게 흔들어 번뇌와 조바심을 떨쳐낸다. 그렇게 반복하다 보니 어느 순간부터 휑하던 마음자리에 '그래도 다시'라는 다섯 음절이 들어차기 시작했다.

딸아이가 인터넷으로 하계 패럴림픽을 시청하고 있다. 사고로 양팔을 잃은 접영 선수가 몸통과 머리만으로 물살을 가르고, 태어날 때부터 장애인 탁구 선수가 라켓을 입에 문 채 강력한 스매싱을 날린다. 한쪽 다리가 절단된 높이뛰기 선수는 의족으로 도움닫기하여 제 키보다 높은 바를 넘는다. 불가능을 가능으로 만든 모습을 보며 남 일 같지 않았던 모양이다. 소리도 내지 않고 눈시울을 꾹꾹 누른다.

학창 시절부터 딸아이는 맘껏 쉬어본 적이 없었다. 여느 친구들이 삼삼오오 모여 수다 떠는 동안에 매일 아르바이트했었다. 학비며 용돈이며 부모에게 손 내밀기는커녕 집안 생활비까지 보태었다. 자투리시간도 허투루 쓰지 않았던 지난 날을 돌이켜보면 굳은살 박였던 순간들이 백악기 지층처럼 켜켜이 박여 있다. 그런데도 벌새처럼 쉬지 않고 두 발로 폴짝거릴 수 있었던 것은 좋아하는 일을 하기 때문이라는 생각이 든다.

무용수는 근육의 힘을 폭발적으로 이용해 균형을 잡는다. 한사코 끌어당기는 바닥으로 함몰되지 않기 위해서다. 겉으로는 새처럼 가벼워 보인다. 속으로 진물이 흘러도 즐겁게 춤추기 때문 아닐까. 러시아 무용수 V. 니진스키가 작은 키와 굵은 다리라는 신체적 약점에도 발롱의 대가가 될 수 있었던 이유 중 하나일 것이다. 남몰래 흘린 눈물과 숱한 땀은 도움닫기이다. 비록 딸아이의 날갯짓이 밀랍으로 만든 이카로스처럼 무모하다 해도 상관없다. 이제는 자꾸만 등을 토닥여주고 싶다.

코로나 시국을 틈타서 딸아이가 더욱 시간을 쪼개 쓴다. 소믈리에 자격증을 취득하기 위해서다. 네트워크 마케팅 범위도 대폭 넓혔다. 직접 판촉하며 물집 잡히도록 발품도 팔았다. 그러자 무대를 누비는 스텝이 갈수록 가벼워지는 듯하다. 돌고, 멈추고, 다시 뛰어오르는 동작도 포물선 그리듯 유연하다. 회전수를 늘려도 뿌리 깊은 나무처럼 흔들림이 적다. 이대로 가다간 머지않아 발레 기술의 최고봉인 서른두 번의 회전도 가능하겠다며 너스레를 떤다. 그래도 슬며시 올리는 입꼬리가 예쁘다.

누구나 발롱을 꿈꾼다. 하지만 대부분 제자리에서만 폴짝거리거나 팔다리를 힘껏 뻗기도 전에 휘청거리며 넘어지고 만다. 그러다가 얼마 못 가서 여우의 신 포도 핑계 대며 춤추기를 그만둔다. 무슨 일이든 위로 뻗치기만 해서는 안 되지 않을까. 숙련된 무용수라 하더라도 구부린 무릎으로 반동을 주어야 더 높이 뛰어오를 수 있다. 착지할 때도 구부려야 바닥의 충격을 흡수해 다치지 않는다. 인생사도 마찬가지이리라. 한 걸음 후퇴할 줄 알아야 두 걸음 도약할 기회를 얻는다.

역전 카페는 무대이다. 커피 볶는 냄새가 매표소 앞 돌계단을 오르내릴 때마다 각양각색의 인생극이 펼쳐진다. 누군가는 떠나고 또 다른 누군가는 돌아오며 저마다의 춤사위를 들썩인다. 기적 소리는 덤이다. 하늘이 회색빛으로 찌푸린 날에 가끔 대역전극이 펼쳐지기도 한다. 지금 바로 이 순간, 다른 사람들이 모두 둥지로 숨어들 때 하얀 깃털의 새 한 마리가 카페 문을 활짝 열어젖힌다. 상승기류를 타고 벼랑 끝에서 반대편 하늘로 날아오르기 위해.

에세이문학

The 수필

● 화자는 바리스타로 직업을 바꾼 딸의 일상을 발레 용어를 차용해 무대로 가져간다. 무용수의 움직임 따라 커피전문점도 리듬을 탄다. 불이 켜지고, 토슈즈의 딱딱한 코가 바닥과 닿는 소리를 낸다. "무용수가 공중에 떠오르는 것처럼 유연하고 부드럽게 몸을 들어올리는 능력"을 '발롱'이라 비유하며, 딸을 보는 화자의 시선은 조심스러움과 안타까움, 조바심과 대견함에 이르러 작품에 정점을 찍는다. 탄탄한 구성과 분명한 주제, 끌리는 제목에 가닿았다. /한복용/

두려움 너머에는

진서우 jpn491@hanmail.net

밤새 내리던 비가 그쳤다. 그와 중산간에 있는 숲으로 갔다. 입구에 걸린 현수막이 바람에 파닥거렸다. 멧돼지 포획으로 총소리가 날 수 있다는 경고 문구가 눈에 들어왔다. 삼나무 숲을 지나고 시냇물을 건넜다. 때죽나무 흰 꽃이 자욱하게 떨어진 숲길을 지나 서어나무 숲에 들어섰다.

비에 젖은 숲을 걷는다는 건 낯선 세계에 발을 들여놓는 일. 빛도 아니고 어둠도 아닌 시간이 은신한 숲에는 뿌연 허공마저 수상하게 내려앉았다.

빽빽하게 자란 조릿대를 헤치며 걸었다. 바지가 흠뻑 젖었다. 조릿대 뒤로는 검은 낯빛의 서어나무들이 신전의 기둥처럼 하늘을 떠받쳤다. 걸음을 멈추고 서어나무를 바라보았다. 영화에서 보았던 숲의 정령들이 떠올랐다. 지금 저 나무 기둥 뒤에도 정령들이 몸을 숨기고 이쪽을 보고 있는 건 아닐까. 내가 한눈을 파는 사이 다른 세계의 문을 열어 나를 잡아당길지도 모를 일이다. 숲우듬지에 부는 바람 소리, 나무에서 후드득 떨어지는 빗방울 소리, 새 울음소리, 그리고 우리의 소곤대는 소리. 그 모든 소리가 뒤엉켜 숲을 흔들었다.

갑자기 조릿대가 세차게 흔들리더니 검은 그림자가 두두두두 내달렸다. 흠칫 놀라 돌아보았다. 회갈색의 털이 빠르게 사라져갔다. 멧돼지 같았다. 비 오는 숲에 함부로 들어온 인간 때문에 화가 난 것일까. 심장이 쿵쿵 뛰었다. 우리는 조릿대보다 납작해진 몸으로 살금살금 걸었다. 멧돼지가 진흙 목욕을 한 흔적이나 발자국을 발견한 적은 많았지만, 이렇게 만난 적은 드물었다.

숲을 벗어나기 위해 일사불란하게 움직이던 그때였다.

"커어엉, 커어어어어엉."

날카로운 괴성이 귓전을 때렸다. 바로 옆에서 들려오는 소리에 나는 그만 주저앉고 말았다. 조릿대 사이에 숨어 두 손으로 입을 막았다. 소리는 점점 커졌다. 분노에 찬 짐승이 땅을 구르며 내는 소리가 저럴까. 금방이라도 짐승의 눈알이 나를 노려볼 것 같은 두려움이 등을 타고 흘렀다. 소리는 가까워졌다가 멀어지기를 반복하며 주변을 배회했다.

투둑투둑! 나무에서 떨어진 빗방울이 눈앞의 조릿대를 흔들었다. 나도 모르게 나무를 올려다보았다. 여기저기서 잿빛의 덩굴들이 나무를 휘감고 올라가 똬리를 틀었다. 뒷덜미가 선득했다. 몇 달 전 새벽, 나무에 기다란 몸을 걸치고 머리를 쳐든 뱀과 마주쳤던 기억이 아직도 생생했다. 뱀은 내 무의식이 만든 신전에서 살았다. 뱀과 멧돼지의 모습을 한 정령들이 숲을 돌아다니는 꿈도 꾸었다.

얼마쯤 지났을까. 드디어 소리가 희미해졌다.

"멧돼지 소리가 저렇게도 흉포했구나."

나는 그에게 안도의 눈빛을 보냈다. 숲을 빠져나온 후 제주토박이 친구에게 영상을 보냈다. 멧돼지 소리만 담긴 영상이었는데, 숨어 있을 때 핸드폰으로 촬영한 것이었다. 잠시 후 친구는 고라니 울음소리라는 답장을 보내왔다. 나는 그럴 리가 없다며 무시무시했던 순간을 장황하게 늘어놓았다. 그러나 친구의 대답은 바뀌지 않았다.

괴성을 지르는 짐승이 고라니라는 걸 알았다면 아마도 나는 호기심을 떨쳐내지 못하고 염탐하러 다가갔을 것이다. 그런데 아무리 생각해도 이상했다. 아까 본 것은 노루나 고라니의 경중거리는 걸음걸이나 날렵한 몸이 아니었다. 그렇다면 멧돼지가 지나가고 난 후 고라니가 와서 소리를 질렀단 말인가. 의심이 고개를 들자 머릿속에 멧돼지가 나타나 나를 놀리듯이 콧김을 뿜어댔다.

억울한 감정이 밀려들었다. 나는 왜 실체가 드러나지 않는 것과 직면할 때면 번번이 두려움에 무릎 꿇고 마는 걸까. 어릴 적 만화책에서 읽었던 이야기가 어렴풋이 생각난다.

땅거미가 내린 주막에서 사내들이 술을 마시고 있었다. 아기를 등에 업은 여인이 추레한 몰골로 나타났다. 여인은 사흘이나 굶어서 아기에게 젖을 못 물렸다고 먹을 것 좀 달라고 사정했다. 술에 취한 사내들은 낄낄대며 뒷산 서낭당에서 방울을 가져오면 밥을 주겠다고 했다. 여인은 무서움을 삼키며 낫을 들고 어둠 속으로 걸어갔다. 서낭당 안에 들어선 순간, 무언가 등 뒤에서 여인의 머리카락을 움켜쥐었다. 여인은 비명을 질렀다. 발버둥을 치며 떼어놓으려 했지만 그럴수록 무언가가 더 세게 잡아당겼다. 여인은 정신없이 낫을 휘둘렀다. 다음날, 괴이한 소문이 마을을 공포 속으로 몰아넣었다. 목 없는 아기를 등에 업은 여인이 낮을 들고 돌아다닌다는.

허구에 불과한 이야기지만, 두려움이라는 감정을 돌아보게 한다. 그것은 경험하지 못한 영역에서 쉽게 생겨나고, 치명적인 오해를 하는 순간에 걷잡을 수 없이 번진다. 통제할 수 없는 상황이 벌어질 거라는 생각이, 나보다 강한 존재를 맞닥뜨릴지 모른다는 생각이 망상을 키운다. 두려움 너머에는 허상을 만들어내는 자아가 있을 것이다. 고라니라는 실상을 보지 못한 내가 멧돼지라는 허상을 만든 것처럼.

돌아보면 두려움으로 가지 못했던 무수한 길들이 있었다. 길 끝에 무엇이 있었는지 나는 영영 알지 못할 것이다. 가지 못한 길에 대한 후회 때문이었을까. 나이가 들수록 두려움에 지지 않으려는 나를 발견하곤 했다. 일어날 일은 어떻게든 일어날 것이고, 일어나지 않을 일은 영원히 일어나지 않을 것이라는 인식이 두려움을 새로운 시각으로 바라보게 했다. 내 삶을 뒤돌아봤을 때 두려움 없는 삶이 행복하다고 단언하지도 못하겠다. 두려움이 나를 살게 했던 순간들이 있었고, 두려움을 넘어섰을 때 내 앞에 새롭게 열렸던 길도 분명 있었다.

이후로도 비 오는 날이면 나는 종종 숲에 간다. 그날 고라니는 무엇을 하고 있었을까. 사람을 만나면 경계심 가득한 눈빛으로 궁둥이를 내보이며 도망치던 고라니가 맞았을까. 의심과 두려움이 나를 숲으로 불러들인다. **에세이문학**

The 수필

● 두려움이라는 감정은 경험하지 못한 영역에서 쉽게 발동하고 상상 속에서 더욱 크게 자란다. 실체가 드러나지 않은 것과 직면할 때 번번이 두려움에 무릎을 꿇는 화자처럼. 작품은 한없이 나약한 존재인 인간이, 그럼에도 두려움 너머의 그것을 극복하기 위해 여전히 길을 나서는 여정을 보여준다. /한복용/

The 수필

Autumn

그림자를 샀다

강천 gomarikr@naver.com

그림자를 샀다. 소유권의 상징인 계약서 따위는 쓰지 않았다. 주요 결제 수단으로 사용하는 금전이 오가지도 않았다. 마음과 마음으로 통했다. 가장 전통적이고 아름다운 방법, 물물교환이었다.

거래 상대는 삼백 살 어림의 팽나무다. 그가 그림자의 사용권을 내게 주는 대신 무시로 찾아와서 바라봐주고 말동무가 되어주기로 했다. 내가 상상하기 힘든 오랜 세월을 살아오면서 정붙이나 마음줄 벗 하나 없었겠는가만, 식물의 숲이 사람의 공원으로 변하면서 모두 내쫓겨버렸다. 키 작고 어린 나무들은 다 베어졌다. 지렁이며 개구리, 여치가 활개치던 풀밭은 딱딱한 자갈돌로 뒤덮였다. 목마름을 견디며 어떻게든 싹을 틔워올린 풀들은 잡초라는 이름으로 곧바로 제거당하고 만다. 겨우살아남은 큰 나무들은 밑동을 그대로 드러낸 채, 멀찍이 서서는 소 닭보듯 서로 멀거니 바라보고만 있다. 상황이 이러니 약간의 불공정을 감수하면서도 이 단독 거래에 응한 것이리라.

뜬금없이 나무 그림자를 사러갔던 이유는 이런 구절을 만났기 때문이다. 공자가 세상이 올바르게 돌아가지 않는다고 탄식했다. 이 말을 들은 현명한 어부가 선생은 아무런 관직도 지위도 없으면서 분수에 맞지 않게 혼자 온 세상 걱정을 다 하니 근심이 생긴다고 했다. 어찌하면 좋으냐고 물으니, 어부는 그림자 이야기를 들려주었다.

어떤 사람이 자기 그림자가 두렵고 자기 발자국이 싫어서 이것들을 떠나 달아나려 하였다. 그런데 발을 자주 놀릴수록 발자국은 더 많아졌고 아무리 빨리 뛰어도 그림자는 떨어지지 않았다. 그는 자신이 더디게 달리기 때문이라고 생각하고 더 빨리, 쉬지도 않고 달리다가 결국 쓰러져 죽고 말았다. 만약 그가 그늘 속에서 가만히 쉬고 있었다면 그림자도 발자국도 생기지 않음을 몰랐기 때문이라고 했다.

내 처지가 딱 이랬다. 요즘 들어 더욱 빈번해진 행사들에 부담을 느끼고 있었다. 억지춘향으로 참여는 하지만 다녀와서도 개운하지 못한 앙금이 남는다. 잦은 접촉이 쓸데없는 말을 낳기도 하고, 허물없음이 오히려 오해의 소지가 되기도 했다. 불합리와 부당을 입에 담는 순간 조직의 가시랭이로 변한다. 사람과의 관계에 어려움이 생기고 상심이 생겼다. 생각이 생각을 낳았다. 차라리 어부의 말처럼 가만히 쉬면서 나서지 않았으면 겪지 않아도 될 심화였다. 전부 오지랖 넓힌 내 그림자였고 내 발자국이었다. 이런 차에 단비 같은 문구를 대면했으니 당장 나무 아래로 달려올 밖에.

공원 바닥을 다지면서 훤하게 드러난 뿌리를 내 전용 자리로 정했다. 나무로 보자면 동북쪽이라 정오 무렵부터 내내 그늘이 드리우는 장소다. 둥치가 두어 아름을 훌쩍 넘기는 데다 키도 이십여 미터에 이를 만큼 장대하다보니 나 하나 정도 보듬기에는 차고 넘친다. 자리로 보자면 보드가야의 보리수나무보다 못하다고 말할 수는 없을 터.

나무 그림자 안으로 들어서서 호흡을 고른다. 무슨 드높은 경지까지는 아닐지라도 지나온 삶의 성찰과 고요한 사색을 꿈꾸며. 아직은 준비가 덜 된 탓인가. 채 숨이 가라앉기도 전에 나를 품은 그림자가 변덕을 부린다. 믿음직한 덩치와는 달리 자꾸만 꼼지락댄다. 나무가 잎을 흔들면 그림자는 춤을 춘다. 슬금슬금 옮겨가면서 모양새를 바꾼다. 잠깐씩 햇살에 길을 터주며 집중을 방해한다.

앉아보니 알겠다. 그림자의 장난질에 덩달아 허둥거리는 내 심지의 얄팍함을. 나무는 '잠시도 멈출 수 없는 이것'이 네 마음의 실체라는 사실을 알려주고 싶은 모양이다. 아직은 떼려 하면 할수록 더 진하게 드리워지는 마음의 그림자.

마음이야 이러거나 저러거나 몸은 그림자 안으로 들어와서 멈추었다. 과연, 내 육신의 그림자는 옅어졌고 발자국도 더는 만들어지지 않았다. 시끄럽게 들리던 매미 소리에 음률이 실린다. 찌는 듯 짜증스러웠던 공기에 선선함이 묻어온다. 꼬물꼬물 개미들이 무너졌던 흙탑을 다시 쌓아올린다.

수필과비평

The 수필

● 어림잡아 삼백 살 정도의 팽나무 그늘을 돈 한 푼 주지 않고 샀다는 엉뚱한 말에 피식 헛웃음이 났지만, 사물을 대하는 작가의 태도와 두둑한 배포는 높이 살 만하다. 인간 관계의 어려움은 대부분 가만히 있지 못하고 오지랖을 넓히는 데서 오는 것. 이제 자연은 그에게 단순한 배경이 아닌 삶의 교훈을 주는 스승이다. /심선경/

도둑맞은 가을

김덕기 saong50@hanmail.net

　춘분이 지나고 이튿날, 감나무 줄기에 둘러주었던 두툼한 겨울옷을 드디어 벗겨냈다. 해마다 하는 이 일을 올해는 늦추위가 예보되어 예년보다 보름 정도 늦게 진행했다. 백여 일 만에 햇빛을 맞는 몸체는 무척 건강해보였다.

　이십여 년 전 지은 나의 시골집 사옹재 앞마당에는 느티나무, 반송, 감나무 등이 각각 한 그루씩 위치를 달리해 자리했다. 세 그루 모두 젓가락 같은 묘목을 사다 심은 것인데 스무 해를 거치면서 제법 의젓한 모습을 하고 있다. 그중 가장 먼저 심은 느티나무가 터줏대감 역할을 한다. 이태 전 옮겨 심은 반송은 크기도 작고 제일 어리다. 열다섯 해 전에 심은 감나무는 사옹재 상징목으로 불릴 만큼 멋지게 잘 자랐다.

　나는 감나무를 가장 좋아한다. 늦은 가을 메마른 가지에 알전구처럼 매달린 붉은 감의 서정을 나는 사랑한다. 그 정겨움은 고교시절 경주 수학여행을 다녀온 뒤 늘 머릿속에 남아 잊히지 않았다. 언젠가는 나도 우리 집 앞마당에 감나무 한 그루 심어야겠다는 꿈을 늘 품고 살았다.

나무시장에서 감나무 묘목 두 그루를 사온 것이 십오 년 전쯤이니 사십여 년 만에 꿈을 이룬 것이다.

감나무가 추위에 약하다는 걸 알고 한 그루는 북풍을 막고 있는 창고 앞에, 또 한 그루는 앞마당 왼편에 심었다. 두 곳 모두 햇빛이 잘 드는 곳이었다. 이듬해 봄, 어찌 된 일인지 창고 앞 녀석이 얼어 죽었다. 반면, 온갖 겨울바람을 사방에서 맞은 녀석은 이상하게 살아 있었다. 그해 가을부터 볏짚으로 이엉을 엮어 감나무에 겨울옷을 입히기 시작했다.

나무가 어른 키보다 훨씬 커진 해부터 감이 열리기 시작하더니 이후부턴 해거리도 하지 않고 매년 서너 접은 족히 넘게 풍성한 가을을 선사한다. 된서리를 맞고 잎이 모두 떨어지고 나면 온전히 감 열매만 남아 감꽃무리를 이룬다. 감꽃은 누가 봐도 아름답다. 사옹재 앞을 오가는 이들은 엄지를 세우며 "감나무가 정말 아름다워요"라는 인사를 꼭 건넨다. 이 소리를 들으면 입꼬리가 절로 올라가며 어깨도 으쓱하게 된다.

짙은 주황색 감이 점점이 달린 나무를 바라보는 것만으로도 흐뭇하다. 새가 날아와 감을 쪼는 모습은 한 편의 수묵화다. 어쩌다 감나무 아래서 위를 쳐다보면 파란 하늘에 감이 달려 있는 듯 착시를 일으키기도 한다. 연두 물이 올라오는 사월 말께가 느티나무의 절정기라면 잎을 모조리 떨군 앙상한 가지에 주황색 알전구만 꽃처럼 매단 늦가을이 감나무의 아름다운 시절이다.

우리 집 감을 먹기 위해 찾아오는 새는 까치가 아닌 직박구리다. 처음에는 한두 마리가 날아오지만, 시간이 흐를수록 마릿수가 늘어난다. 녀석들은 잘 익은 감만 골라 쪼아먹는데 마릿수가 부쩍 늘어나면 감을 따야 한다는 신호다.

감 따는 일은 늘 내 몫이다. 감나무 가지는 약해서 나무에 올라가는 일은 위험하다 사다리를 이용해 따기도 하고 고리 달린 장대를 이용하기도 하는데, 높은 곳의 감은 여간 따기 어려운 게 아니어서 아예 인심 쓰듯 까치밥으로 놔둔다.

따놓은 감은 독에 넣어 연시를 만들거나 곶감을 만든다. 곶감을 만들려면 껍질을 벗겨야 하는데 전용도구가 없으니 이 역시 쉽지 않다. 그 일은 아내의 몫이다. 처음에는 아내도 신이 나서 했는데 요즘은 이 일을 내켜하지 않는다. 애써 만들어놓아도, 모양도 색깔도 곱지 않은 곶감을 손자 녀석들이 선뜻 먹으려 하지 않기 때문이다. 혹시나 다음부터 하지 않겠다고 하면 어쩌나 눈치를 보지만, 아내는 매년 곶감 만드는 일을 거르지 않는다.

지난해 가을에도 서너 접은 넘게 감이 열렸다. 절반쯤 땄을까, 아내는 이 정도면 우리 먹을 것이 충분하다며 나머지는 교회 지인에게 따가게 하자고 했다. 사옹재에 다니러 올 때마다 감을 탐내던 이가 있었기에 인심쓸 기회라고 생각했다.

외출에서 돌아와 빈 감나무를 보고 나는 깜짝 놀랐다. 교회 지인은 까치밥까지 하나도 남기지 않고 모조리 따가버렸다. 가을이 늦도록 직박구리와 더불어 감나무를 감상하는 나의 재미를 송두리째 도둑맞았다. 그는 장대가 닿지 않는 곳까지 어떻게 올라갔을까.

나목이 된 감나무를 올려다보았다. 직박구리한테 욕먹을 생각을 하니 한숨부터 나왔다. 녀석은 분명 속도 모르고 욕심 많은 영감탱이라고 나한테 손가락질할 것이다.

그해 가을이 다 가도록 직박구리는 우리 집에 오지 않았다. 까치밥 없는 가을은 직박리에게도, 나에게도 도둑맞은 가을이었다.   **에세이문학**

The 수필

● 감나무에 알전구처럼 매달린 붉은 감은 등불이 되어 온 마을을 밝힌다. 직박구리 떼가 몰려오면 감을 따라는 신호다. 해거리도 없이 매년 서너 접은 너끈히 수확하지만 이젠 나눠줄 집도 없다. 교회 지인에게 따가라 하고 외출에서 돌아온 날, 까치밥 하나 없이 감나무는 텅 비었다. 직박구리한테도 면목이 없지만, 까치밥이 없으니 작가에게는 분명 도둑맞은 가을이었다. 사유의 흐름에서 엇나감 없이 대상을 바라본 시선이 미덥다. /한복용/

꽃불佛

김보성 morankss@naver.com

철이 지나면 서책과 문방사우를 볕에 내다말리던 시절이 있었다. 책뿐 아니라 마음의 습濕에도 거풍은 필요하다. 발목에서 찰랑거리던 물기가 눈꺼풀까지 도달하면 시야는 흐려지고 호흡은 제자리를 찾지 못한다. 만조가 된 몸은 끝내 눈물이 범람하고 만다. 감정의 흘수선을 넘어본 사람은 알아챈다. 고통에 갇히기 전에, 기억에 잊히기 전에, 자신을 내다말려 수위를 낮춰야 한다는 것을. 슬픔을 거풍하는 곳, 직지사는 내게 그런 곳이다.

올해는 꽃들이 순서 없이 앞다투어 피어났다. 고개 돌려 눈길 가는 곳곳이 별천지다. 혼란스럽고 수선한 나날을 보내는 와중에 동행해달라는 친구의 연락을 받았다. 불쑥 산사에 가고 싶다고 한다. 파들거리는 목소리가 심상치 않다. 그럴 때가 있다. 불길한 예감이 눈앞에 현실로 나타나 더욱 비현실적으로 느껴진다.

황악산 산사를 찾았다. 이곳은 익숙하면서도 낯설고 오래되면서도 늘 새로운 절이다. 사시절 단풍나무와 계절 꽃의 색채가 은창하게 펼쳐진다. 경내로 흐르는 물은 전각을 끼고 수로를 따라 만세루까지 이르는데 물길을 쫓아 초연히 걷는 산객들도 있다. 어릴 때부터 어머니 손에 이끌려 이 절에 발을 들였다. 기차를 타고 김천역에서 환승한 버스를 내린 뒤 초입부터 걸어들어갔다. 일주문을 지나고 한숨 쉬었다가 대양문을 거쳐 약간 비껴간 금강문을 스치면 사천왕문 앞에 도착한다. 그 앞에서는 언제나 머뭇거렸다. 지국천왕의 칼 아래 짓눌린 아귀들의 모습이나 용과 여의주를 쥐고 있는 중장천왕의 부리부리한 표정을 보면 벌 받는 중생이 나인 것 같아 무서웠다. 그럴 때면 어머니의 파삭한 등에 얼굴을 묻고 그곳을 통과했다.

대웅전은 다른 세계로 들어가는 거대한 동굴 같았다. 어린 눈에 비친 금장의 부처님과 탱화 속 수많은 불보살, 높은 층고를 휘감은 부룡들과 어두운 실내에 퍼져 있는 무거운 침묵은 선뜻 발을 들이기 힘들었다. 어머니는 어린 딸을 방석에 앉혀놓고 절을 하기 시작했다. 삼배하고 또 삼배를 하고 수십 번의 삼배를 더 올렸다. 눈물과 땀이 하얀 윗도리를 적시고 회색 방석에 떨어져 물자국이 생겼다. 기도를 계속하던 어머니는 어느 순간 일어나지 않고 그대로 엎드려 있었다. 얼룩이 축축하게 번져나갔다. 얼마나 많은 소망과 아픔들이 이 자리를 스쳐갔을까. 쌓여 있는 좌복의 부피만으로도 발원의 양을 가늠하기 힘들다.

그 후로도 어머니는 자주 산사를 찾았다. 신들 앞에 울음을 쏟아내고 흐르는 물에 눈물을 씻고 쏟아지는 햇볕에 마음을 말렸다. 아들이 쓰러져 큰 병원에 가도 뾰족한 치료법을 찾지 못한 날은 옆에 있어도 없는 사람처럼 눈이 비어 있고 움직임도 없었다. 때때로 절 뜰의 나무 아래서 시간 가는 줄 모르고 앉아 있었다. 꽃을 살피는 것보다 석탑처럼 땅과 붙박이가 되어갔다. 꽃송이가 스러지듯 끝내 어린 아들은 어머니의 누름돌이 되어 가슴에 묻혔다.

대웅전에 들어선다. 유년 시절 두려웠던 공간이자 어머니의 잔영이 남아 있는 곳, 지는 꽃과 함께 꽃불佛이 된 어머니의 자리. 이곳에 서면 몸은 사라지고 비애의 감정만 떠다닌다. 그때의 어머니 나이가 된 나, 절을 하자 어머니의 고통이 향내를 타고 마음속으로 파고든다. 무릎을 굽히고 몸을 낮출 때마다 깊은 곳에서 아픔이 치받친다. 옆에서 절을 하던 친구의 어깨가 들썩인다. 속울음으로 시작된 소리는 점점 생울음이 되어 터져나온다. 절도 제대로 하지 못하고 엎드린 채 눈물만 쏟아낸다.

퉁퉁 부은 눈과 울긋울긋한 얼굴로 법당을 나오자 구월의 햇살이 눈을 찔렀다. 눈물과 눈부심 사이로 소리도 삼켜버린 신묘한 세상이 열렸다. 마르지 않은 두 눈에 어른거리는 형체는 하늘로 승천하는 붉은 주작을 닮았다. 목백일홍이 불타오르고 있다. 수형과 화관뿐 아니라 꽃빛이 단연 눈과 마음을 사로잡았다. 작열하는 정오에 붉게 휘감기는 화염이다. 고즈넉하던 산사의 회색빛에 방점이 찍힌다. 황악산의 초록 계층들, 짙은 잿빛의 팔작지붕과 빛바랜 단청의 농담, 석등의 풍화와 오유지족吾唯知足이 새겨진 수곽의 물빛이 색층을 만든다.

친구 폐에 꽃씨가 발화했다. 그 불길은 간으로 다른 장기로 빠른 속도로 옮겨붙었고 진화가 불가하다고 한다. 불은 예고도 없이 돌풍을 타고 온몸으로 번져나갔다. 나무에서의 시간이 얼마 남지 않았다. 꽃은 봉오리를 여는 순간 떨어질 자리를 준비한다. 만개에 기뻐하지도 낙영에 슬퍼하지도 않는다. 그들에게는 뿌리로 돌아가는 순환의 과정이다. 하지만 모정은 가지에 매달린 꽃봉오리들이 못내 눈에 밟힌다. 자식을 먼저 떠나보낸 어머니가 앉았던 자리에 자식을 남겨두고 떠나야 하는 어미가 섰다. 두 어미의 울음은 백일홍보다 더 검붉다.

산바람에 꽃들이 후드득 떨어진다. 기나긴 역병의 시간을 이겨낸 송이들은 붉고 난만하다. 그들이 흙으로 돌아가고 있다. 생의 물기를 말린다. 사명대사는 간밤에 내린 소나기로 떨어진 꽃잎을 보는 순간 깨달음을 얻었다고 한다. 하지만 무명한 삶은 비바람이 야속하고 흩어지는 꽃들이 애련하다. 말로 설명되지 않는 비운은 고통의 흔적을 안긴다. 붉은 꽃그늘에 자리를 잡은 짧은 생은 절정과 낙화 사이에서 자신을 말리고 있다.

만당홍滿堂紅 세계에 빠진다. 염불 소리도 풍령 소리도 바람에 일렁이는 초목 소리도 시나브로 멈춘다. 객들의 웃음소리가 맴돌다 멀어진다. 해가 가람을 에워싸고 제궁처럼 굴곡진다. 예전 어느 날 이곳에서 거풍하던 모습도 신기루로 소산된다.

꽃은 나무에서 피고 바람결의 찰나에도 일어나고 땅에서도 돈다. 그뿐인가. 뿌리가 되고 줄기가 되어 또다시 꽃봉오리로 맺는다. 그냥 피는 꽃은 없듯이 그냥 지는 꽃도 없다. 백일홍 아래 그녀가 꽃불佛로 앉아 있다. 법문 한 송이 풀썩, 어깨에 내려앉는다. **좋은수필**

● 유년시절 어머니와 함께 산사를 찾았던 화자는, 법당에서 수많은 소원과 애절한 기도로 아들을 지키려했던 어머니의 간절함을 떠올린다. 어머니의 잔영殘影 위로 폐에 병마의 꽃씨가 발화한 친구가 자리한다. 삶의 순환과 무상함, 죽음과 삶의 연속성을 암시하며 내면의 고통을 불교적 관점으로 해석한다. 어머니와 친구의 삶과 죽음에 대한 묘사는 개인적인 상실을 넘어 삶의 의미와 고통을 직시하게 한다. /엄현옥/

아버지의 언덕

김서현 miwha0819@hanmail.net

아버지는 너무 젊다. 수십 년 전, 당신이 즐겨 쓰던 중절모와 양복 색도, 나를 안고 가던 솔잎보다 짙은 군복 색도 바래지 않고 그대로 멈춰 있다. 나는 아버지도 다른 이의 아버지처럼 얼굴에 목단 꽃술 같은 주름을 남기며 늙어가는 모습이 보고 싶었다. 아버지는 육십이 넘은 나보다, 하나뿐인 당신 손주보다 젊은 서른두 살이다.

내 회상 전면엔 언덕 해지개에 서서 등 너머 석양을 가르며 큰소리로 내 이름을 부르던 아버지 모습이 있다. 어린 나는 천둥 같은 목소리에 놀라고, 하늘 가득한 붉은 빛이 무서워 엄마 품에서 자지러지게 울곤 했다. 일이 잘 풀릴 때는 마당에 땔나무를 실은 우마가 들어오고, 전주 시장에선 구경도 어려운 내 옷을 사들고 왔으나, 술에 취해 언덕에서 나를 찾을 땐 뭔가 당신 뜻대로 되지 않을 때였다고 한다.

이런 아버지가 힘겨웠던 엄마는 서울 외가로 가버렸다. 세 살쯤이던 어느 날, 엄마를 찾아서 회색 양복을 입은 당신 품에 안겨 나는 내 안전선 밖인 그 언덕을 넘고 말았다. 그때부터 내 어린 시절 마디마디에 이

별이란 옹이가 박힐 줄이야. 열일곱 나이가 되어 머릿속에 말뚝처럼 박힌 내가 태어난 동네 이름과 번지수를 찾아나섰다. 그리고 나는 혼자서 아버지의 언덕을 넘었다.

가난한 집안의 둘째로 태어난 아버지는 남다른 외모와 명석함을 지녔지만, 묵묵히 현실을 받아들인 큰아버지와 달리 꿈 같은 이상을 좇는 사람이었다고 한다. 그날, 언덕을 넘어 서울에서 다시 만난 엄마와 아버지는 식당도 하고, 영등포에 있는 모 제과사에 근무한 기억도 있다. 하지만 그도 오래 가지 못했다.

불완전한 아버지 이상의 탈출구는 술과 도박이었다. 내가 좀 자랐다고 생각했는지 어느 날부터 내 머리통보다 커다란 주전자를 들려주며 막걸리 심부름을 시켰다. 날마다 집안이 시끄럽더니 끝내는 엄마와 정리를 하고 우리 곁을 떠나고 말았다. 고향으로 돌아간 아버지는 삼 년 후, 내 나이 여덟 살에 위암으로 돌아가셨다고.

당신의 삶을 들여다보기엔 내 추억은 짙고 기억은 짧다. 머릿속에 흩어진 편린을 모아보면 아버지 생은 소금쟁이를 닮았다. 물속으로 들어가지도 못하고 맘껏 날 수도 없는, 수면과 대기의 틈새에서 세상을 향해 다리보다 짧은 날갯짓으로 비행을 꿈꿨을 아버지.

언젠가 내가 찾아오리라 믿었다던 친인척들은 정작 십칠 세 소녀가 되어 나타난 나를 알아보지 못했다. 큰아버지는 혹여 내가 들을까 〈번지없는 주막〉을 밤새 틀어놓고 우셨다. 옆방에서 나도 그 노래를 들으며 울음을 움켜쥐고 먹먹한 밤을 건너냈다. 아침상을 물린 큰아버지는 내가 태어나 살던 집과 뼈대만 남은 외가의 집터를 일일이 데리고 다니더니 방죽에 앉아 내 손을 꼭 쥐며 말했다.

"기억은 못하겠지만 네 고향이다."

나는 내 머리와 가슴에, 푸른 멍울이 된 이야기를 풀어냈다. 어떻게 그런 것까지 기억하냐며 놀라던 큰아버지.

"네가 그래서 찾아올 수 있었구나. 그날 따라 노을이 짙은 언덕을 하염없이 바라보는 게 네가 보고 싶었던 게야. 그때 내가 널 찾아나서지 못한 게…."

후에 나를 찾아봤지만 찾을 수가 없었다고 했다. 구부린 큰아버지 어깨가 회한의 덩어리를 토해내며 한참을 일렁였다. 잔잔한 방죽 물 위엔 늙은 나무가 어두운 그림자를 드리우고, 그 그림자 위엔 수많은 소금쟁이가 삼키지도 뱉지도 못하는 두 사람의 상념처럼 뱅뱅 돌았다.

큰아버지는 끝내 아버지를 모신 장소와 기일을 알려주지 않았다. 나를 보살피지 못한 미안함이 바위만큼 무거운데, 그 또한 내게 짐이라면서. 당신마저 돌아가시고 몇 년 후 집안의 제사를 다 모시는 사촌오빠한테 내 몫을 모셔오려 했지만, 여의치 않았다. 한 날에 모시게 되어 날짜를 아는 이가 아무도 없었다.

사 년 전, 아버지 기일을 알게 되어 그제야 당신 이름 석 자를 내 집으로 모셔올 수 있었다. 서른둘 짧은 생의 매듭을 풀어버린 아버지 기일 상을 오십 년 만에 처음 차려드리는 그날, 그날은 내 아들, 하나뿐인 당신 손주의 서른두 번째 생일이었다. 시간의 우연은 당신 제사상에서, 손주 생일상으로 과거와 현재를 화해하게 했다.

내일이 네 번째 아버지 기일 상을 차리는 날이다.

"아버지, 내일은 옆에 계신 친구분들이랑 함께 오세요."

대답 없는 당신은 전에도 그랬고 지금도 그렇다. 어느 날은 바람으로, 어느 때는 지저귀는 새소리로, 때론 구름으로 다가와 유리창에 흩어지는 빗물로 나를 적신다.

The 수필

● 아버지는 수필에서 흔한 소재이다. 평소 원망을 받던 아버지도 작가의 펜 아래에서는 영웅으로 다시 태어난다. 그래서 아버지를 소재로 수필을 쓸 때면 다른 이야기가 있어야 한다. 이 작품이 그렇다. 이 작품에서 두드러진 점은 소설을 닮은 서사이다. 수필의 일반적 문장들과 다르게, 아리스토텔레스가 중요시했던 '반전'과 '발견'이 들어 있다. 작가는 아버지에 대해 가감없이 그리고 있다. 작가인 조카에 대한 큰아버지의 배려가 지혜롭다. 아버지의 기일과 아들의 생일이 같다는 것으로부터 작가는 사라짐과 태어남이 연쇄임을 보여준다. /김은중/

해거리

김잠출 usm0130@hanmail.net

너무 더운 여름 날씨 때문이었을까, 아니면 기후변화 탓인가. 올해는 여엉 감이 적게 달렸다. 가지는 저마다 실팍한데 잎만 무성하고 과실은 듬성듬성 달렸다. 아예 하나도 안 달린 가지도 더러 보인다. 애써 가지들 틈새로 하늘을 쳐다보니 그나마 마음이 좀 평안해진다. 줄줄이 사탕처럼 올망졸망 연년생 자식 낳듯이 무지하게 감을 달아 가지가 찢어질 듯 힘겨워하더니 저 나무도 36년을 살아서 많이 내려놓고 싶은가보다. 그렇게 생각하자 가을 하늘 양털구름이 무척 가벼워 보인다.

김밥 한 줄. 한 조각을 먹고 또 한 조각 입에 넣으니 검은 줄이 점점 줄어드는 모양새가 굴속으로 들어가는 기차 꽁무니 같다. 칸칸이 차례로 사라지고 꼬랑지 몇 개만 남았다. 몇 장 남은 달력처럼. 새소리가 지나간 하늘은 푸르다. 나무 사이로 허리 굽혀 오가며 하나 하나 감을 딴다.

우람한 나무도 해거리를 한다. 꽃은 피워도 열매 맺기를 멈추고 비워 버리니 '나무 멍'이라 해야겠다. 겸허한 나무가 재충전한다고 믿어본다.

겨울엔 더 의연한 나목으로 서 있다가 다시 봄이 오면 수천 개를 달아올릴 것이라 기대한다, 오늘보다 내일을, 이 칸보다 다음 칸을 기다리는 것이 희망이라면 해거리는 번아웃을 예방하는 나무의 지혜가 아니겠는가. 사람도 가끔 해거리가 필요하다. 계획대로 모든 게 안 되어도 그만, 결과가 적어도 부끄러운 일이 아니었고 지금 빈손일지언정 때가 되면 또다시 수확의 기쁨이 커질 것이라고 믿으며 지냈다.

어릴 적, 형은 정월 대보름 전후에 감나무를 시집보냈다. 가랑이를 쩌억 벌리고 하늘 향해 물구나무를 선 감나무 가지 사이로 큰 돌을 꽉 끼우는 작업이다. 벌어진 틈은 음陰이니 여성을 상징하고 박는 돌은 길쭉하고 강하니 양陽인 남자의 물건이다. 다산을 위한 주술적 의미가 있는지 모르지만, 대추나 감나무는 시집 보내고 난 다음해엔 꼭 과일이 많이 달렸다. 희한한 일이었다. 지나고 나서야 아무것도 아니지만 농촌에서 자라 매일 감나무를 바라보며 살아서 그나마 나는 경험칙상 다 알았다. 거기에다 중학교 때 농업 과목을 마스터했으니 비교적 이해가 빨랐다.

어찌 보면 해거리는 늙어가는 주인을 닮았다. 좀 쉬어가고 싶은 것이 주인과 나무가 같은 마음이었다. 달도 차면 기울고 산에 오르면 반드시 내려와야 한다. 감이 많이 열릴수록 좋지만 그만큼 크기가 작고, 적게 열린 해의 감은 굵기가 크다. 한 해에 많이 먹었으니 다음 해엔 좀 적게 먹어도 불평하지 말라는 뜻인가보다. 그게 해거리고 나무의 지혜다.

감나무는 내게 가장 친숙한 유실수이다. 고향엔 집집이 감나무 한 그루씩 있었다. 아무리 가난한 집에도 봄날이면 수천 개의 감꽃이 등불처럼 집안을 밝히고 가을엔 울긋불긋한 핏빛 단풍이 팔랑거리다 겨울이 오기 전에 주렁주렁 홍시가 달리면 절로 새를 불러 노래를 들려준다. 여름엔 푸른 잎 그늘을 만들어주니 감나무 하나로 삼간 초옥이 사시사철 절로 풍요로웠다. 감이라야 대부분 참감 아니면 따배이감(납작감)이었고 가끔 고목이 된 도오감이나 대봉감, 뾰족감과 돌감이 더러 있었다. 성급한 아이들은 풋감을 소금물에 담근 침시를 귀한 간식으로 때웠고 감 삐때기나 빠물래기, 곶감으로도 즐겨 먹었다.

담장을 대신해 심은 대밭에도 감나무가 서 있고 장독대 옆에도 감나무가 지키고 있었다. 들판이나 비스듬한 산비알 밭둑에도 어김없이 서 있던 감나무들. 지금 이 나이에도 보기만 해도 고향의 정을 느끼고 편안해진다. 그때는 오다가다 아무나 한두 개 따먹어도 나무라는 이가 없었다. 마치 배고픈 사람, 그냥 먹고 싶은 사람 누구나 따먹으라고 심어둔 나무 같았다. 그때 고향의 홍시는 곧 보시의 열매였다.

중학교 때 고욤나무를 캐서는 이웃집의 참감 가지를 꺾어 접을 붙였다. 한 그루만 있어 아쉽고 더 갖고 싶었던 나는 성인이 된 후 작심하고 감나무를 심어댔다. 1988년 서울올림픽이 끝난 뒤 아들의 삼칠을 기념해 고향 텃밭과 둑에다 단감나무 10그루를 심었다. 4년 뒤 둘째가 태어났을 때도 10그루 더 심었다. 벌써 36년의 세월이 흘렀다. 제각기 모양을 갖추며 문실문실 잘도 자라 해마다 수많은 홍시를 안기고 있다. 겨울이면 냉장고에 뒀다가 이듬해 여름에 샤베트처럼 껍질째 먹어치운다. 여름날 냉장고에서 감을 꺼내 먹으면 나는 환한 터널 끝을 보듯이 마음이 활짝 열린다. 고향과 어린 시절을 떠올리고 돌보지 않아도 절로 자라는 나무들, 제 홀로 열매 맺는 감나무를 생각하면 절로 배가 부르다. 어떤 때는 옥희집 대문 옆 감나무도 보이고 숙자네 뒤안간에 늘어진 도오감나무도 눈앞에 나타난다.

감나무는 아무도 돌보지 않는다. 어느 집이나 그냥 내버려두고 거름 한번 주는 일이 없었다. 그래도 몸피 불리고 꽃을 피우고 열매를 달아 스스로 존재의 가치를 증명했다. 감을 따다 문득 지나온 세월 돌아보니 내가 살아온 과정도 그랬다. 나도 감나무처럼 오직 혼자 마음먹고 홀로 결정하고 단독으로 실행하며 업에 매진했다. 감 팔아 돈을 만들 일도 없었거니와 그냥 군것질로 쓰는 것이라 애써 신경쓸 필요도 없었던 그때의 감나무와 내가 똑같이 닮았다.

해거리한 감나무를 앞에 두고 서 있자니 별별 번뇌와 잡념이 교차한다. 잊고 싶은 건 씨줄로 교직하고 행복했던 기억은 날줄로 교차한다. 고향은 그냥 생각만 해도 절로 마음의 안식을 얻고 추억을 더듬으면 굳어가는 입술에도 미소가 되살아나니 신기한 일이다.

해거리한 감나무를 보고 있노라니 나도 이제는 놀멍쉬멍하고픈 마음이 스멀스멀 올라온다. 겨울엔 불멍 여름엔 물멍 가을엔 산멍 봄엔 바다멍에 또 책멍도 하고 싶어진다. 까치밥 남기고 이 가을을 보내면 겨울 나목을 맞을 것이고 한두 번 이슬과 서리 덤터기 쓰다보면 한해가 또 저문다. 중년이 지나면서 밥벌이 그 자체가 얼마나 지겨운 일이었던 가. 그럴수록 해거리하는 나무가 부러운 것이고 때때로 그저 그런 마음이 일어났지만 참고 견디며 여기까지 왔다.

나이 들며 감나무에서 깨달은 건 또 있다. 세상에 감은 '떫은 감'과 '떫지 않은 감'만 있는 게 아니었다. 반시도 있고 홍시도 있고 둥근 감도 있는가 하면 불룩한 팽이 같은 감도 있었다. 주먹만 한 크기도 있고 동전만 한 것도 있었다. 세상은 빛과 어둠, 눈물과 웃음같이 이분법적으로 정리할 수가 없는 곳이었다. 어떤 때는 행복에 겨워 환했고 어느 순간은 가늠하기 어려울 정도로 어둠에 포위당하기도 했지 않은가. 고진감래만 알았지 홍진비래는 잊은 적이 더 많았다. 운무가 걷히고 푸른 물결을 본 날이 더 많았을지라도 홍진에 썩은 명리를 쫓다가 벼락에 맞은 듯 각성하고 돌아서기도 한 세월이었다. 생각해보면 해거리하는 감나무보다 나는 더 못난 세월을 보낸 게 아닌가.

하늬바람 맞으며 마지막 남은 김밥 한 조각을 마저 먹는다. 감을 다 따고 나니 가지마다 텅 비었다. 지금부터 좀 더 많은 쉼표와 해거리를 하며 살아야겠다. 감나무가 가르쳐준 오늘의 철학이다. 이미 지나간 것은 돌이킬 방법이 없지만서도. **수필과비평**

Thp **수필**

● 문명의 발달로 현대인들은 '여유'라는 단어를 잃어버렸다. 물질이 최고의 가치가 되고 정신은 자꾸만 피폐해진다. 우리는 그동안 인생의 꽃을 피우고 알찬 열매를 맺게 하느라 너무 많은 힘을 써버렸다. 나무는 왜 해거리를 할까. 이유는 살아남기 위해서다. 상태가 계속 나빠져 임계치에 도달했을 때 또다시 열매를 맺게 되면 나무는 그해를 넘기지 못한다. 지금은 그 나무가 뿌리 힘을 키워가는 중이다. 한해 동안 열매 맺기를 포기하고 재충전하는 감나무처럼 작가 또한 지혜롭게 삶을 재점검한다. 현재의 성과에 허탈해하지 않고 휴식을 통해 더 풍요로워질 미래의 나무를 그리고 있다. 악사가 현악기를 연주한 뒤에 현을 느슨하게 풀어놓는 것처럼 사람도 나무도 일과 쉼의 조화가 필요하다. /심선경/

무늬가 되는 시간

김주선 jazzpiano63@hanmail.net

통나무를 켜는 기계톱 소리가 요란하다. 남편과 함께 지인이 운영하는 목재소에 갔다. 사무실에 앉아 커피 한 잔을 얻어먹으면서 톱가루가 날리는 창밖을 물끄러미 바라보았다. 이때 트럭 한 대가 목재소 정문으로 들어서자, 어디선가 인부들이 하나둘 모여들었다. 벌목된 나무가 번호표를 달고 죄수罪樹도 아닌데 얌전하게 포승줄에 묶여서 실려왔다. 낙엽송 우거진 숲 냄새가 났다. 생목生木에서 흐르는 푸른 피의 냄새는 비릿하면서도 청량감이 있어 단번에 고향 숲속으로 나를 안내하는 듯했다.

목재를 다루는 일은 마치 살아 있는 생명체를 돌보는 것과 같다고 목공들은 말한다. 습도와 온도에 따라 팽창하고 수축하길 반복, 시간이 지나면서 나무 색깔도 변하고 단단해지게 마련이다. 나무는 변덕이 심하고 예민해 다루기가 쉽지 않다고 한다. 쓰임 있는 판재로 재가공하여 건축이든 가구든 사용하기까지 얼마나 많은 시간과 정성이 드는지 설명하느라 목재업자는 침이 마른다.

눈에 들어오는 물건이 있는지 켜켜이 쌓인 폐목재창고에서 남편은 가져도 되느냐고 지인께 여쭈었다. 종종 얻으러 갔던 모양이었다. 재단하고 남은 자투리거나 쓸모없어 버려진 목재였다. 황소의 눈알처럼 박힌 까만 옹이가 매력인데 '옥에 티'라니, 의아했다.

오래된 시골집 나무 기둥에 박힌 점박이 무늬는 얼마나 보기 좋던가. 옹이를 두고 어느 시인은 흉터라 부르지 말라, 상처라 부르지 말라 했다. 나무의 생장 과정에 생긴 자연스러운 현상이긴 해도, 더러 나뭇가지가 꺾이고 떨어져 나가면서 생긴 흉터 자국들이다. 오히려 아버지는 단단히 박힌 옹이 때문에 기둥이 뒤틀리지 않고 대들보를 받쳐준다며 대패질로 상처를 어루만져 멋스러운 무늬를 만들었다. 판재로 얇게 켤 경우 성질이 다른 옹이가 빠지는 일도 있지만, 통나무를 사용하는 경우는 크게 문제되지 않아 일부러 굳은살이 많은 것으로 골라 기둥을 만든다. 비록 흉터일지언정 어느 집 기둥으로 쓰일지, 불구덩이의 장작으로 쓰일지는 숙련된 목수만이 아는 일이다.

아마 중학교 2학년 때일 것이다. 남보다 늦은 2차성징이 왔다. 한여름, 봉긋 솟은 젖가슴이 뭉근하게 아파 브래지어를 하고 학교엘 갔다. 가슴이 더 자랄 때까지 입으라고 그랬을까. 엄마가 시장에서 큰 크기로 사오는 바람에 교복 속에서 헛돌았다. 그걸 안 뒷자리 친구가 끈을 잡아당겨 자꾸만 후크hook 고리를 풀어지게 했다. 친구들 몰래 화장실에 가 다시 고리를 잠그고 나오길 반복, 수치스럽기도 하고 화도 났지만 참으면서 여름학기를 보냈다. 요즘 말로 학폭이라고 해도 과언이 아닌,

그 친구는 뽑아버리고 싶은 내 기억 속 옹이었다.

마흔 넘어 나도 꿀릴 게 없던 시절, 어느 동창 모임에서 그녀를 만났다. 젊은 나이에 사랑과 믿음이 어찌나 충만한지 교회 권사가 되어 있었다. "내가 그랬다고?. 설마 다른 애랑 착각하는 거 아니니?" 제 딴에는 장난이라 기억 못하는 것인지 되려 날 보고 착각이랬다. 오물통에 쏟아붓는 내 입만 더러워졌을 뿐 그녀의 품격에는 망신살 하나 안 생겼다. 내 삶에 박힌 크고 작은 옹이가 얼마나 수두룩한지, 그중 하나가 네 것이라 말했을 뿐이었다. 그녀는 마치 청정지역에서 자란 나무처럼 어떻게 재단해도 완성품이 나올 목재처럼 말끔하게 보였다. 취미로 목공을 하는 남편 곁에서 그 정도의 목재라면 나도 볼 줄 아는 편인지라, 나이테가 반듯하고 결이 좋을 뿐, 정이 안 갔다. 그녀의 흠 하나 없는 삶이 최상품일지언정 괴롭힘인 줄 모르는 그 기억은 정말 밉상이었다.

목재소에서 주워온 폐목으로 커피믹스 보관함과 찻잔 진열용 선반을, 남편과 같이 만들었다. 땔감이 될 뻔한 판재 표면을 사포로 문질러 불에 그슬렸더니 얼룩덜룩 무늬가 생겼다. 오래 묵은 나무처럼 예스럽게 보이기 위함이었다. 바니쉬로 광칠하고 왁스로 코팅 마감을 했더니 그럴싸하다.

글을 쓰는 일도 이와 같을까. 새삼 검버섯처럼 핀 내 안의 상처 자국을 보며 노트북을 열고 톱을 켜기 시작했다. 쐐기처럼 단단하게 박힌 옹이 때문에 아무 구실도 못한다면 나는 땔나무가 되었으리라. 나는 가끔 잠망경을 쓰고 어린 날의 얼룩이나 흠, 굳은살 같은 흉터를 꺼내놓고 내 삶을 엿본다. 내가 쓰는 수필의 소재로 얼마나 흥미로운가. 치유의 글쓰기라 해도 좋다. 상처 없이 피는 꽃이 어디 있으며 옹이 없이 자란 나무가 어디 있느냐며 스스로 보듬었다.

목공 일을 하다보면 큰 옹이 때문에 어쩔 수 없이 그 부분을 피해서 재단할 때도 있고, 또 자잘한 옹이가 아무리 많다고 해도 용도에 따라 그대로 쓰는 경우도 있다. 나이테도 잘 드러나지 않는 매끈한 목재보다는 조그마한 티눈이라도 품고 있는 쪽이 더 정이 간다고 남편은 DIY 가구 소품을 제작할 때 염두에 두었다. 세월이 지나면서 옹이박이 때문에 휘고 뒤틀려 선반 위에 놓인 꽃병이 중심을 잃고 떨어질 때도 있었지만, 크게 괘념치 않았다.

자판 위에서 톱가루를 날리며 나의 문장들이 다듬어지고 있을 즈음, 상처가 무늬가 되는 시간을 견뎠을 내게 모바일 청첩장 하나가 도착했다. 이제는 생生의 허물 하나쯤 그녀의 등껍질에도 새겨진 걸까. 매일매일 나를 위해 응원하고 기도를 해준다니 그 어떤 사과보다 그녀의 위로와 지지는 진심처럼 보였다. 마치 내 안에서 옹이 하나가 쑥 빠져나간 느낌이었다. 이윤훈 시인의 시구처럼 '아픈 기억이 빠져나간 옹이구멍'으로 참으로 아롱진 무늬를 보았던 게다.

한국산문

ThE **수필**

● 화자의 나무를 읽는 시간은 기억 저편으로 이어진다. '학폭'의 구간을 힘겹게 건너와 중년의 '내'가 끌고 온 옹이의 기억과 만나는 지점은 기어코 뽑아내고 싶은 치욕이다. 같은 현장에 있어도 가지고 온 기억은 서로 다른 법. 집착을 놓는다는 건 생각 외로 간단한 일이었다. '상처가 무늬가 되는 시간을 견뎠을' 화자는 평생 빠지지 않을 것 같은 옹이를 그녀의 마음을 읽는 것으로 지워버린다. /한복용/

바지랑대

김철희 chk1500@naver.com

나무 사이에 매단 느슨한 줄 한가운데를 들어올린 장신의 지지대가 태양의 광휘에 지친 기색 없이 부동의 자세로 서 있다. 누군가의 질책을 호되게 맞은 양 건조하고 시무룩하니 처량한 모양새다. 깡다구만 남은 바짝 마른 몸체가 그저 자닝하다.

어느 햇볕 따스한 날, 두툼한 솜이불 두어 개라도 얹히는 날에는 무게감에 팽팽하던 줄이 아래로 축 처져 더 애처롭게 서 있다. 하늘 높은 줄 모르고 꼿꼿하던 자존심이 한풀 꺾이어 뒤로 밀려난 그 기울어진 모양새가 큰 바윗덩어리를 디밀듯 안간힘쓰는 것 같다.

땅에는 작은 상처들이 있다. 농부의 앞마당이 반가의 정원만 하겠는가. 온전히 사람의 발길만 오가는 곳이 아니니 하루도 생생한 날이 없다. 비 온 뒤 빨랫줄에 이불이며 물기 젖은 옷가지들이 줄줄이 매달리던 날 앙버티지 못하고 뒤로 밀려나면서 파인 생채기다. 논에서 쓰레질 마치고 흰 거품 흘리며 구르마 끌고 들어오는 소 발굽, 가을이면 콩 타작으로 생긴 도리깨의 흔적, 장작이라도 나르던 날이면 질질 끌려가던 나무 밑둥치의 눈물겨움도 남아 있다. 그 땅 위에.

한갓진 마을, 산 아래 자리한 우리 집은 유난히 햇볕이 잘 들었다. 어머니가 없는 집구석에 햇빛만 그득하다 푸념하면 들일에 지친 아버지는 허름한 주머니에서 꺼낸 담배 한 개비 물고 시큰둥하게 뒤란으로 피신했다. 대나무가 서걱이는 뒤뜰은 언제나 음지, 가난을 벗어나지 못한 농부에겐 평안을 주는 곳이다. 이곳에서 아버지는 동그랗게 담배 연기를 말아올리며 어떤 생각을 했을까. 성격 까탈스러운 여인의 마음을 달래줄 꽃이라도 사서 들어오는 여유로운 삶을 한번이라도 꿈꿨으려나.

마흔아홉, 너무나 이른 나이에 별이 된 울 아버지. 그의 빼앗긴 청춘만 생각해도 눈시울이 젖어든다. 한번 빼앗긴 청춘은 끝내 돌아오지 못했다. 결혼하고 간 군대는 엄혹하기만 해 결국 첫 휴가를 나와 복귀하지 않고 탈영병이 돼 두메로 숨어들어 생활해야 했다. 봇짐 하나 들고 따라나선 어머니가 겪었을 고생은 굳이 무슨 설명이 더 필요할까. 허나 가정을 건사해야 할 사내가 짊어진 삶의 무게도 결코 가볍지 않았으리. 한 집안의 기둥으로 살아간다는 건 힘에 겨운 일이다.

청새치를 상어 떼에게 빼앗겨버린 산티아고 노인이 남루해진 돛대를 어깨 위에 걸머메고 언덕길을 올라 집으로 돌아가는 모습이 겹친다. 절망하지 않고 어부로서의 소명에 최선을 다하는 산티아고. 거부할 수 없는 '나의 일'이기에 불평이나 좌절하지 않고 그저 주어진 역할에 순응할 뿐이다.

아버지는 왜 평생 힘든 일만 찾아다녔을까. 서러운 시대를 살면서 아버지가 운명을 쫓아갔는지, 운명이 아버지를 따라붙었는지 모르지만, 그가 손에 쥔 꿈은 늘 버거웠다. 오랜 방앗간 생활을 접고 끝내는 삽차를 타고 아득한 지하로 내려가 석탄을 캐는 광부로 살았다. 그 시절 광산업은 우리나라 산업의 핵심, 돈을 벌기 위해 건장한 사내들을 어둑하고 절벽처럼 아득한 곳까지 유혹했다. '잘살아보겠다'는 실낱 같은 꿈을 찾아 이른 새벽 천근만근 같은 육신을 갱 속으로 떠다밀었다. 깊은 잠이 든 아이들의 얼굴을 바라보며 일터로 향했을 아버지의 처처한 뒷모습은 물기 먹은 빨랫감을 힘겹게 떠받치던 바지랑대를 닮았다.

바람이 분다. 고요 속에 말라가던 축축했던 빨랫감이 바람의 기척에 놀라면 출렁이는 파도처럼 바지랑대와 함께 요란하게 흔들린다. 저러다 금방이라도 뚝 하고 부러질 것만 같다. 그 순간 불안하게 살아온 아버지 삶의 격랑이 겹친다. 가시로 가득한 삶의 파편, 가슴이 아리다. 이제야 철이 드는 모양이다.

물기라곤 없는 바지랑대의 단단함은 마치 앙상한 몰골의 사내 뒤태 같다. 남자는 결코 앞으로 소리내 우는 법이 없다. 힘들면 뒤돌아서서 신세를 한탄한다. 들썩이는 남자의 쓸쓸한 어깨처럼 바람이 세게 불면 바지랑대도 흔들린다. 줄을 놓아서는 안 된다는 일념으로 버틴다. 아직 마르지 않은 옷감들이 땅바닥에 떨어져 흙이라도 묻는다면 언제든 호된 질책을 받을 걸 아는 눈치다. 어쩜 최후에는 성난 주인의 격분에 부러져 아궁이로 들어가는 처참함을 겪을지도 모를 일이다.

바지랑대에도 꿈은 있다.

스스로를 그늘인 양 일체 지니지 않은 채 낮에는 햇살을, 저녁에는 바람을 앉혔다. 어느 가을, 바지랑대 끝에 빨간 잠자리가 날아들어 살포시 앉는 걸 바라본 적이 있다. 코스모스가 바람에 살랑이듯 허공에서 잔잔한 바람을 맞으며 한가로이 오수라도 즐기는 모습은 평안하다.

형형한 달빛, 창공에 별이 총총히 박히는 밤이 찾아오면 바지랑대는 온전히 혼자 몸이 된다. 마당 한가운데 모깃불을 피우는 것으로 여름밤은 시작된다. 봉화를 피우듯 덜 말린 쑥이나 논두렁 풀들이 성마른 연기를 굼실굼실 피우면 들풀 냄새가 한껏 밤하늘을 타고 올랐다. 무시로 오가던 마당엔 어느새 평상이 놓이고, 저녁상을 물린 가족이 도란도란 둘러앉아 이야기를 나눈다. 별을 사랑한 나는 누워 은하계가 쏟아낸 별의 무리를 쫓아 거문고자리, 독수리자리, 백조자리 등 별자리를 찾는다. 힘든 시간 뒤에 맞이하는 평온의 시간을 즐기다보면 어느새 밤은 깊어진다. 별을 무척이나 좋아했던 아이는 잠이 든다.

옹색한 살림살이를 떠받들고 삶의 순간을 함께 버티어온 바지랑대. 꼿꼿이 창공을 향한 치솟음이다. 그 우듬지에 유난히 밝은 별 하나 걸리는 날을 기대한다. **인간과문학**

The 수필

● 고단한 삶의 무게를 묵묵히 견뎌낸 아버지 삶의 연대기를, 삶의 역할에 순응한 『노인과 바다』의 어부 산티아고 노인과 불안정한 바지랑대에 비유한다. 균형을 의미하는 바지랑대를 지탱하는 땅도 무수한 생채기로 가득하다. 인간 존재에 대한 성찰이 담긴 비유의 수사적 기법은, 대상과 개념의 단순한 설명을 넘어 의미의 심화와 감정의 전달, 상상력을 자극한다. /엄현옥/

나이스, 나이스

민혜 | moodnow@hanmail.net

산책을 하다가 간혹 돌을 주워오곤 한다. 그중 손바닥만 한 편마암은 책상 위에 놓아두고 자주 들여다본다. 내 눈에는 한쪽에선 물결이 일렁이고 또 다른 쪽에선 백록白鹿 두 마리가 노니는 것 같아서다. 길에서 주워온 돌들일망정 저들에게도 유구한 우주의 역사가 숨어 있을 터. 한때는 바위였을 테고 더 이전엔 깊숙한 지하의 마그마였을지도 모르는 것들. 이런 광폭의 시선이 가능해진 건 내게 쌓인 세월의 덕일 것이다.

산길을 걸으며 바위 감상하는 걸 좋아한다. 등성이나 골짜기 바위들은 어떤 건 아직 장년의 골격인 듯 야물고, 어떤 건 돌짬을 보이거나 거죽이 푸석하여 시난고난하는 노인 같고, 어떤 것은 암석 안에 숨어 있던 이질적 결정체들이 풍화된 바위 표면으로 돌출되어 기이한 미감을 안겨주기도 한다.

돌이란 그대로가 대자연의 상형문자이자 회화요 추상 조각이다. 아득한 세월을 지내왔을 우뚝한 바위들을 바라보는 일이 때로 사람을 대하는 일보다 즐거운 것은 이야기와 상상력을 간단없이 불러일으키기 때문일 테다. 그리고 저들의 그 견고한 침묵이 좋아서 해종일 돌들과만 노릴라 해도 나는 싫증내지 아니할 자신이 있다. 크기 아담한 필드 해머를 들고 나가 야산의 바위를 청진하듯 두드리면 돌들이 각기 다른 소리를 낸다. 청아하거나 둔탁한 소리들을 들을 때면 돌의 오장五臟이라도 들여다본 듯하다. 암석의 종류에 따라 차이가 있긴 해도 맑은 음향은 아직 젊은 돌이요, 탁한 소리가 나는 건 노령기의 돌이다. 이런 것들은 표면도 푸석하고 잘 부서지는데 나는 이 사실을 C교수님께 배워 알게 되었다.

다양한 암석들의 특징을 살피는 일은 개성 다른 사람들의 성격을 보는 것과 닮았다. 가령 주변에서 쉽게 볼 수 있는 화강암은 희끄무레한 바탕에 자잘한 검정 무늬가 규칙적 문양을 이루고 있어 안정을 추구하는 보수적인 소시민들을 연상시킨다. 반면 편마암은 화강암의 안정적인 문양과 달리 검회색 바탕에 불규칙한 흰 줄무늬를 지니고 있어 수묵화를 보는 것 같기도 하고, 네모진 선들이 그려져 있는 것은 화가 몬드리안의 구성 작품을 떠올리게도 한다. 언젠가는 검은 바탕에 한쪽에만 회灰를 집중적으로 쏟아부은 듯한 것을 보며 추상미술이 따로 없구나 싶었다. 그들은 격식을 타파하며 자유로운 영혼을 지니고 살아가는 미술가 지망생들 같았다.

편마암이 조경용으로 많이 쓰이게 된 것도 그런 연유일지 모르겠다. 엽리葉理라 불리는 줄무늬만 해도 모양이 모두 달라 어떤 것은 결이 가늘고도 섬세하고 어떤 것은 굵고 대범하며 어떤 것은 그리다가 망쳐버린 화가의 캔버스 같다. 그런가 하면 검은 몸체에 하얀 색 포인트만 주겠다는 듯 희고 굵은 엽리를 한 지점에만 집중적으로 쏟아붓는 파격도 연출한다. 비 오는 날이면 색상 대비가 더욱 뚜렷해져 검은 부분은 더욱 검게, 흰 빛은 더욱 희게 변하기에 나는 아파트 근방이나 주변 산으로 편마암을 찾아나선 적도 있었다.

만약 저 유명한 불국사 석굴암의 본존 불상을 화강암 아닌 편마암으로 만들었다면 어떠했을까. 뜬금없는 상상이지만 불상은 모서지기도 전에 그 혼탁한 외관 탓에 화를 당했을 것 같다. 그러나 해탈 전의 붓다라고 한다면 문제는 달라지지 않았을까. 번뇌하는 심상을 형상화하기엔 편마암이 적격일 듯싶기에.

자료에 의하면 편마암은 변성암의 하나로, 화강암들이 넓은 지역에 걸쳐서 고열과 압력을 받아 성질이나 배열이 변한 거라고 한다. 화강암이든 편마암이든 같은 행성에서 태어나고 자란 것이니 모두가 지구라는 가문에서 태어난 형제들. 한 부모에게서 태어난 나의 친정 삼 남매만해도 순위에 따라 성별과 용모와 성격이 모두 각각이다. 삶의 풍상을 겪는 시기가 달라 저마다 다른 문양으로 살아가고 있다. 무념의 돌에게무슨 사상이 있을까만 내가 편마암에 이끌렸던 건 정형화를 거부하는 아티스틱artistic한 형상에 은연중 자신을 투영하고 있었던 건지 모른다.

내가 초등학교 다닐 무렵엔 집집마다 공주 드레스를 입은 불란서 인형을 문갑이나 화장대 위에 진열해놓는 게 유행이었다. 우리 집 인형은 코발트블루 드레스를 입고 부풀린 오렌지 빛 머리 위에 마리 앙투아네트 같은 모자를 쓰고 있었다. 엄마가 집을 비우는 날이면 나는 이때다 하고 유리 케이스 안의 인형을 꺼내어 모자를 벗겨 머리 손질도 달리 해주며 군데군데 조금씩 손을 보았다. 그럴 때마다 엄마는 나무라셨지만 늘 같은 모습으로만 서 있는 지루한 인형을 나는 봐줄 수가 없었다.

전북 무주군 무주읍 오산리 왕정마을 한 야산 중턱에 있다는 '구상화강편마암'의 사진을 본 적이 있다. 광택이 나게 연마된 돌에 박힌 둥글고 얼룩덜룩한 무늬가 마치 표범이 웅크리고 있는 것 같아 절로 감탄이 나왔다. 해설을 읽어보니 이 암석은 아름다운 미관뿐만 아니라 세계적으로 워낙 드물어 희소가치가 높다고 한다. 19억 년 전 당시 그 지역은 해양판이 대륙판 밑으로 파고드는 근처였는데 18억7,500만 년 전 대륙 충돌이 일어나는 바람에 퇴적암이 땅속 깊이 파묻혀 변성암으로 됐다는 것이다. 암석들이 간난신고 속에서 좌충우돌했을 광경을 그리다가 인류의 흔적을 떠올렸다. 무생물이나 생명체나 같은 지구 안에서 살아내는 모습들이 어찌 그리 닮았는지 그들이 우리고 우리가 그들 같았다. 생성되고 변천하며 산전수전 겪어내다가 마침내는 흙과 먼지로 돌아가는 공동운명체들이다.

내 삶에도 대륙 충돌 같은 위기가 닥친 적이 있었고 견디기 힘든 고온과 고압에 시달릴 때도 있었다. 이러구러 쌓여진 칠십여 년의 세월. 지금쯤은 충돌하고 압착되어 변성암이 되었음직한 시점일 테다. 한데 나는 지금 어떤 꼴로 서 있는 걸까. 편마암을 좋아하니 기왕이면 내 가슴에도 그럴싸한 암석 하나 옹골차게 들어찼으면 한다. 모쪼록 나이스 Gneiss로 나이스Nice하게.　　　　　　　　　　　　　　　　**에세이스트**

*편마암 'Gneiss'는 '나이스'로 발음한다.

The 수필

● 돌과 노닐며 상상의 날개를 편다. 정보와 이야기를 버무려 풍성한 그림을 그렸다. 편마암을 풀어내는 말놀이도 매력지다. 형상이 돋보이는 작가의 놀이판이 올차다. 새로운 수필에서 요구하는 것이 상상력이다. 시대에 발맞춘 세련된 화법이다. / 노정숙/

민달팽이

백남경 nkback62@naver.com

어느새 산중턱이다. 밤의 이불 밑에서 몸을 빼낸 햇살이 하루의 문을 노크한다. 저만치 산그늘에 묻힌 도시의 후미가 꼬리를 움직인다. 발아래로 유치·초·중·고교 교사敎舍의 네모난 옥상들이 줄지어 있고, 그 앞은 희뿌연 구름덩어리 아래 건물들이 숭숭 박혀 있다. 도시는 현재진행형의 힘으로 아주 오래된 과거를 누르고 있다.

오늘처럼 3년 동안 승용차로 등교시킨 막내는 곧 대학 진학을 하게될 것이므로 곁을 떠날 것이다. 몇 년 전 '임금피크제'가 적용됐을 때 자존심이 곤두박질했다. 월급이 반토막나자 자존심도 두 동강이 났다. 나지막한 경사를 따라 소나무 뿌리같이 쭉 뻗어나간 자드락길. 뚜벅뚜벅 비탈을 탄다. 한 걸음 두 걸음 정년이란 괴물이 벼랑 끝으로 등을 떠민다. 곧 나의 시간이 비명을 지르고 말 것이다. 시간의 줄이 싹둑 끊어지면 그 끝에 매달리게 될 집착들. 그리고 주접스러운 미련들.

나는 그만 풀쩍, 뛰고 말았다. 지렁이도 아니고 뱀도 아니고 온전한 달팽이도 아니었다. 미동도 짐작하지 못할 품으로 길을 가로막는 것이었다. 손가락 한 마디 될까말까한 몸뚱어리로 사람을 휘청이게 하다니! 이미 여름은 저만치 물러났다. 두 녀석이 한 며칠간 그랬다. 나는 어릴 적 이렇게 징그러운 녀석들과 맞닥뜨리면 상종을 안 하든지 끝장을 보든지, 했다. 돌멩이를 집어들어 "숲으로 가거랏!" 하기도 하면서. 하나 이 녀석들은 달팽이 눈으로 바라보았을 때 그럴 상대가 아닌 것이다.

근교 산에서 만나는 산객들 가운데, 이를테면 청설모는 말 한마디 건네지 않아도 목을 주억거리며 이 가지에서 저 가지로 혹은 이 나무에서 저 나무로 내뺀다. 나무 둥치에서 가지로, 가지에서 잎사귀로, 곡예를 한다. 그러면 아직 덜 익은 낙엽들이 한 움큼씩 듬성듬성 내려온다. 수줍어서일까, 반가워서일까? 찌이익, 산새 하나가 산 중턱의 나무 벤치 앞에 앉는다. 또 다른 산새들도 후이여, 찍찍… 이 나무에서 저 나무로 이 숲에서 저 숲으로 설레발이다. 그러다 시선이 정면으로 닿자 푸드득, 우듬지 사이를 뚫고 날아가버린다. '인간들이란 믿을 수가 없어-' 하고 말하는 것 같다. 내 영혼은 새의 날개를 따라 아득한 우주 공간으로 수증기처럼 풀어진다.

뱀은 꽤 다르다. 내 기억 속의 그것은 '구약'에 나오는 악의 근원이 아니라 '어린왕자'에 나오는 친구 같은 존재다. 뱀은 상대가 먼저 건들지만 않으면 세상사 오불관언이다. 그 옛날 논두렁이나 봇도랑 같은 데에서 마주하였을 때 "우씨, 쉬잇-" 하면 스르륵 몸을 펴며 지나가버리지만 꼬챙이로 몸뚱어리를 톡톡, 인사를 하듯 건드리면 길쭉한 몸을 허리끈같이 곧추세우고선 어쭈, 어쭈, 하고 덤벼든다. 뱀은 정면 승부를 했으면 했지 뒤로 꽁무니를 빼지 않는다. 내 안에 유감이 잔뜩 쌓인 애물땡땡이 산모기는 간단치 않다. 장비 같은 내 두 손이 허공을 가르면 십중

팔구 비명횡사이겠지만 한 치 앞의 운명을 모르는 녀석이다. 바스러질
듯 삐죽한 몸으로 어디서 나오는 만용인지 고양이 목에 방울 달기 식으
로 흡혈에만 집착하니.

　이렇게 산객들의 행태를 곱씹는 중이었다. 한데, 어째 품이 요상하
다. 엉덩이를 빼고는 두 눈을 땅으로 내린다. 실눈으로 응시한다. 발끝
부터 머리까지 거무죽죽하고 끈적거리고 여리여리하다. 쏴, 하고 솔바
람이 지나가면 찰과상이 나고 말겠다. 온종일 발버둥쳐봤댔자 그 자리
가 그 자리이다. '세상에 가장 여리고 가장 느린 생물이 나야' 하고 말하
는 것 같다. 불문곡직 세상의 한 지점을 점유해 있는 것이다. '주변 속에
서 여기가 내 영역이야! 내 존재의 집이고! 나도 억조창생의 하나라고-'
이렇게 힘주어 말하는 것 같기도 하다.

　민달팽이와는 다르게 뭇 달팽이들은 제 집 욕심부터 아연할 정도다.
나면서부터 집 하나를 등에 짊어지고 나오니까 말이다. 그러고는 이제
나저제나 등짐을 하고 다닌다. 하지만 민달팽이는 달라도 너무 달라서
또한 놀랍다. 작고 초라한 와사蝸舍 하나 없이 언제나 맨몸이다. 그런 따
위에 곁눈조차 두지 않는다. 게다가 청산리 벽계수 같은 청정지대가 아
니면 한발 물러서서 팔짱을 할 뿐이다. '이제 너도 나처럼 사는 건 어때?'
녀석들이 내뿜은 힘은 미미했으나 내게 전해준 힘은 몹시 컸다. 그것은
돌아봄이었고 여유였고 느림이었다.

　기온이 뚝, 하고 지상으로 나뒹굴어진 요즈음이다. 기온의 하강은 도
토리를 빼닮았다. 도토리들도 처음엔 제 혼자서 툭 하고 추락하지만,
곧장 제 짝들끼리 툭툭, 우두둑, 반음씩 더하기도 빼기도 하며 코방아
를 찧는다. 굴참나무 숲에 바람이 도착하면 점점 강하게 되고 떠나면

점점 약하게 된다. 환호 소리 따라 도돌이표 따라 연주를 반복한다. 베이스뿐인가 했는데 테너도 출연한다. 심장은 드럼, 숨결은 베이스. 가만가만 낙엽들이 에어쇼를 한다. 새들도 청설모도 돌아온다. 벤치에 기대어 두 팔을 저으며 일어섰다가 앉았다가를 반복하자 발밑에서 보드득, 소리를 낸다. 파도에 밀린 몽돌처럼 수북이 쌓인 도토리들이다. 나무 벤치 하나를 무대로 열린 숲속의 심포니 오케스트라. 이 순간만은 위대한 공연의 거장이 된다.

정년 퇴직은 불시착으로 맞닥뜨린 얼음나라 같다. 분명 어제와 똑같은 하늘 아래 땅을 밟고 있음에도 처음 다가오는 온도다. 얼음조각을 한입에 깨부수듯 시리고, 청양고추가 입안을 넘어가듯 맵다. 내가 걷고 있는 일상에서 '동요할 일이 뭐 있겠어?' 했던 허세와는 다르다. 막상 그 문이 열리자 꽁무니가 빠진다. 여전히 여름옷을 고집하나 여름은 이미 곁을 떠난 계절이다. 안분지족의 일상을 미동으로 그려낼 뿐 '성취'를 탐하지 않는 민달팽이.

출입처 기자실에서 막내 소리를 듣던 게 엊그제 같았는데 어느 순간 하나하나 선배들이 사라지지 않았던가. 이를테면 과로에 과음을 일삼아도 하룻밤이면 없었던 일이 되던 서른이나 마흔 언저리일 거라는 환상은 버리자. 타사 동료 기자들에 뒤질세라 부리나케 노트북 키보드를 두드리며 긴급 타전했던 숱한 뉴스들. 언론사 생활 33년 2만여 건의 기사들. 그런 호들갑들이 '애독자님들이여, 세상에 이런 와각지쟁이 있소!' 한 것이었다면, 이젠 조금도 서두를 것 없이 조금도 야단 피울 것 없이 달팽이 눈으로 내 안을 응시하는 데 정중동할 일이다. **에세이스트**

The 수필

● 누추한 집 한 채 없어도 당당하다. 민달팽이가 내뿜는 기운은 미미하나 작가가 받은 기운은 장대하다. 만물은 제각기 분주하지만 느림과 여유를 앞줄에 세운다. 맹렬했던 시간을 돌아보며 격랑을 맨몸으로 밀고온 어엿한 시간을 상찬한다. 생의 미덕을 촘촘히 품었다. /노정숙/

가창오리 날다

이양선 gasil0315@hanmail.net

금강둑에 서 있으니 섣달 찬바람이 매섭다. 일몰 시간이 다가오자 전국에서 속속 모여드는 사람들 발걸음이 바쁘다. 삼각대가 세워진 사이사이에 관광객들까지 횡으로 늘어선 모습이 장관이다. 하나같이 눈만 빼꼼한 차림이 킬리만자로 등반객 수준이다.

가창오리 수십만 마리가 거대한 타원형 섬을 이루며 유영하는 금강. 겨울이라야 이들의 군무를 담을 수 있기에, 사진이란 바다에서 노 젓는 어부들이 시선을 고정하고 있다. 허망함과 기쁨의 함수관계는 오늘도 냉정하다. 단 한 편의 작품을 담아내기 위해 먼 길 마다않고 눈길을 무릅쓰며 오늘도 겨울바람을 갈랐으리라.

한 그룹 가창오리들이 금방이라도 날아오를 듯 무리의 섬 위에서 맴맴 돈다. 감질나게 뜸을 들여 기껏 마음을 달뜨게 해놓고선 천연스레 주저앉기가 다반사다. 그때마다 이를 지켜보는 사람들 마음도 덩달아 오르내린다.

강에서 치달아온 칼칼한 바람이 살품으로 파고드는 한기에 인내심은 점점 바닥을 드러낸다. 도대체 언제쯤이나 적극적으로 날지 속절없이 변죽만 울리는 녀석들을 지켜보는 이들의 애가 탄다.

벼라고 생긴 건 죄다 품어 알곡으로 내어준 들녘엔 곤포가 쓸쓸히 지키고 있다. 그 뒤로 펼쳐진 서녘 하늘엔 어느새 다홍색 노을이 장관이다. 저곳을 무대로 고대하던 그림이 펼쳐지길 기다리나 노을 삼매경에 취했는지 좀체 날 생각이 없는 가창오리들.

추위를 견디다 못한 사람들은 서둘러 발걸음을 돌린다. 이렇게 삭풍과 씨름만 하다 나의 걸음도 수포로 돌아가나 싶다. 이제 노을은 점차 꽃빛을 잃고 어둠이 대신 채비를 서두른다.

그때 녀석들의 동태가 어딘지 심상찮다. 매번 일부가 바람만 잡더니 이번에는 도미노게임을 보는 듯 연쇄적으로 움직이는 게 아닌가. 드디어 전체 무리가 꿈틀거리며 날갯짓을 시작한다. 느린 영상을 보는 듯, 수면을 서서히 벗어나는가 싶더니 큰 산이 작은 산을 첩첩이 에워싼 능선 위를 차츰 올라 이윽고 상공으로 향하기 시작한다.

선두를 따라 거대한 무리가 일사불란一絲不亂하게 고도를 가르다 좌우로 선회하는 동안 기묘한 형상들이 연출된다. 녀석들의 율동은 흡사 바닷속을 유영하는 물고기 떼 같기도 하고, 경기장 관중의 파도타기 같기도 하다, 봄바람 기류에 춤추는 맥랑이 저러할까도 싶다.

사진이란 세계에 들기 훨씬 전부터 몹시 담아보고 싶었던 장면 아닌가. 오래도록 동경해오던 모습을 눈앞에서 직면하는 경이로움은 나의 숨을 잠시 멎게 하는데 부족함이 없다. 아니 정지된 육신 속 가슴은 저 홀로 요동친다. 엄청난 무리가 머리 위로 지나갈 땐 끼룩거리는 소리와 날갯짓 소리가 한데 섞여 별천지가 따로 없다.

무리 중 어느 한 마리가 유도하는 대로 어마어마한 흐름이 순조롭게 뒤를 따르는 형국은 실로 신비롭다. 교차점에서 혼란이 있을 법도 하나 어느 한 곳도 순리를 거스르지 않는 장엄한 물결에 나는 절로 압도되고 만다. 저 일사불란함이 경외심마저 불러일으킨다. 몸짓의 언어로 통하는 유대감의 위력은 나의 상상을 초월한다. 비록 미물이지만 저들의 세계에 엄정한 공존의 질서가 있는 모양이다.

아무래도 제철을 맞은 자신들 축제에 인간이 초대된 착각마저 든다. 우리가 저들을 구경하는 게 아니라 숫제 저들이 사람 세상을 내려다보며 구경하는 것 같다. 그러자 순간 묘한 느낌이 뇌리를 훑는다.

잡다한 소요가 끊이지 않는 인간 세상을 향해 무언의 메시지를 던진 것만 같아서다. 이기와 욕망보다 양보와 배려가 우리의 질서를 불러왔다고 저마다 외친 것 같은 느낌이 드는 것은 왜일까. 그 속에서 결코 자유롭지 못한 나. 아마 내 속에 잡초 같은 몹쓸 것들이 잔재하고 있기 때문이리라.

상념에 빠진 사이 녀석들은 한동안 자유로이 비행하다 서서히 어두운 하늘로 사라져 간다.

계간수필

The 수필

● 사람을 가장 무서워하는 가창오리는 낮에는 호수 한 가운데서 쉬고 있다가 해가 질 무렵에야 먹이를 찾아 인근 논으로 움직인다. 수십만 마리 거대한 무리 한 모퉁이에서 일단의 무리가 수면을 박차고 일어선다. 이에 주변의 다른 무리들도 연이어 따라 일어선다. 뭉치면 살고 흩어지면 죽는다는 이들의 철칙은 모두 하나가 되었을 때 일제히 이동을 한다. 작가나 우리가 그토록 찬탄해 마지않는 이들의 군무는 생존전략이자 하나가 되기 위한 몸부림이었다. /심선경/

그리움으로

이완숙 wansook58@naver.com

장마가 지나고 도토리나무의 키가 한 치는 더 넓게 자랐다. 흔들리는 가지 사이로 나폴레옹이 나무에 올라가 있는 것 같다. 바람에 가지들이 흔들리고 있다.

언제나처럼 호기심 많은 녀석이 높이 올라 가지들이 흔들리는 것 같다. 나폴레옹은 다리가 짧아 내가 그렇게 이름을 지어주었던 검은 새끼 고양이이다. 그 녀석은 어미 해병대(세 가지 색깔의 고양이라 지어준 이름)의 세 마리의 아기 고양이 중 하나였다. 짧은 다리로 활기차게 잘 뛰어놀고 밥을 줄 때면 도망가지 않고 큰 눈으로 빤히 쳐다보았다. 걸음걸이가 유난히 당당해서 나폴레옹 즉위식 걸음걸이라고 웃음지었었다.

몇 달 전 정원에 나가 일을 하고 있을 때다. 언덕을 내려오며 액셀러레이터를 세게 밟는 트럭의 소리와 그 트럭이 커브를 도는 모습에 혹시나 하고 돌아보는 순간 길가에 나와 있던 나폴레옹이 트럭의 그 소리에 놀라서 수풀 쪽으로 피하지 못하고 치어 튕기어나가는 모습을 보게 되었다. 괴로워하며 몸부림치는 검은 몸체, 내가 뛰어갔을 때 폭탄 터진 것 같은 처참한 모습과 놀람과 괴로움에 크게 떠진 채 멈추어진 눈동자와 마주쳤다.

도대체 무슨 권리로 운전자는 한 생명체의 삶을 이렇게 파괴해버리는 건가.

분노와 슬픔, 미안함으로 눈물범벅을 하고 "이럴 순 없어, 이럴 순 없어!" 외치면서 골목 어귀까지 트럭을 뒤쫓아갔다. 충격을 감지한 듯 잠깐 멈추었던 트럭은 다시 액셀러레이터를 더 세게 밟고 사라져버렸다. 되돌아왔을 때 남편은 공터에 나폴레옹을 묻어주고 큰 돌을 올려놓아주었다.

미안하다, 미안하다.

그놈의 생각 없이 밝은 가속페달 위의 발과 주인을 원망한다. 바람에 도토리나무 가지가 흔들릴 때마다 당당한 걸음걸이를 내딛던 명랑한 검은 고양이 나폴레옹을 생각한다. 그리하여 그에게 보내는 비문처럼 그리움으로 나는 글을 쓰고 있다. 그리움들이 가슴에 차오를 때면 책상에 앉아 글을 쓴다.

추운 겨울날, 차가운 냉기로 두 뺨에 칼날이 와닿은 것 같을 때 나는 냉기에 대해서 글을 쓴다. 얼음의 냉기는 차라리 여지가 있는 차가움이다. 돌아가신 어머니의 손에 내 손을 얹어놓았을 때 그 차가움은 어떠한 여지도 없는 매몰찬 냉기였다. 다시는 되돌아올 수 없다는, 아무리 애원해도 철문을 닫아버린, 생을 거절하는 차가움.

겨울날 추위 속에 오래 머무르면서 그렇게 차가움 속에 머물러 있을 듯한 그리운 사람들을 그리워하겠다. 차가운 바람결 안에서 그들을 느낄 수 있을까. 단어들은 그리움의 감정에서 튀어나와 나폴레옹이 되고 흔들리는 도토리 나뭇가지가 되고 얼음장보다 더한 냉기를 걷어내고 다정히 미소 짓는 어머니가 된다.

그리하여 나는 죽음과 그리움 말고도 삶과 꽃들에 대해서도 글을 쓰겠다.

이제 들은 수확의 계절이다. 몇 날 며칠 밤을 일인 트랙터에 불을 켜고 밭을 갈던 길직리 아저씨의 언덕 너머 앉은뱅이 호박밭도, 아픈 다리를 끌어가며 정성을 다해 가꾸신 권사님네 포도밭도 거두어들일 때이다. 귀 뒤까지 흙빛처럼 새까매진 아저씨와 권사님이 하얀 분이 내린 커다란 호박을, 꿀처럼 단 검은 빛 포도를 거두어들인다. 마당에 피어났던 청초한 백합과 하얀 배롱나무를 위해서도 화가가 짙은 초록 여름산 산 근육의 색을 표현하기 위해 색감을 고르듯이 단어들을 고를 것이다.

흰 눈이 내리면 이 가을날의 삶도 꽃들도 죽음도 그리움으로 함께 묻히겠지.

한국산문

Tհe **수필**

● 바람결에 흔들리는 이름들, 식어간 체온들, 존재에 대한 집요한 사랑을 그녀는 그리움이라고 쓴다. 글에도 표정과 온도가 있어 작가의 온기가 고스란히 배어 애잔함이 묻어난다. 생명을 돌봄은 돌봄의 대상보다 스스로를 다독여 회복하고 성장시키기도 한다. 생명들, 꽃이 피었다 떨어진 자리의 냉기는 차가운 그리움이 되겠지만, 작고 연약한 존재들이 흔들리며 피어나 앉아 그녀의 문장으로 다시 돌아오기를…. /김희정/

슬픔의 속도

이혜경 libe123@naver.com

유난히 비가 자주 내린 어느 해 여름이었다. 북한산을 등반하다가 벼락에 맞아 네 사람이 사망했고, 또 몇 사람이 다쳤다는 긴급뉴스가 티브이 방송마다 신문마다 시끄러웠다. 연이어 벼락을 피하는 법을 설명하는 전문가들이 등장했다.

번개가 치고 난 후 천둥소리가 우리에게 들리기까지 걸리는 시간은 들쭉날쭉하다. 빛의 속도와 소리의 속도가 다르기 때문이다. 빛의 속도는 1초에 30만㎞이고, 소리는 1초에 340m이다. 그런 까닭에 번개가 치고 천둥소리가 바로 들리면 아주 가까운 곳에서 번개가 친 것이다. 반면 한참 후에 천둥소리가 들리면 먼 거리에서 번개가 쳤다는 거다. 번개는 번쩍이다가 순식간에 사라지고, 천둥은 공기를 흔들어가며 소리가 되어 다가온다. 벼락을 맞는 건 뉴스에 나올 정도로 드문 일이다.

의사는 검사 결과를 설명하며 친정엄마가 6개월도 살지 못할 거라고 했다. 그날 나는 '마른하늘에 날벼락 맞는다'는 게 무슨 의미인지 제대로 알았다. 소화가 안 된다고 한 달째 약을 드셨지만, 일주일 전만 해도 혼자서 교회에 다녀오셨고 전화 목소리도 평상시와 다르지 않았다. 엄마는 검사받기 위해 병원에 가기 전날에도 비가 많이 오는데 물 새는 곳은 없냐고 전화 걸어 물으셨다. 나는 아파트인데 뭘, 하고 대수롭지 않게 대답하고 전화를 끊었다.

엄마의 시한부 통보를 받던 날, 나는 슬퍼할 겨를조차 없었다. 병의 진행 상태를 의사와 상담하는 일 외에도 간병인을 구하고, 친척들에게 엄마의 병 상태를 설명하거나 문병하러 오겠다는 교회 분들을 정중하게 거절하는 일 등 해야 할 일이 넘쳤다. 엄마 역시 갑작스러운 이 상황을 받아들이기 힘드셨는지 가족 외에는 누구도 만나고 싶지 않다고 했다. 엄마와 보낼 시간이 얼마 남지 않았다는 것을 알면서도 당신을 위해 처리해야 할 것들이 너무도 많은 나는 늘 종종걸음으로 하루를 보냈다. 그러면서도 엄마와 함께 할 수 없으니 마음만 초조했다.

엄마는 병명을 안 지 채 두 달도 되지 않아 돌아가셨다. 급작스레 할 일이 사라진 나는 공허함에 마음 추스르기가 힘들었다. 시간이 흐르면서 바쁜 일상에 쫓기다보니 엄마에 대한 그리움이 거짓말처럼 흐려졌다. 가족의 죽음은 그 크기가 정해져 있지 않아서인지 오히려 소소한 일상처럼 사라졌다 나타났다를 반복했다.

엄마의 부재를 실감한 건 지난해 아들을 장가보내면서였다. 신랑 측은 신부 쪽에 비해 크게 할 일이 없었다. 신혼집을 미리 구해놨고 집 수리 및 예식장 예약하기와 청첩장 만들기, 피로연 등은 아이들이 알아서 잘하고 있었다. 그런데도 늘 뭔가 중요한 걸 빠트린 것같이 나는 마음이 영 불안했다. 그게 뭔지 아무리 생각해도 떠오르지 않았는데, 친구에게 전화하려고 휴대전화 연락처를 검색하다가 엄마 전화번호와 딱, 마주쳤다.

"엄마 청첩장 나왔어." "고무신 말고 그냥 구두 신을까봐." "피로연 음식은 뷔페로 정했어." 나는 이런 소소한 이야기들을 엄마와 나누고 싶었었나보다. 무엇보다 '아들 잘 키웠네'라는 칭찬을 엄마한테 듣고 싶었다는 걸 알게 되었다. 그런 생각 끝에는 엄마에 대한 미안한 마음이 진하게 따라왔다. 엄마가 평소에 혼자 결정해도 될 일을 굳이 나에게 의논하자고 전화했을 때, 그냥 알아서 하라고 급히 끊어버리곤 했던 일들이 마음을 후벼팠다. '별일도 아닌데 뭘, 평소엔 알아서 잘했으면서'라고 속으로 구시렁대며 매정하게 굴었던 일도 생각났다. 엄마도 지금 나처럼 그랬겠구나. 그저 나랑 이야기하고 싶은 거였을 텐데…. 미안한 마음이 때늦은 천둥소리처럼 마음을 마구 흔들어댔다.

번개처럼 다가온 이별은 커다란 돌멩이 하나 내 마음에 심어놓았다. 슬픔은 깊은 어느 곳에 움츠리고 숨어 있다가 느닷없이 부서지며 소리를 내질렀다. 돌조각들이 내는 파열음에 준비가 안 된 내 마음은 진동했다. 그 슬픔은 부지불식간에 기별도 없이 번쩍였다.

비 내리는 어느 날, 엄마에게 무릎 아프지 않으냐고 전화하려다가 흠칫 놀랐다. 엄마가 좋아하던 냉면을 먹다가도, 손잡고 걸어가는 사이좋은 모녀의 뒷모습을 보면서도, 잠 못 든 밤 건너편 아파트에서 새어나오는 불빛을 지켜보다가도 나는 엄마 생각에 숨을 고른다. 슬픔의 마음은 여기까지라고 끝을 지정해주지 않았기에 그 속도를 측정할 수 없었다. 언제 어느 순간에 찾아올지 나조차 예측하기 어려웠다. 어디론가

한없이 나아가는 진행형이며, 묻힌 듯 보이나 살아 움직이는 현재형이
었다.

벼락을 피하는 법처럼 슬픔을 피하는 법도 있지 않을까? 아무리 힘든
일도 시간이 가면 무뎌진다고 하던데, 나의 슬픔은 도무지 줄어들 줄을
모른다. **에세이문학**

Thp **수필**

● 갑작스런 작별을 번개와 천둥으로 비유하며 슬픔을 자기 식으로 해석한다. 벼락
을 피하는 법은 알지만 슬픔을 빗겨가는 방법을 몰라, 애도의 시간은 줄이지 못한
다. 애도의 기간은 각자의 몫이기에 견디는 법이 다르다. '번개처럼 다가온 이별'과
어느 곳에 깊이 숨어 있다가 '느닷없이 부서지며 소리를' 내지르는 슬픔(천둥)이 작
가의 기법으로 새롭게 발견된다. /한복용/

낮은 황혼 아래 잿빛 바람이 분다

전성옥 gaeulbe@hanmail.net

서늘한 것이 마음을 누른다. 눌린 틈으로 뜨끈한 액체가 배어나온다. 나는 당황한다. 여기가 어디기에, 또 누가 있기에 이렇게 가슴에 칼금을 밀어넣는가.

들어서자마자 혼잣말로 소리쳤다. '누가 그대들을 여기에 서 있으라 하던가. 이 황량하고 바람 치는 빈터에…' 사방을 살핀다. 겁에 질린다. 오늘 여기는, 춥고 바람이 차다. 발이 얼어붙는다. 그러나 추위 때문만은 아니다. 지금 나는, 어미 치마꼬리에 얼굴 감춘 아이처럼 누군가의 등 뒤로 숨고 싶다.

마른 부들이 흔들리고 있는 연못 주변으로 무수한 주검들이 서 있다. 음울하게, 섬뜩하게. 하늘을 찌를 듯이, 땅을 꺼져내리 울듯이. 처음, 한 가족을 맞닥뜨렸다. 아비와 어미 그 사이에 어린 자식 둘, 그리고 제법 눈치가 생겨난 큰아이는 어미 뒤에 얼굴을 가리고 있다.

죽은 자의 세상도 산 자의 세상과 다를 것이 없다. 아비도 있고 어미도 있고 지어미도 있고 지아비도 있다. 어린 딸도 장성한 아들도, 오그라진 모습의 노파도 혼인을 앞두고 화관을 쓴 처녀도 있다. 가장자리 쪽으로는 형체 없는 육신들이 닥치는 대로 쌓여 있다. 이미 허물어진 사지, 떨어진 신체 조각들이 녹아내리고 있다. 흙 덮어줄 이 아무도 없으니 그들 스스로 땅 아래를 찾아들고 있다. 그나마 다행이다. 이곳 제주의 땅은 빈틈이 많아 들어가기도 쉽고 들어갈 곳도 많으니.

녹아내리며 굳은 그들의 육신 위를 마음 급한 찔레가 사방으로 뻗어가고 있다. 담쟁이도 지지 않는다. 넓이로 주검을 유린하는 찔레에 지고 있을 담쟁이가 아니다. 보란 듯이 타고 오른다. 하늘거리는 보드라운 손바닥 어디에 저런 힘이 있을까. 주검의 머리 꼭대기까지 기어오른다. 서걱대는 억새들은 애가 탄다. 지난 가을부터 주검들을 덮어주고 가려주고 달래주었던 마른 억새들은 초록초록한 봄빛들의 철없음에 혀를 차며 낮게 웅얼거린다. 야단스레 설치지 말아라. 그렇지 않아도 충분히 슬픈 곳이다. 저기 혼자 온 낯선 여자도 울고 있지 않느냐.

하늘은 낮은 황혼으로 끝없이 내려앉는다. 주검들과 황혼 사이로 잿빛 바람이 몰려다닌다. 우우 소리를 내며 제 신명에 미쳐 이 울타리 안, 아니 가는 곳이 없다. 어떡해…, 잿빛 바람이 나를 본 것 같아.

*

제주 여행 둘째 날 오후, '돌 문화공원'을 찾았다. 사실, 오전에 들렀던 거문오름에서 나오고 싶지 않았다. 상산 향으로 가득 찬 그 검은 숲에 종일 있고 싶었다. 간간이 말을 걸어오는 나무들과 낯을 익히며 푹 잠겨 있고 싶었다. 더더구나 나는, 이 돌 문화공원이란 곳을 떠나기 며칠 전에야 겨우 알았던 터다. 제주를 간다 하니 지인 하나가 말을 해주었다. "네가 가면 많을 걸 느낄 수 있을 거야."

사월이 되면 동행도 없고 계획도 없는 여행을 한다. 회사 업무가 쏟아지는 겨울, 그 겨울 동안 죽자고 고생한 나. 그런 나에게 일에서 풀려나는 기념으로 주는 선물이다. 바람 부는 외진 길을 달려 공원 주차장에 닿았다. 긴 진입로, 붉은 화산석 자갈이 깔린 적막한 길이 한참이나 길다.

공원을 들어서자 가득한 돌, 크고 작은 혹은 거대한 돌들. 순간, 말 그대로 전율했고 혼이 새어나가는 것 같았다. 걸음을 옮길 때마다 돌들은 나를 붙들었다. 소매를 당기고, 어깨를 잡았다. 끊임없이 말을 했다. 소란스럽지 않은 낮고 느린 목소리들이 쉴 새 없이 웅얼거렸다. 땅속에서부터 울려오는 소리, 저주파의 종소리 같은 진동이 발끝을 타고 몸 안으로 차오르고 있었다. 나는 떨었다. 샛바람이 불어 기온이 떨어지는 그곳에서 추위에 떨고 무서움에 떨었다.

나는 이 박물관에 대해 아는 게 없다. 입장권과 함께 받은 안내서도 읽지 않았다. 무엇을 볼 때는 사전 정보 없이 보는 걸 선호하는 편이다. 충분히 보고 난 뒤 그들의 의도와 사실을 듣는 것이 수월했다. 이번에도 그랬다. 그런데 왜 이리 무서울까. 또 왜 이렇게 슬픈 것일까.

갑자기 자동차 네비에 생각이 닿는다. 내가 찍은 주소 '제주시 조천읍 남조로…' 안내서에 적힌 주소를 확인해보았다. 역시 조천, 아 그래 조천이구나. 비로소 나는 인과의 고리를 이어간다. '조천, 4·3사건, 피…, 아마 저 돌들은 그때의 피를 뒤집어썼을 것.' 그리고 지금 나는 그즈음의 북천 너븐숭이에 서 있는 것이구나.

웅얼대는 돌들의 발음이 선명히 들리기 시작했다. '조천읍 북천리에는 너븐숭이라는 평평한 들이 있었어. 일을 끝낸 동리 사람들이 쉬어가곤 했지. 그날, 그 쉼터가 살육장이 되어 나도 죽고 그도 죽고 저도 죽었지. 죽음의 예조차 받지 못한 우리는, 내 피가 스며든 돌들을 무덤 삼아 지금까지 여기 이렇게 있는 것인 게고.' 그제야 깨닫는다. 전시장을 들어서자마자 왜 모든 돌이 죽은 사람처럼 느껴졌는지를.

'제주 4·3사건'은 인간이 가진 잔혹함과 잔인함이 가감 없이 행사되었던 거대한 참극이고, 제주의 가슴을 날카로운 칼로 저며냈던 도륙의 시간이었다. 그리하여 지금도 여전한, 지금도 낫지 않는 여러 겹의 상처다. 가난했던 그리고 착했던 그즈음의 제주인들에게 어떤 가치도 아니었던 이념, 아무것도 해줄 수 없었던 이념, 그 이념을 이유로 무자비한 군경의 총칼에 수많은 사람이 죽어갔다. 가해하기로는 주민들을 선동해 무장봉기를 일으킨, 그래서 학살의 구덩이로 몰아넣은 남로당도 마찬가지다. 좌우가 무엇인지도 몰랐던 이들, 가운데 있었다는 것만으로 죽임을 당했던 이들. 그리고… 죽을 자와 살릴 자를 가려낼 수 없는 인간의 어리석음만이 아직도 선명한.

실내외에 몇 개의 전시장을 가진 백만 평의 돌 문화공원, 하지만 나는 야외 전시장 일부분을 둘러보다 되돌아나오고야 말았다. 주차장을 들어설 때부터 들리던 종소리, 가장자리를 따라 줄지어 서 있는 돌로 쌓은 거대한 종들, 뒤에 알아본 바로는 종이 아닌 탑이고 안녕을 기원하는 방사탑이라 했다. 그러나 나의 의식 속에서 그것은 만종이고 또 조종이었다.

춥고 바람 부는 곳에서 울다 나오는 길, 나를 가장 아프게 했던 돌을 한번 더 찾았다. 아버지다. 죽음을 향해 가면서도 아이를 무등 태우는 아버지, 같이 가는 어린 아들이 무서울까 놀이처럼 소풍처럼 무등을 태운 크고 건장한 아버지의 모습에 나는 가슴을 쳤다.

물론 이것은 지극히 개인적인 나의 감정이다. 돌아온 후 알아본 '돌문화공원'은 제주의 독특한 자연과 풍습 혹은 유적과 문화를 한자리에 모아놓은 아주 친절한 곳이라 했다. 하지만 같은 것을 보아도 느끼는 것이 다른 게 사람이니, 그 시간 그곳에서의 나는 칠십여 년을 온전히 타임슬립해버린 것인지도 모른다.

나오는 길, 붉은 화산석 자갈이 빠지작 빠지작 소리를 내며 밟힌다. 핏물이 흐르는 것 같고 내 발 아래에서 아이의 뼈가 부서지는 것 같기도 하다. 그리고 나는 부끄럽다. 겨울 한철 고생했다 하여 이렇게나 스스로를 챙기는 모습이 부끄럽다. 사람의 아픔, 땅의 아픔, 돌의 아픔은 알지 못하고 그저, 유람하겠다 차를 몰고 말 그대로 '싸돌아다닌' 내 어리석음이… 오래 부끄러울 것 같다.

내가 디딜 수 있는 가장 조용한 걸음으로 주차장을 향한다. **에세이문학**

ᴛʰᵉ**수필**

● 제주의 돌 문화공원에서 4·3사건의 원혼들과 마주하는 화자. 발걸음을 옮길 때마다 수많은 원혼이 소매에 매달리고 어깨를 잡으며 말을 걸어온다. 아직 할 말이 많다는 메시지일 터다. 춥고 무섭고 슬픈 공간에서 작가는 칠십여 년을 타임슬립한 듯, 역사의 상흔과 감각적으로 조우한 후 부끄러움을 느낀다. 4·3사건의 온전한 규명은커녕 아직 명칭조차 부여하지 않은 채 자꾸 잊혀가는 현실 때문일 터이다. 저 부끄러움으로 문학이, 그리고 인간이 존재해갈 것이다. /김지헌/

지상과 지하 사이

정형숙 lunaperi@naver.com

어둠이 익숙한 반지하. 그 공간으로 발을 들여놓은 순간 멈추라는 신호처럼 서늘한 공기가 어깨를 짓누른다. 두 발을 바닥에 붙이고 시선을 앞에 둔 채 어떤 형체라도 나타나길 기다린다. 무턱대고 발걸음을 내디디면 절벽 아래로 떨어질지 모른다. 이때는 침착함이 제일이다.

몸에 한기가 감돌기 시작하면서 반지하로 통하는 철문이 보인다. 이사 오고 처음으로 이곳을 들여다본다. 현관을 지나다니며 눈길이 갔을 것인데 낯설다. 우리 동네에서는 사람들이 반지하에 세를 찾지 않아 비워두는 경우가 허다하다. 예전 같으면 누군가가 살았겠지만, 이제는 지상과 지하 사이, 그뿐이다.

반지하 생활을 기억한다. 빛과 어둠을 익숙하게 이동하는 방법을 알아야 했던 곳. 골목에서 뛰어놀다 집 안으로 들어가면 힘껏 눈에 힘을 주고 동공이 커지길 기다렸다. 피부로 느껴지는 음습한 분위기가 몸을 옴짝달싹 못하게 막는 느낌. 싸늘한 기운에 도망치고 싶은 기분이 일기 직전, 마법처럼 앞이 밝아지면 깜빡거리는 형광등에 의지해 후다닥 계단을 내려가 방 문고리를 잡았다.

방문을 열면 쿵, 쿵, 쇳조각에 구멍을 뚫는 어머니가 있었다. 내 몸집보다 몇 배나 큰 기계가 윗목을 차지한 후부터 방구석에는 쇳조각 자루가 쌓였다. 그 모습은 매번 마음속에 구멍을 냈다. 텔레비전을 볼 때마다 만화 주인공 말소리가 들리지 않아 신경질이 났다. 순간 '멈춰주세요'라는 말이 튀어올라 입 밖으로 나오려 했지만, 두 손으로 입술을 꾹 눌렀다. 골목 모퉁이 가게에서 군것질하려면 숨소리를 집어삼키는 쇳내를 묵묵히 참아내야 했다.

언제부터였을까. 이웃집 아주머니 소개로 어머니는 부업을 시작했다. 나와 동생을 돌보며 집안 살림을 같이할 수 있기에 선택하지 않았을까 싶다. 티끌 모아 태산은 아니지만, 지상으로 올라가는 길이라 여겼던 당신은 쇳조각에 구멍을 내는 일을 놓지 않았다. 나에겐 그런 어머니 일상이 삶에 깔리는 어두운 그림자를 몰아내는 몸부림처럼 다가왔다.

방이어도 형광등을 끄면 물건 몸체만 보일 뿐 미세한 구멍은 찾기 힘들기에 어머니는 등 스위치를 올렸다. 늘 켜져 있는 인공 불빛은 어머니의 발 뻗는 시간을 앗아갔다. 간간이 내려오는 눈꺼풀에 손가락을 찍는 사고가 일어났다. 상처 부위를 손수건으로 돌돌 말고 인상을 쓰며 작업을 이어나가는 모습을 보고도 나는 배고프다고 칭얼댔다. 당신은 피 묻은 손으로 후다닥 밥상을 차려 내놓고 바로 기계 앞에 앉았다. 쇳조각을 일일이 기계틀에 넣고 손잡이를 돌려 구멍을 뚫는 단순 반복 동작은 밥때와는 상관없었다. 종일 매달려야 자루 하나가 채워지는 일.

가끔 지루함에 살금살금 기어가 어머니의 팔과 허벅지 사이로 머리를 밀어넣고 "이건 뭐야?"라고 물었다. 당신은 "비행기 만들 때 필요해"라고 기계에 눈을 떼지 않은 채 건성으로 대답했다. 귀찮다는 의미였다. 야속한 감정에 어깨와 다리까지 들이밀어 안기는 형태가 되면 표정 없는 얼굴이 보였다. 굳게 다문 입, 때때로 깜박이는 눈, 자동으로 움직이는 양손, 어머니는 로봇으로 바뀌었다. 물은 물론이고 끼니조차 건너뛰고 움푹 들어간 방석에 앉아 기계 손잡이를 잡고 있었으니까.

이틀 걸러 어머니는 집 뒤편 군부대 고개를 넘나들었다. 일거리를 받거나 끝마친 품을 돌려줄 때 가는 길이었다. 높은 담벼락으로 겨울이면 그곳은 빙판길이 되었다. 입김이 보일 정도로 유난히 추운 아침, 어머니는 무거운 쇳덩어리 자루를 손에 들고 머리에 이고 고갯길을 내려가다 넘어졌다. 다친 발목이 시큰거려도 새로 받아온 일을 새벽 내내 작업했다. 허벅지 두께만큼 부풀어오른 시퍼렇게 멍든 발목을 보고 내 가슴은 오그라들었다.

어느 날, 소록소록 잠든 동생을 집에 두고 나와 한바탕 소동이 벌어졌다. 어머니는 일거리를 받는 날이라 나만 데리고 길을 나섰다. 보통 때보다 걸음을 재촉해 집에 도착했다. 풀린 문고리를 보자마자 우리는 온 동네를 헤맸다. 운이 좋게 파출소에서 경찰관 아저씨가 준 아이스크림을 입가에 묻혀가며 먹는 동생과 마주했다. 그날 밤, 잠결에 서럽게 우는 동생을 당신은 가슴에 안고 기계를 돌렸다. 평소보다 느리게 굴러가는 기계 소리가 마치 어머니의 심장에 쇠바퀴가 지나가는 진동으로 들려 가만히 내 눈가에서 눈물방울이 떨어졌다.

당시 어머니는 껌뻑이는 형광등 아래에서 어떤 마음으로 그 밤을 지새웠을까. 눈길이 닿는 곳마다 곰팡이가 끼고, 땅 밑에서 올라오는 찬

기와 습기로 온 집은 눅눅했다. 더구나 근원을 알 수 없는 하수구 냄새가 나고, 길보다 낮아 쓰레기가 창틀 주변으로 모이기 일쑤였다. 그 공간에서 시간의 흐름을 잊은 채 당신은 당장 할 수 있는 일로 하루하루를 헤쳐나갔으리라.

어머니에겐 지상과 지하 사이, 반지하는 부모로서 자식을 키워내기 위해 인내와 끈기로 살아내야 하는 곳이었다. 나에겐 반지하는 가족을 지상으로 끌어올리기 위해 한 여인을 반복되는 행위에 가두고 멈출 수 없게 하는 지독한 진구렁이었다. 여전히 그 속에는 어린 내가 어머니와 눈맞춤하고자 빙빙 돌고 있다.

불현듯 지상 1층으로 이사한 첫날이 눈앞에 스친다. 어머니는 내 이불이라며 뽀송뽀송한 솜이불을 해주었다. 매일 땅을 뚫을 기세로 쿵, 쿵, 거리는 기계 소리가 사라진 방, 포근한 이불 위에서 나의 꿈을 장식하고 있었다.

에세이문학

The**수필**

● 삶의 남루함이 어찌 가시적인 것에만 있을까만, 가족들이 모여앉아 밥을 먹고 편안하게 잠들 수 있는 일상의 공간은 그곳에서 사는 사람의 삶이 어떤지를 가늠하는 척도가 되곤 한다. 지상이라는 보편적 공간에 안주하지 못하는 가족. 지상으로의 꿈을 실현하기 위해 어머니는 쇳조각에 구멍을 뚫으며 인내해야 하고, 화자는 '시퍼렇게 멍든 발목'의 어머니를 견뎌야 했다. 두 사람의 시선의 엇갈림은 화자에게 결핍으로 남았다. 단 한 문장으로 비껴가는 작가의 노련함을 읽는 독자는 더 아프다. /김지헌/

피뢰침

최명임 cmi3057@naver.com

하늘이 두레박 던져 물 한 동이 퍼올리고 싶은 푸른 호수 같다. 그 아래서 아이들이 팔랑개비처럼 뛰고 논다. 반나절이 지나 별안간 구름이 구물구물 일어나더니 빗줄기가 쏟아지고 바람이 후줄근히 다 젖는다. 아이들 다급한 뜀박질 소리도 빗물에 젖는다. 구름이 휘모리장단에 놀아나고 동맥 같은 광선이 잇따라 뻗친다. 하늘 어디 굵은 혈관 하나가 툭 터져버린 듯, 날벼락이 땅으로 떨어진다.

화들짝 놀라 하늘을 바라본다. 다시 번쩍하더니 번개가 나의 심장으로 뻗쳐온다. 연이어 천둥 벼락 떨어지는 소리가 지축을 흔든다. 우산을 던지고 달려야 하나, 자칫 더 나섰다가는 날벼락을 맞을 것 같다. 갈피를 못 잡는데 건너 건물 꼭대기에 피뢰침이 눈에 들어온다. 아슴아슴 보이는 벼락받이에 안심하고 우산을 곧추세운다.

어느 해 날벼락이 나의 지붕으로 떨어졌다. 불행이 도미노처럼 따라왔다. 남편이 하던 일이 내리막을 치달았다. 마음을 추스를 시간도 없이 그가 차를 몰다 사람을 치었다. 연이어 그의 몸속에 똬리를 틀고 있

는 악성종양을 발견하였다. 불벼락은 사방으로 파편을 날리며 기고만
장하게 굴었다. 심장으로 날아든 파편은 비수가 되어 꽂히고 아무리 가
슴을 꽁꽁 싸매어도 속울음이 새어나왔다. 부모님이 일군 옥토와 그와
내가 애써 일군 땅과 집도 흔적 없이 사라졌다. 빈 몸으로 세 아이를 데
리고 남의 처마 밑에 들어서는데 뜨거운 불길이 온몸을 훑어내렸다.

큰아이가 어렵사리 대학을 졸업했다. 첫 발령을 받은 날부터 불행과
암팡지게 마주 섰다. 이 년 후에 둘째가 대학을 졸업하기 바쁘게 동참
하였다. 아들은 힘을 덜자고 휴학계를 내고 자원입대하였다. 두 딸은
잃어버린 땅과 집을 찾아주겠다며 기개를 세웠다, 지쳐 돌아오는 아이
들의 눈빛을 마주 볼 수가 없었다. 나의 노동도 밤이 없었다. 세 사람의
노동의 대가는 오롯이 빚잔치에 들어갔다. 이러다가 아이들의 삶까지
도 악천후에 휘말릴까봐 벼락 맞은 마음이 시커멓게 타들어갔다.

몇 년을 방황하던 그가 몸과 마음을 추스르고 일어나 넥타이를 고쳐
매었다. 반질반질 윤이 나게 닦은 구두를 내놓았더니 불행이 실마리를
다 푼 듯 총총히 물러갔다. 세 아이도 곁을 떠나 제 울안에서 행복을 짓
고 있다. 나는 날씨만 흐려도 장대비 올라나, 번개만 쳐도 벼락 맞을라
겁이 나지만, 요리조리 피해가며 사는 법도 제법 이골이 생겼다.

피뢰침은 몸집이 작은 데다 가늘고 뾰족하다. 한파에 얼면 툭툭 부러
질 것 같고 삼복염천엔 녹지 않을까 의심도 한다. 천둥 벼락을 감당하
라고 세워놓긴 했어도 벼락 치는 날엔 은근히 걱정이 앞선다. 저 가는
쇠붙이가 어찌 하늘의 사나운 심사를 감당하나 싶은데 뾰족할수록 받
아치는 힘은 더 강해진다. 강철의 심지이니 어련하랴.

벼락받는 사람의 머리 꼭대기에 올라앉아 온몸으로 하늘과 맞선

다. 벼락을 맞는 순간 화염에 휩싸인다. 불덩이 속에서 의지를 세워도 십만 볼트의 엄청난 전류에 곁가지마저 감전되어버린다. 아득한 정신으로 불벼락을 받아 땅속으로 배설하고 깨어나면 언제 그랬나 싶게 기개를 세운다.

피뢰침은 불행받이다. 불벼락을 찰나에 받아내는 것 같지만, 그 순간 지옥불을 경험한다. 오늘을 감당못하면 내일은 오지 않아 희망 하나로 버티어낸다. 활활 타버릴 것 같은 나의 하루는 십 년 같았다. 가늘고 여려보여도 쇠붙이 같은 근성이 있었다. 수수만년 불행과 첨예하게 대립하며 이 땅을 지켜온 후예답게 차가운 이성과 뜨거운 몸짓으로 불덩이를 배설하였다.

하늘은 늘 한결같지 않다. 한없이 맑았다가도 별안간 구름이 일어나고 번개가 친다. 회색 울음이 빗줄기처럼 쏟아지고 천둥 벼락이 떨어지면 인간의 삶에도 지각변동이 일어난다. 두려움에 혼절할 것 같지만, 그런 뒤에 하늘은 더 높아 보이고 속은 한 물길 더 깊어 진풍경을 그려낸다.

날벼락 한번쯤 맞아보지 않은 삶이 있으랴. 그 순간은 영혼마저 녹아버릴 것 같지만, 죽을 둥 살 둥 덤비고 보는 것이 인간의 본능이다. 제련소의 불길이 달아오를수록 순수한 철이 나오고 모루에 얹힌 쇠붙이가 망치 끝에서 운이 열린다. 우리도 한 뼘 성장하고 길을 나서면 해가 유난히 반길 테니, 지금 처절하게 저 악천후를 감당하는 것이다.

벼락을 맞은 대추나무는 더욱 단단해진다. 난데없는 날벼락에 초주검이 된 몸뚱이를 어디에다 쓸까 싶지만, 벼락도 아무나 맞는 것이 아니다. 어쩌면 하늘에게 선택받은 행운은 아닐는지. 저의 정체도 모르는 못난 위인 심장도 없는 허수아비로 내내 살까봐, 냅다 호통 한번 지른 것은 아닐까. 한차례 벼락에 휘어진 몸이 장인의 손에서 깎이고 깎여 탈태한다. 다시 한번 다짐인 양 예리한 조각칼로 그 몸에 선명하도록 인간을 새기면 나무는 환골탈태한다.

인간이 하루하루를 먹이 찾느라 소비하고 등 따습고 배부르면 잠자기만 했을라. 문득 하늘이 일갈하는 고성을 들으며 가슴에 불덩이 끌어안고 영육의 진화론을 써내려온 종이 아니던가. 두 발로 땅을 붙잡고 서서 이 별난 종의 열 손가락으로 조각칼 대어 땅에 각인하고 싶은 것은 나, 일찍이 '나'는 조물주가 인간을 지을 때 세포 구석구석 새겨 숨겨두었으리라. 벼락의 진수는 거기에 있었다. 우린 평생을 나를 찾아 울면 불면 살고 또 지는 것을. 나를 찾거든 어디에나 누구에게나 탄탄한 쓰임새되라고 불벼락으로 아둔한 가슴 한번 내리친 것이다.

벼락받이는 늘 차렷 자세를 하고 꼬장꼬장한 눈빛으로 하늘을 째려보고 있다. 어림잡을 수도 없는 저 숫자들. 오늘같이 해 좋은 날은 긴장을 풀고 쉬어도 좋으련만. 언제 떨어질지 모르는 불벼락, 그 무참한 시간이 두려워서 저리도 날을 세우고 있다.

번쩍 번쩍 불편한 심기를 드러내고 천둥 벼락 소리로 일갈하기에 가슴이 철렁 내려앉았다. 돌아보니 저 호통 덕분에 나의 오늘은 해종일 맑음이다.

선수필

The 수필

● 연이어 불벼락을 맞는다. 그 일을 하늘이 내린 행운이라고 여기는 건 대인의 성정이다. 천둥 같은 놀람과 경악할 벼락을 온몸으로 받아서 풀어낸다. 작가는 피뢰침이다. 의연한 모습 너머 치열했을 시간을 헤아리며 나의 피뢰침을 점검한다. 날 세운 머리가 녹슬지 않았는가, 발은 땅에 단단히 닿아 있는가. 절로 고개가 숙여진다. /노정숙/

2025 빛나는 수필가 **60**

The 수필

선정위원장	노정숙
선정위원	엄현옥, 한복용, 김은중, 김지헌, 심선경, 이상은, 김희정
고문	맹난자
자문위원	홍혜랑, 문혜영, 이혜연, 조헌, 정진희, 서숙
발행인	조현석
디자인	푸른영토
	—
발행일	2025년 01월 01일
발행처	도서출판 북인
주소	04002 서울 마포구 동교로19길 21, 501호
전화	02-323-7767
팩스	02-323-7845
E메일	chlsuk123@hanmail.net
	—
ISBN	979-11-6512-501-1 03810
값	16,000원